BLUTPROBE

Stefanie Sorella

www.novumverlag.com

Bibliografische Information
der Deutschen Nationalbibliothek:

Die Deutsche Nationalbibliothek
verzeichnet diese Publikation in
der Deutschen Nationalbibliografie.
Detaillierte bibliografische Daten
sind im Internet über
http://www.d-nb.de abrufbar.

Alle Rechte der Verbreitung,
auch durch Film, Funk und Fernsehen,
fotomechanische Wiedergabe,
Tonträger, elektronische Datenträger
und auszugsweisen Nachdruck,
sind vorbehalten.

© 2016 novum Verlag

ISBN 978-3-99048-433-3
Lektorat: Dr. phil. Ursula Schneider
Umschlagfoto:
Igor Korionov | Dreamstime.com
Umschlaggestaltung, Layout & Satz:
novum Verlag

Gedruckt in der Europäischen Union
auf umweltfreundlichem, chlor- und
säurefrei gebleichtem Papier.

www.novumverlag.com

Unzertrennlich

Immer noch ist keine Ruhe im Kinderzimmer. Um halb neun hatte Maria die Kinder ins Bett gebracht. Mittlerweile ist es kurz vor Mitternacht. Seit nun mehr als drei Stunden wird gekichert und getobt. Bereits zum zweiten Mal stürmt Maria ins Kinderzimmer, um Sarah und Natalie noch einmal zu ermahnen, endlich schlafen zu gehen. Maria packt Sarah am Handgelenk und zerrt sie zurück in ihr Bett. Vor ein paar Monaten erst haben sie das Zimmer umgestellt, sodass die beiden Betten jeweils am anderen Ende des Zimmers stehen. Eigentlich wollten Maria und Thomas damit das abendliche Geschwätz der Kinder unterbinden. Doch die Umstellung der Möbel hat genau das Gegenteil bewirkt. Nun schleicht eines der Mädchen immer zu ihrer Schwester ins Bett. Es vergeht kaum ein Morgen, an dem die Schwestern nicht gemeinsam in einem der kleinen Betten aufwachen. Maria ist deshalb schon an ihren Mann mit der Bitte herangetreten, die Betten doch wieder zusammenzuschieben. Doch der möchte davon nichts wissen, sondern abends einfach seine Ruhe genießen. Darum ist Maria auch gerade bemüht, die strenge Mutter zu spielen und den Kindern mit Fernsehverbot zu drohen, um sie endlich zum Schweigen zu bringen und so ihren Gatten nicht aufzuregen. Würde es nach ihr gehen, so würde sie sich zu ihren geliebten Töchtern kuscheln und zusammen mit ihnen die ganze Nacht Unfug treiben.

Doch das würde Thomas alles andere als gutheißen. Daher spricht sie eine letzte Ermahnung aus und lässt die Tür hinter sich laut ins Schloss fallen. Sarah und Natalie sind schlau genug, den Ernst der Lage zu erkennen. Sie wissen, wann genug ist, und möchten ihre Mutter nicht böse machen. Also bleibt Sarah ausnahmsweise in ihrem Bett und wünscht Natalie nur noch leise Gute Nacht. Wenig später sind die Mädchen bereits eingeschlafen und endlich herrscht Ruhe im Hause Gartner. Nachdem sich Maria noch einmal vergewissert hat, dass ihre beiden

Engel tief und fest schlafen, wünscht sie Thomas mit einem Kuss Gute Nacht und geht zu Bett. Thomas bleibt wie immer etwas länger wach, da er für den Spätdienst zuständig ist. Seit geraumer Zeit wurden die Öffnungszeiten des Versicherungsschalters erweitert, sodass immer ein Angestellter in der Zeit von sieben Uhr morgen bis acht Uhr abends anwesend sein muss. Sein Arbeitskollege Paul ist passionierter Frühaufsteher und übernimmt somit die Schicht von sieben bis 15 Uhr. Thomas stößt dann um elf Uhr vormittags dazu, um gemeinsam die bestbesuchte Zeit zu bewältigen. Die letzten paar Stunden schiebt er dann alleine Schlussdienst. Die Änderung seiner Dienstzeiten hat sich natürlich auch auf das Privatleben ausgewirkt. Früher hat die ganze Familie gemeinsam gefrühstückt. Nun übernimmt Maria das Frühstück mit ihren Töchtern alleine. Natürlich läuft das Ganze jetzt ruhiger ab, um den Vater ja nicht frühzeitig zu wecken. Und auch abends isst die Mutter nur mit den Mädchen, da Thomas erst spät nach Hause kommt. Die Mädchen sind dann meist schon bettfertig. Wenn Natalie und Sarah vor dem Fernseher sitzen, gesellt sich Maria oft zu ihrem Mann an den Küchentisch und leistet ihm beim Abendmahl Gesellschaft, sofern er einen seiner gesprächigeren Tage hat. Wenn er seine Ruhe haben möchte, so verschwindet Maria mit den beiden Mädchen im Kinderzimmer und liest ihnen eine Geschichte vor oder sie spielen noch eine Runde Karten.

An diesem Abend war wie bereits mehrmals die Woche Letzteres der Fall.

Gegen halb sieben morgens wird die Familie durch das Läuten des Telefons geweckt. Maria ist als Erste auf den Beinen und hebt ab. Es ist Anita, Thomas' Mutter. Sie klingt vollkommen aufgelöst und Maria fällt es schwer, irgendetwas von dem, was sie sagt, zu verstehen. Sie versucht, Anita zu beruhigen, und bittet sie, erst einmal Luft zu holen und ihr dann in Ruhe zu erklären, was denn geschehen sei. Mittlerweile ist auch Thomas aufgestanden und steht nun neben seiner verwirrt dreinblickenden Frau. Maria reicht Thomas den Telefonhörer und verfolgt gespannt das Gespräch. Nachdem er aufgelegt hat, lässt er sich auf die Couch fallen und stützt den Kopf in die Hände. Maria streichelt ihm über den Rücken und fragt, was passiert sei.

Thomas berichtet, dass sein Vater einen Herzinfarkt gehabt hätte und ins Krankenhaus gebracht worden sei. Maria hat ihn noch nie so gesehen. Sie kennt ihn lange genug, um zu wissen, dass er kurz davor steht, die Fassung zu verlieren. Doch Thomas ist viel zu stolz, um vor seiner Frau in Tränen auszubrechen. Schnell geht er Richtung Schlafzimmer und bittet Maria, die Kinder fertig zu machen, er wolle ins Krankenhaus zu seinem Vater fahren. Maria tut wie ihr geheißen, weckt die Kinder und kleidet sie an. Sie schlüpft in Jeans und Pullover, nimmt die Kinder an die Hand und folgt Thomas zum Auto.

Im Krankenhaus angekommen, ist Siegfried zwar wieder bei Bewusstsein, doch die Ärzte geben ihm nur mehr ein paar Stunden zu leben. Seine blasse Haut hebt sich kaum vom Bettlaken ab. Das mittlerweile komplett grau gewordene Haar hängt strähnig zu beiden Seiten ab. Sein schweres Atemgeräusch und das Piepsen der verschiedensten Apparate um ihn herum scheinen den gesamten tristen Raum einzunehmen. Es ist bereits der zweite Herzinfarkt und die Überlebenschancen standen schon nach dem ersten sehr schlecht. Thomas' Mutter Anita sitzt an seinem Bett und hält seine Hand, als ihr Sohn mit seiner Familie eintritt. Auch sie ist in den letzten Jahren rasch gealtert. Ihre letzte Dauerwelle scheint schon eine Weile her zu sein, der weiße Haaransatz ist gut zu sehen. Von ihrem einst so sonnigen Gemüt ist so gut wie nichts mehr übrig. Schildkrötenoma – so hat Natalie sie letztens genannt. Wie Anita so dasitzt, vornübergebeugt, die Schultern hängend, die Mundwinkel nach unten gezogen, kommen ihre Falten noch mehr zur Geltung und erinnern tatsächlich ein wenig an eine Schildkröte. Wenn man darüber nachdenkt, überlegt Maria, so hat sie sich tatsächlich auch einen Panzer zugelegt. Seit Siegfrieds erstem Anfall scheint niemand mehr an sie heranzukommen. Nicht einmal ihr Sohn. Thomas nimmt seine Mutter in die Arme und bittet Sarah und Natalie, ihren Großvater zu begrüßen. Er weiß, wie sehr Siegfried an seinen beiden hübschen

Enkelkindern hängt. Sarah und Natalie nähern sich Händchen haltend und sehr zögernd dem Krankenbett. Als Sarah sieht, dass Natalie Tränen in den Augen hat, versucht sie, ihre kleine Schwester zu beruhigen, obwohl es ihr sehr schwerfällt, denn auch für sie ist es nicht leicht, ihren Opa mit so vielen Schläuchen und Nadeln überall zu sehen. Sarah ist zwar zwei Jahre älter als Natalie, aber dennoch mit ihren elf Jahren dieser Situation nicht gewachsen. Siegfried fällt es auch nicht leicht, seine geliebten Enkelinnen so traurig zu sehen. Er nimmt seine ganze Kraft zusammen und bittet die beiden, nicht traurig zu sein. Er als alter Knacker sei es doch nicht wert und egal, was passiere, er werde immer über sie wachen. Im Gegensatz zu seiner Frau hat sich Siegfried nur äußerlich verändert. Er ist immer noch der gleiche Witzbold, der mit Charme und Humor jedem ein Lächeln abgewinnen kann.

Das Atmen fällt ihm immer schwerer und er weiß, dass es nur noch eine Frage von Minuten ist. Schnell winkt er Thomas an sein Bett und informiert ihn über die wichtigsten Dinge, wo er das Testament finde, was für die Beerdigung zu beachten sei und wo er seine Sparbücher finde. Thomas will nicht glauben, dass es zu Ende geht, und bittet seinen Vater durchzuhalten. Doch alle im Raum spüren, dass es Siegfrieds letzte Minuten auf Erden sind.

Noch einmal bietet Siegfried seine ganze Kraft auf. Sein letzter Satz ist den beiden Mädchen gewidmet. Auch wenn sie zu diesem Zeitpunkt nicht dessen Bedeutung verstehen, so werden die Worte ihnen doch ewig im Kopf herumspuken:

„Ich habe es nie bereut, euch zwei Engel in unser Leben geholt zu haben!"

Zehn Jahre später

Die ersten Sonnenstrahlen erleuchten den Horizont. Die beiden Mädchen sitzen mit Fotoapparaten bewaffnet am Strand, um den schönen Sonnenaufgang über dem Meer zu dokumentieren. Sarah und Natalie haben es sich zur Tradition gemacht, in jedem Urlaub mindestens einmal den Sonnenaufgang zu erleben. Meist dauert es einige Anläufe, bis es klappt, dass sie es so früh morgens aus dem Bett schaffen. Da eine der beiden die letzten zwei Tage immer den Wecker vorzeitig abgedreht hatte, sind sie gestern Abend extra früh ins Bett gegangen. So zeitig zumindest, wie es möglich ist im Urlaub. Nach drei Cocktails hatten sie auch ihre Freunde dazu bewegen können, endlich die Bar zu verlassen und das Hotelzimmer aufzusuchen. Doch auch wenn alle bereits um halb eins im Bett waren, war es den beiden Herren heute Morgen doch noch etwas zu früh gewesen. So kam es, dass sich Sarah und Natalie zu zweit, bewaffnet mit ihren Kameras und einer Picknickdecke, auf den Weg zum Strand gemacht hatten. Nun, da sich die ersten Sonnenstrahlen zeigen, sind die beiden putzmunter. Für die Schwestern gibt es nichts Schöneres, als wenn der Himmel in zartem Rot erscheint und sich die hellen Strahlen in der Meeresoberfläche spiegeln.

Natalie hat bereits mehr als 30 Fotos geschossen, als der Feuerball endlich vollkommen aus dem Meer emporsteigt. Während der Nachthimmel hinter ihnen noch in einem dunklen Orange erscheint, strahlt der Horizont bereits hell vor ihnen. Die Welt um sie herum erwacht langsam zum Leben. Der erste Jogger nähert sich von links und der Bäcker an der Promenade öffnet seinen Laden. Sarah schafft es zuerst wieder auf die Beine, während Natalie noch die letzten Fotos knipst. Gemütlich machen sie sich auf den Weg zurück zum Hotel, als ihnen einfällt, dass heute der zehnte Todestag ihres geliebten Großvaters ist. Wie jedes Jahr möchten sie in der Kirche eine Kerze für ihn anzünden. Ihre religiöse Mutter hat ihnen das so beigebracht und in den letzten Jahren wurde es für sie eine Art Ritual. So möchten sie ihres Opas gedenken und zeigen, dass er immer noch einen Platz in ihren Herzen hat. Sie sind davon überzeugt, dass er immer ein wachsames Auge auf sie beide hat. Da sie nicht wissen, wo sie hier auf Kreta die nächste Kirche finden, erkundigen sie sich beim Bäcker, der gerade sein Gebäck in der Auslage drapiert. Er schickt sie nach Rethymnon, in die schöne Hafenstadt, in welcher sie gestern bereits die Cocktailbar besuchten.

Nach knapp zehn Minuten Fußweg gelangen sie an eine schöne, typisch griechische Kirche. Das weiße Gebäude zieren ein blaues Dach und ein kleiner Kirchturm. Die Türe steht offen und die Mädchen treten ein. Das Innere der Kirche ist so gar nicht vergleichbar mit einer katholischen Kirche zu Hause. Alles ist viel einfacher gehalten und nicht so protzig, wie es die Schwestern gewohnt sind. Sofort umgibt sie der Geruch von Weihrauch und Kerzenduft. Durch die bunten Fensterscheiben fällt ein blauer Schimmer ins Innere. Es gibt ein Hauptschiff und eine kleine Nebenkapelle, welche lediglich aus einem einfachen Holzaltar und einem kunstvoll geschnitzten Kreuz besteht. Der große Altar ist aus weißem Stein und trägt reiche Verzierungen. Das große Kreuz dahinter wurde aus hellem Holz gefertigt und kleine Engel aus dem gleichen Material schweben darum. Sarah ist noch immer ganz fasziniert von dem schönen Kreuz, als Natalie sie auf den kleinen Tisch im hinteren Bereich der Kirche aufmerksam macht. Als sie sich nähern, sehen sie darauf ein Schild: „Erleuchte für alle jene, die wir nie vergessen mögen". Natalie nimmt eine der Kerzen aus der roten Box am Tisch und entzündet sie an einer der brennenden. Die Schwestern schließen die Augen, um kurz innezuhalten und an ihren Großvater zu denken. Danach platzieren sie die Kerze inmitten der anderen, bekreuzigen sich und verlassen die Kirche.

Als sie beim Hotel ankommen, ist es bereits acht Uhr morgens. Andreas und Mike sitzen gerade beim Frühstück. Sarah und Natalie gesellen sich dazu und beginnen mit der Tagesplanung. Seit Samstag sind sie bereits auf Kreta. Wie die letzten Tage möchte die Gruppe heute wieder mit dem Mietwagen die Insel erkunden. Ab morgen würden sie dann die letzten drei Tage entspannt nur

Sonne und Meer genießen. Im Süden hatten sie gestern eine wunderschöne Bucht entdeckt, zu der sie jetzt noch einmal aufbrechen möchten. Andreas hat sich die Woche als Fahrer erklärt, Mike ist der Kartenleser und Natalie versucht sich als Urlaubsfotografin. Die Planung der Reise lag in Sarahs Hand und so war ihre Aufgabe nach dem Check-in im Flugzeug erledigt gewesen. Den Rest der Woche kann sie einfach nur noch genießen.

Am Strand angekommen, stürzen sich die Jungs gleich in die Fluten. Sarah und Natalie suchen sich ein schattiges Plätzchen, um ihre Handtücher auszubreiten und den Picknickkorb abzuladen. Auch die Schwestern möchten das Meer genießen, doch gehen sie es gewohnt etwas langsamer an als ihre Freunde. Zentimeter für Zentimeter gewöhnen sie ihren Körper an das kühle Nass. Da es erst Mitte Mai ist, hat das Meer noch nicht die angenehme Badetemperatur, welche Sarah vom Roten Meer gewöhnt ist. Nach einer gefühlten halben Stunde sind auch die Mädels im Wasser und zu viert genießen sie das Meer.

Gegen Nachmittag machen sich die Jugendlichen auf zu einer Taverne, um die griechische Küche zu genießen. Auf der Fahrt, wieder in Richtung Norden, legen sie noch einige Fotostopps ein. Die Insel ist wirklich ein Traum. So unglaublich vielfältig und landschaftlich äußerst bemerkenswert. Gerade zu dieser Jahreszeit leuchtet die Landschaft wunderschön grün.

Die Woche vergeht wie im Flug. Kaum angekommen ist auch schon wieder Samstag und der Heimflug steht bevor. Die Gruppe wird viele schöne Erinnerungen an diesen Urlaub mitnehmen und verspricht sich, wieder nach Kreta zu kommen. Die Heimreise empfinden die Schwestern immer als Prozedur. Zuerst zwei Stunden am Flughafen ausharren, dann zwei Stunden im Flieger auf die Landung und anschließend noch auf das Gepäck zu warten. Beim Hinflug nehmen sie dieses endlos lange Warten ja noch gerne in Kauf. Da herrscht noch Vorfreude und alle sind motiviert, eine tolle Zeit zu haben. Beim Retour möchte man einfach nur nach Hause und ist enttäuscht, dass der Urlaub schon wieder vorbei ist und man übermorgen bereits wieder im Büro sitzt.

Schicksalsschlag

Am Flughafen wartet Thomas auf seine beiden Töchter. Sarah und Natalie freuen sich riesig über die Überraschung, da sie gar nicht verabredet waren. Nachdem ihr Vater sie bereits zum Flughafen gebracht hatte, wollten die vier sich eigentlich für die Rückfahrt ein Taxi teilen. Für morgen Mittag waren sie dann bei ihren Eltern eingeladen, um von ihrem Urlaub in Griechenland zu erzählen.

Doch als sie nun in die Ankunftshalle treten, winkt ihnen Thomas bereits zu. Die Schwestern umarmen ihren Vater und berichten gleich von der wunderschönen Insel. Als sie merken, dass er ihnen nur zerstreut zuhört und sich zu einem Lächeln zwingt, spüren die Mädchen, dass etwas nicht stimmt. Auf die Frage, ob etwas passiert sei, erklärt Thomas, dass es um ihre Mutter gehe. So einfühlsam, wie Andreas ist, verabschiedet er sich von Sarah und verspricht, sie morgen anzurufen. Auch Mike gibt Natalie einen Kuss und meint, er würde sich einfach ein Taxi mit Andreas teilen. Thomas scheint erleichtert darüber zu sein und nimmt seine Töchter in den Arm. Während er sie zum Auto führt, versucht er, den Mädchen schonend beizubringen, was passiert ist.

Er sieht in ihnen immer noch seine kleinen Mädchen und nicht zwei erwachsene Frauen. Sarah ist mittlerweile 21 Jahre alt und Natalie wird in einem Monat 19. Beide stehen mit beiden Beinen im Leben und gehen ihren eigenen Weg. Doch in Momenten wie diesen sehnt er sich nach der Zeit zurück, in der alle vier noch unter einem Dach gewohnt haben. Zwar hat er es mit seinen Töchtern gut getroffen, denn immerhin kommen sie jeden Sonntag zu Besuch und er kennt ganz andere Geschichten von Freunden und Kollegen. Dennoch ist es nicht das Gleiche, als in einem gemeinsamen Haushalt zu leben.

„Es geht um eure Mutter. Sie ist vorgestern einfach zusammengebrochen. Ich bin gleich mit ihr ins Krankenhaus gefahren. Die

Ärzte haben bereits mehrere Tests durchführen lassen, um die Ursache zu erkunden. Die Ergebnisse stehen jedoch noch aus."

Die ältere der beiden Schwestern reagiert als Erste. „Oh mein Gott! Und wie geht es ihr jetzt? Ist sie wohlauf?"

„Keine Sorge. Mittlerweile geht es ihr ein wenig besser und sie ist wieder bei Kräften. Doch solange die Ergebnisse der Tests noch nicht vorliegen, ist es schwer, irgendetwas zu sagen."

„Können wir zu ihr?"

„Es ist fast Mitternacht. Ich glaube, heute macht es keinen Sinn mehr. Auch habe ich mich jetzt schon bei der Krankenschwester unbeliebt gemacht, da ich die Besucherzeiten nie einhalte. Aber morgen früh fahren wir gleich zu eurer Mutter ins Spital."

„Denkst du, es ist etwas Ernstes, Papa?"

„Ach Natalie, deine Mutter ist stark. Was immer es ist, sie wird es schon schaffen."

Die Mädchen beschließen aufgrund des Vorkommnisses, bei Thomas zu übernachten. Ihr früheres Kinderzimmer hat sich kaum verändert. Sie genießen den Anblick des verspielten, mädchenhaften Raumes, in welchem sie die schönen Jahre ihrer Kindheit verbracht haben. Die blassrosa Tapete und die dazu passende Borte mit Feenmotiven. Die beiden Betten, welche im linken Eck zu einem L zusammengestellt sind, zieren pink gestreifte Tagesdecken. Im Regal, links neben Natalies Bett, stehen immer noch ihre Kinderbücher. Ihr weißer Kleiderkasten mit den rosa Griffen dient jetzt als Stauraum für Handtücher, Bettwäsche und was ihre Eltern sonst so unterbringen müssen. Sarah steuert das Puppenhaus an, welches ihre Eltern ihr damals zu ihrem 10. Geburtstag geschenkt haben. Thomas hatte Stunden damit zugebracht, ein altes Regal in diese Traumvilla für Sarahs Barbies zu verwandeln. Es war wirklich toll geworden. Den Puppen hat es an nichts gefehlt. Wie gern hatte Sarah früher damit vor ihren Freunden angegeben. Es war ihr ganzer Stolz. Und wenn sie es jetzt so vor sich sieht, kann sie sagen, zu Recht. Jedes kleine Mädchen würde sich glücklich schätzen, dieses Puppenhaus ihr Eigen zu nennen. Vielleicht ist es an der Zeit, sich davon zu trennen, damit ein anderes kleines Mädchen ebenso viel Freude daran haben kann wie sie seinerzeit.

Anderthalb Jahre ist es jetzt her, dass die beiden Mädchen von zu Hause ausgezogen sind. Zu zweit in nur einem Zimmer wurde es trotz aller Schwesternliebe am Ende doch etwas eng. Und auch das Liebesleben der Schwestern war dadurch ziemlich kompliziert. Es stand jedoch rasch fest, dass die beiden auch weiterhin zusammenwohnen wollten. Und so kam es, dass sie sich gemeinsam auf Wohnungssuche machten und nur ein halbes Jahr später mit ihrer jetzigen Bleibe einen echten Glücksgriff taten. Zwei Schlafzimmer, eine große Wohnküche, ein Balkon – groß genug für einen Tisch, vier Sessel und drei Blumentöpfe – und das alles keine 15 Gehminuten von ihren Eltern entfernt.

Am nächsten Morgen machen sich die drei auf den Weg zum Krankenhaus. Als die Familie im Zimmer 351 ankommt, ist ihre Mutter nicht da. Eine finster dreinschauende Krankenschwester teilt ihnen mit, dass Maria gerade bei einer Untersuchung sei und in ein paar Minuten wieder zurück sein werde. Thomas wird gebeten, noch ein Formular auszufüllen, während Sarah es sich auf dem Sessel neben dem Bett bequem macht und Natalie nervös auf und ab geht.

Sarah sieht sich im Raum um. Maria liegt in einem Vierbettzimmer. Doch nur ein weiteres ist besetzt. Es dürfte gerade Besuchszeit sein. Die alte Dame, welche im Bett links hinten liegt, hat den Vorhang zugezogen und scheint zu schlafen. Das Zimmer wirkt ziemlich trostlos. Auch das Landschaftsbild und die blassgrünen Vorhänge können die schlechte Stimmung, welche Krankheit meist mit sich bringt, nicht vertreiben. Jedes Bett hat ein eigenes Nachtkästchen und einen Kleiderkasten, wo das Hab und Gut der Patienten verstaut wird. Auf dem Nachtkästchen ihrer Mutter steht ein gerahmtes Familienfoto, welches zu Weihnachten vor drei Jahren geschossen wurde. Sarah kann sich noch sehr gut an diesen Abend erinnern. Es gab Schweinebraten mit Semmelknödel und Sauerkraut. Nach dem Essen und der Bescherung haben sie gemeinsam Wii gespielt, um das neue Spiel zu testen, welches Natalie bekommen hatte. Ihre Erinnerungen werden durch das Öffnen der Türe gestört. Ihr Vater tritt ein, gefolgt von einer Krankenschwester, welche Maria im Rollstuhl vor sich herschiebt. Plötzlich wird es den Mädchen sehr schwer ums Herz. Sie hätten nie gedacht, ihre Mutter jemals in so einem Zustand sehen zu müssen. Maria hat dunkle Ringe unter den glasig wirkenden Augen. Ihr Haar steht ungekämmt in alle Richtungen. Ihre Wangen sehen eingefallen aus und tiefe Sorgenfalten zeigen sich auf ihrer Stirn. Erschreckend, was ein paar Tage im Krankenhaus anrichten können. Ihre Mutter ist kaum wiederzuerkennen. Sie sieht zehn Jahre älter aus als die Frau, die ihre Töchter vor einigen Tagen vor ihrem Urlaub verabschiedet hat.

Maria schenkt ihren Töchtern ein Lächeln und umarmt sie nacheinander. Sie bedankt sich für den Besuch und beteuert, froh zu sein, sie zu sehen. Thomas und die Krankenschwester heben sie aus dem Rollstuhl und legen sie ins Bett. Da tritt auch schon der behandelnde Arzt, Dr. Jander, an die Familie heran. Der Doktor sieht aus, als sei er einer Arztserie entsprungen. Er wirkt relativ jung, vielleicht Anfang 30. Seine dunklen Haare und sein dunkler Teint machen seine charmante Ausstrahlung komplett. Natalie beobachtet, wie ihre Schwester sich aufrecht hinsetzt und die Haarsträhnen hinter das Ohr streicht. Das machte sie immer, wenn sie einen attraktiven Mann sah. Sarah fühlt sich ertappt und lächelt ihre Schwester an. Der Arzt studiert nachdenklich die Krankenakte – zum gefühlten 100. Mal. Er gibt der anwesenden Krankenschwester kurze Anweisungen und widmet sich dann der Familie.

„Frau Gartner, unsere Tests haben ergeben, dass Sie an einer Nierenerkrankung leiden. Es wundert mich, dass die Symptome erst so spät auftreten, doch die Werte haben eindeutig ergeben, dass Ihre rechte Niere ihre Funktionen längst aufgegeben hat."

„Und was bedeutet das jetzt genau? Ich meine, welche Folgen hat das? Was können wir dagegen tun?" Thomas scheint ebenso verwirrt zu sein wie seine beiden Töchter. Sie versuchen zwar, sich auf die Erklärung des Arztes zu konzentrieren, doch reicht ihr Fachwissen nicht aus, um die Konsequenzen gleich zu erfassen.

„Das bedeutet, dass wir die Niere Ihrer Frau entfernen müssen. Wir können nur hoffen, dass die andere Niere noch nicht davon betroffen ist und ihren Dienst normal wieder aufnimmt."

„Das heißt, meine Mutter muss operiert werden?!"
„Ja, und zwar schon heute. Ich habe einen Termin für 18 Uhr ausmachen können. Schnelles Handeln ist jetzt gefragt, um die andere Niere nicht noch länger zusätzlich zu belasten!"
„Und danach bin ich wieder völlig gesund?"
„Frau Gartner, leider haben die Tests ergeben, dass auch Ihre zweite Niere nicht mehr ganz funktionstüchtig ist. Da sie die letzten Jahre die ganze Arbeit allein leisten musste, wurde sie ziemlich in Mitleidenschaft gezogen. Eine völlige Genesung kann nur garantiert werden, wenn wir eine Spenderniere erhalten. Und natürlich auch erst dann, wenn Ihr Körper diese auch annimmt."
„Ich habe gehört, dass die Chancen sehr gut stehen, wenn die Niere von einem Familienmitglied stammt!"
„Sarah, lass den Doktor doch erst einmal ausreden."
„Ja, Ihre Tochter hat vollkommen recht. In den meisten Fällen, in denen ein Familienmitglied als Spender auftritt, wird die Niere problemlos vom Körper angenommen. Daher ist es immer von Vorteil, wenn sich ein Blutsverwandter bereit erklärt, sich testen zu lassen."
„Und wie sehen die Überlebenschancen ohne Spenderniere aus?"
„Das ist schwer zu sagen. Natürlich gibt es eine geringe Chance, dass sich nach Entfernen der nicht funktionstüchtigen Niere die andere wieder erholt und die Arbeit uneingeschränkt aufnimmt. Doch in der Regel ist es eher eine Frage der Zeit, bis auch die zweite schlappmacht."
„Wenn Sie sagen, eine Frage der Zeit – von welchem Zeitraum reden wir hier?"
„Das kommt darauf an. Es können Monate oder in guten Fällen auch Jahre sein. Herr Gartner, ich empfehle, dass sich Ihre Familie auf jeden Fall testen lässt."
„Nein, das kommt nicht infrage. Das ist absolut unmöglich. Ich werde das meinen Töchtern sicher nicht antun. Ich habe schon eine Frau hier im Krankenhaus, da möchte ich meine Töchter nicht auch noch einer OP aussetzen!"

Die Schwestern glauben, Angst in den Augen ihrer Eltern zu sehen. Sie können dieses Argument nur schwer nachvollziehen, geht es dabei doch um das Überleben ihrer Mutter.

„Mein Mann hat vollkommen recht. Das möchte ich auf keinen Fall!"

„Aber Mama, hörst du denn nicht? Es ist wahrscheinlich die einzige Chance, wieder gesund zu werden."

„Natalie hat recht. Wir werden uns auf alle Fälle testen lassen, ob wir als Spender infrage kommen."

„Nein, das werdet ihr nicht, hört ihr? Ich verbiete es euch. Herr Doktor, wenn Sie meinen Töchtern auch nur einen Tropfen Blut abnehmen, dann werde ich Sie verklagen, glauben Sie mir."

„Daddy, bist du jetzt vollkommen durchgedreht. Was redest du denn da? Wir wollen Mama doch helfen!"

„Ich habe Nein gesagt. Und jetzt los, lasst uns nach Hause fahren. Eure Mutter muss sich auf eine Operation vorbereiten."

Dr. Jander sieht ebenso erschrocken aus wie die beiden Töchter der Familie. Doch da er sich in das Privatleben seiner Patienten nie einmischt, tritt er auch hier den Rückzug an. „Ich muss dann zu meinen nächsten Patienten. Wenn Sie noch Fragen haben, dann können Sie mich gerne jederzeit kontaktieren. Auf Wiedersehen."

Wütend und verwirrt stürmen die Mädchen aus dem Zimmer und nehmen den Aufzug nach unten. Maria streicht Thomas über die Wange und sagt: „Irgendwann werden sie es erfahren. Wir können es nicht ewig verheimlichen." „Maria, ist dir denn nicht bewusst, dass sie uns hassen werden? Sie werden es uns nie verzeihen!"

„Dann werde ich wohl sterben. Und ich nehme unser Geheimnis mit ins Grab!"

„Bitte sag so etwas nicht, ich lasse mir etwas einfallen, okay? Ich liebe dich!"

Mit diesen Worten stürmt er aus dem Zimmer. Thomas braucht dringend frische Luft. Er läuft regelrecht aus dem Krankenhaus, immer zwei Stufen auf einmal nehmend, eilt hinaus und stürzt zur nächsten Parkbank. Er hat das Gefühl, sich übergeben zu müssen. Seine Schuldgefühle lasten schwer auf seiner Brust und drücken ihm die Luftröhre zu. Sein schlechtes Gewissen plagt ihn mehr denn je. Er hat Mist gebaut, großen Mist. Und jetzt ist er sogar bereit, das Leben seiner Frau zu opfern, nur um seine Töchter nicht zu verlieren. Er ist wütend auf das Schicksal. Warum nimmt es ihm seine Gattin und die Mutter seiner Kinder? Aber vor allem ist er wütend auf sich selbst. Warum war er damals nur so unglaublich dumm? Warum ist er auf diesem Deal eingegangen? Seine Gier hatte ihn nicht über die Konsequenzen nachdenken lassen. Und nun scheint alles vor einem Scherbenhaufen zu stehen. Wie soll er das je wieder in Ordnung bringen können? Es vergeht kein Tag, an dem er nicht an seine Fehlentscheidung zurückdenkt. Doch nicht immer bereut er diesen Fehler. Denn ohne ihn wäre er heute nicht der, der er ist. Ein glücklicher Familienvater, der alle seine finanziellen Probleme hinter sich lassen konnte.

Die Wahrheit, Teil 1

Natalie und Sarah sind vollkommen aufgelöst. Wie kann ihr Vater sie daran hindern, ihre Mutter zu retten? Warum hat er da oben im Krankenzimmer so heftig reagiert? Natürlich ist jeder Eingriff mit gewissen Risiken verbunden. Doch der Arzt hat gesagt, ohne Spenderniere werde ihre Mutter nicht lange überleben. Da gingen sie doch gerne das Risiko ein. Darin sind sich zumindest die beiden Schwestern einig.

Was ist denn schon eine hässliche Narbe im Vergleich dazu, ihre Mutter zu verlieren? Lieber ein Leben ohne zweite Niere als eines ohne Mutter. Entschlossen sehen sich die Schwestern an, nehmen sich an der Hand und gehen zurück zum Krankenhaus. Am Empfang lassen sie Herrn Dr. Jander ausrufen. Wenige Minuten später sitzen sie in einem desinfizierten Raum und lassen sich Blut abnehmen. Der Arzt hatte sich zwar anfangs geweigert, da ihm die Drohungen von Thomas noch im Ohr hallten, schlussendlich aber doch nachgegeben. Schließlich sind die beiden volljährig und haben ein Recht, ihre Mutter zu retten. Sowohl die Schwestern als auch der Arzt halten es jedoch für besser, vorerst nichts den Eltern zu sagen. Dr. Jander verspricht, Sarah telefonisch zu verständigen, sobald die Ergebnisse aufliegen. Die Mädchen verabschieden sich und treten den Heimweg an.

Am nächsten Morgen fahren sie erneut ins Spital, um zu sehen, wie die Operation ihrer Mutter verlaufen ist. Thomas ist bereits da, sitzt neben dem Bett von Maria und hält ihre Hand. Die Mädchen sehen sofort, dass er geweint hat, und schnell steigt ihre Sorge um Maria. Thomas merkt erst jetzt ihre Anwesenheit und begrüßt die beiden. Die Operation sei so weit erfolgreich verlaufen, Maria sei jedoch noch sehr geschwächt von der Narkose. Sie sei bereits kurz wach gewesen, doch die Krankenschwester habe ihr ein Schlafmittel gegeben. Im Moment könnten sie noch nicht sagen, wie sich die OP auf die andere Niere ausgewirkt habe. Sobald Maria wach wäre, würden sie erneute Tests durchführen. Natalie versucht, ihren Vater zu trösten. „Hoffentlich ist einer von uns als Spender geeignet!"
„Sag nicht, ihr habt euch testen lassen!"
„Ja ... nein ... ja. Ach Daddy, wir mussten doch. Es geht schließlich um das Leben unserer Mutter!"
„Habe ich es euch nicht strengstens untersagt? Könnt ihr nicht ein Mal, nur ein einziges Mal tun, was man euch sagt?"
„Wir sind erwachsen, du kannst uns gar nichts mehr verbieten!"
„Wisst ihr eigentlich, was ihr da in Gang gebracht habt?" Thomas springt so unvermittelt auf, dass sein Sessel krachend zu Boden fällt. Er läuft zur Tür, dort hält er noch einmal kurz inne, um dann schnellen Schrittes davonzueilen.

Egal, was die Schwestern bisher angestellt hatten, so wütend haben sie ihren Vater noch nie erlebt. So angebrüllt wurden sie auch noch nicht. Auch wenn sie glauben, dass in seiner Stimme auch ein wenig Angst mitschwang.

Seitdem Thomas so wütend aus dem Krankenhauszimmer gestürmt ist, haben sie nun nichts mehr von ihm gehört.

Die Schwestern haben mehrmals versucht, ihn zu erreichen, um sich zu entschuldigen, doch er hebt einfach nicht das Telefon ab. Am Heimweg sind sie noch schnell bei der Wohnung vorbeigefahren, doch dort war er auch nicht. Sie hoffen, ihrem Vater nicht allzu viel zugemutet zu haben und dass er sich bald wieder beruhigt und sich meldet. Auch wenn sie im Moment voller Sorge über seinen Verbleib sind, so schwingt in ihnen doch die Frage nach, was zum Teufel denn eigentlich sein Problem sei.

Am Dienstag erhält Sarah den sehnlichst erwarteten Anruf vom Krankenhaus. Dr. Jander möchte die Ergebnisse der Tests gerne persönlich besprechen und bittet die Schwestern vorbeizukommen. Sie mögen doch bitte ihren Vater mitbringen, denn es betreffe wohl die ganze Familie. Er selbst habe Herrn Gartner telefonisch leider nicht erreichen können.

Nachdem sie aufgelegt hat, berichtet Sarah Natalie von dem Telefonat. Warum kann der Doktor nicht einfach am Telefon sagen, ob eine der beiden als Spenderin infrage kommt? Und warum braucht er zu dem Gespräch auch ihren Vater? Beide finden das äußerst merkwürdig und machen sich gleich auf den Weg, um aus der Sache schlau zu werden. Unterwegs versucht Natalie erneut, ihren Vater anzurufen, doch ohne Erfolg. Nachdem sie zweimal innerhalb einer Stunde auf die Sprachbox gekommen ist, hinterlässt sie eine Nachricht und bittet um dringenden Rückruf.

Im Spital angekommen, werden die Schwestern gleich in das Sprechzimmer von Dr. Jander geführt. Der gut aussehende Arzt sitzt an seinem imposanten Schreibtisch und blickt von der Akte auf, die vor ihm liegt, als die Mädchen eintreten. Er bittet sie, Platz zu nehmen, und erkundigt sich nach ihrem Vater. Natalie erklärt, dass sie ihn nicht habe erreichen können und nun wissen wolle, wie die Ergebnisse ausgefallen seien. Der Arzt möchte jedoch nicht ohne Beisein eines Elternteils darauf eingehen. Er schickt eine Krankenschwester, um Maria zu holen, damit wenigstens sie am Gespräch teilnehmen kann. Ihm ist nicht ganz wohl dabei, über so ein heikles Thema ohne sie zu sprechen.

Kurz darauf erscheint Maria, wieder im Rollstuhl, geschoben von der Krankenschwester. Der Arzt bittet die Mädchen kurz vor die Türe, um mit Maria unter vier Augen sprechen zu können. Dann erklärt er Maria, dass sich die beiden Mädchen hätten testen lassen und die Ergebnisse vorlägen. „Frau Gartner, ich nehme an, Sie wissen, was es bedeutet, wenn ich die Tests vor den zwei Damen offen darlege?" Da Maria keinerlei Reaktion zeigt, den Blick stur auf das Fenster hinter dem Doktor gerichtet, fährt er fort: „Die Mädchen kommen als Spender nicht infrage, da die Blutgruppen nicht kompatibel sind. Normalerweise ist das nur dann der Fall, wenn …"

Doch der Arzt braucht nicht weiterzusprechen. Maria ist sich der Bedeutung dieses Tests bewusst. „Genau deswegen wollte mein Mann nicht, dass sie sich testen lassen."

„Natürlich obliegt es Ihnen, ob ich die Tests vor den Mädchen offen darlege. Sie sind Erwachsene, haben den Test verlangt und somit ein Recht, die Ergebnisse zu erfahren."

„Ja, ich verstehe. Danke für Ihre Diskretion. Ich denke, es ist an der Zeit, dass die Mädchen die Wahrheit erfahren. Das ist eigentlich schon lange fällig."

Der Arzt lässt die Mädchen rufen und bittet sie erneut, Platz zu nehmen.

Der Vertrag

Thomas läuft in der Wohnung nervös auf und ab. Soll er oder soll er nicht? Eigentlich haben sie vereinbart, nie wieder Kontakt aufzunehmen. Doch er muss mit ihm sprechen. Immerhin werden die neuen Ereignisse ihn interessieren. Schnell sucht er die Telefonnummer heraus und wählt. Nach dreimaligem Läuten meldet sich eine Männerstimme.

„Kann ich bitte mit Ihrem Chef sprechen?"
„Wer spricht denn bitte?"
„Mein Name ist Thomas Gartner, ein früher Geschäftspartner. Und sagen Sie ihm, es sei dringend."
Sein Herz schlägt schneller. War es doch ein Fehler, anzurufen? Doch jetzt ist es zu spät, einfach auflegen geht nicht.
„Gartner, was gibt's?"
„Ich muss Sie sprechen, dringend!"
„Haben wir nicht vereinbart, dass wir nach dieser Geschichte nie wieder Kontakt aufnehmen werden?"
„Ja, ich weiß, es ist nur …"
„Und warum um alles in der Welt halten Sie sich nicht daran und rufen mich an? Wissen Sie denn nicht, wie gefährlich es ist, wenn jemals jemand erfährt, dass …"
„Darum rufe ich an. Ich habe die Befürchtung, dass meine Kinder drauf und dran sind, alles herauszufinden. Ich möchte Sie bitten …"
„Sie sind der Letzte, der mich um etwas bitten darf. Sie haben damals eine entsprechende Summe erhalten, um Stillschweigen zu bewahren. Ich glaube, ich schulde Ihnen einen Scheißdreck."
„Ja, das ist mir bewusst. Dennoch werden sie viele Fragen stellen, sobald sie herausfinden, dass sie nicht meine leiblichen Töchter sind."
„Dann verhindern Sie doch, dass sie es herausbekommen, Sie Schwachkopf!"
„Dafür ist es leider zu spät. Meine Frau liegt im Spital und meine Kinder …"
„Ihre persönliche Scheiße interessiert mich nicht. Klären Sie das. Und wenn es gar nicht anders geht, tischen Sie ihr halt irgendeine Geschichte auf. Lügen Sie, was das Zeug hält, aber lassen Sie bloß meinen Namen heraus."
„Aber sie werden Nachforschungen anstellen. Da wird auch die beste Lüge nichts mehr helfen."
Am anderen Ende herrscht Stille. Thomas hofft, dass sich sein Gesprächspartner erbarmt und ihm erlaubt, seinen Töchtern endlich reinen Wein einzuschenken. Er möchte die Last des Geheim-

nisses nicht länger tragen, möchte endlich offen zu seinen Kindern reden. Es reicht, dass sein Vater mit dieser Lüge sterben musste. Das hatte ihm ziemlich zugesetzt.

Die Stimme am anderen Ende der Leitung meldet sich zurück.

„Es gibt für alles eine Lösung."

„Und was schlagen Sie vor?"

„Wer weiß alles von unserem Deal damals? Außer Ihrem Vater natürlich. Der hat das Geheimnis wohl mit ins Grab genommen."

„Vielen herzlichen Dank für Ihr Mitgefühl."

„Sie rufen mich aus heiterem Himmel nach all den Jahren an, um mir Ärger zu machen, und erwarten auch noch Mitgefühl von mir. Da sind Sie an den Falschen geraten, mein Lieber. Also, wer weiß noch davon?"

„Niemand."

„Sie schwören, dass es sonst niemanden gibt, der Bescheid weiß?"

„Ich schwöre."

Wieder diese Angst einflößende Stille am anderen Ende der Leitung. Thomas überkommt mehr und mehr das Gefühl, dass dieser Anruf ein riesiger Fehler war. Er versucht, das Zittern in seiner Stimme zu verdrängen, und wagt sich noch einmal vor: „Also, was haben Sie vor?"

„Sind Sie zu Hause?"

„Ja."

„Alleine?"

„Ja."

„Gut, ich werde mir etwas einfallen lassen und Sie dann zurückrufen. Keine Sorge, ich habe alles unter Kontrolle."

„Vielen Dank."

Als Thomas auflegt, weiß er bereits, dass dies seine schlechteste Idee seit Langem war. Sein ungutes Bauchgefühl warnt ihn und rät ihm, so schnell als möglich abzuhauen – solange es noch geht. Doch sein Kopf sagt ihm, dass er nicht ewig davonlaufen könne. Und wenn er sich jetzt der Sache nicht stelle, werde sie ihn immer wieder einholen. Also beißt er seinen Töchtern zuliebe die Zähne zusammen und verharrt still auf seinem Platz vor dem Telefon.

Die Wahrheit, Teil 2

Die Schwestern nehmen Platz und meinen, nun endlich zu erfahren, was hier vor sich geht. Maria sieht beschämt zu Boden und ist den Tränen nahe. Dr. Jander wird wieder einmal bewusst, warum er sich geschworen hat, sich nie in das Privatleben der Patienten einzumischen. Dafür sind normalerweise die Krankenschwestern zuständig. Die können mit so etwas umgehen. Obwohl der Arzt mit dieser Situation völlig überfordert ist, ergreift er als Erster das Wort. Er will das Ganze einfach schnell hinter sich bringen. „Natalie, Sarah, Sie kommen beide nicht als Spender infrage."

„Aber ich verstehe das nicht. Ich habe in einer Zeitschrift gelesen, dass die Chancen sehr gut stehen, wenn ein Familienangehöriger sich als Spender zur Verfügung stellt. Und jetzt sind weder ich noch meine Schwester geeignet. Wie kann das sein?"

Dr. Jander hält kurz inne in der Hoffnung, dass Maria fortfahren würde und ihm der Rest erspart bliebe. Doch Maria blickt immer noch schweigend zu Boden und hofft insgeheim, dass sich ein Loch auftun würde und sie verschlinge. Der Doktor holt tief Luft und fährt fort: „Sarah, Sie haben die Blutgruppe AB positiv, Ihre Schwester B positiv. Da Ihre Mutter 0 negativ ist, kommen Sie beide nicht als Spender in Betracht."

„Und was ist mit meinem Vater?"

„Ihr Vater hat A positiv und fällt somit als Spender ebenfalls aus."

Die Anspannung im Raum ist nahezu greifbar. Natalie hat ihre Nägel in die gepolsterten Armlehnen des Sessels gekrallt. Sarah scheint wie versteinert zu sein und blickt seit Minuten gedankenverloren ins Leere.

Dem Arzt kommen diese Sekunden der Stille wie Jahre vor. Er hätte doch Anwalt werden sollen, wie es sich seine Eltern für ihn gewünscht hätten. In seiner Laufbahn als Arzt hatte er noch nie ein so ungutes Gefühl wie in diesem Moment. Jetzt war es an ihm, eine Familie zu zerstören. Wie bringt man jemandem schonend bei, dass die Personen, die man sein Leben lang für seine eigenen Eltern gehalten hat, plötzlich nicht mit einem blutsverwandt sind.

Dr. Jander verspürt große Sehnsucht nach seiner eigenen Familie und möchte es so kurz und schmerzlos wie möglich machen, wobei er sich im Klaren darüber ist, dass es in dieser Situation weder kurz noch schmerzlos werden wird – zumindest für die beiden Mädchen.

„Aufgrund dieser Bluttests hat sich ergeben, dass Ihre Mutter als Ihre biologische Mutter nicht …"

„Wir haben euch adoptiert", platzt es plötzlich aus Maria heraus. Unter Tränen gesteht sie: „Es tut mir so schrecklich leid, dass ihr es so erfahrt. Ich hatte doch so furchtbare Angst, dass ihr mich als eure Mutter nicht mehr haben wollt, wenn ihr wisst, dass ich nicht eure echte Mutter bin. Bitte verzeiht mir, dass wir es so lange vor euch geheim gehalten haben."

Sarah und Natalie sehen sich gegenseitig an. Sie können noch gar nicht glauben, was sie da eben gehört haben. Die Schwestern haben das Gefühl zu fallen. Tief zu fallen. Und es scheint kein Ende in Sicht. Mit nur einem einzigen Satz wird ihnen der Boden unter den Füßen weggerissen. Sie fühlen sich entwurzelt. Alles, was sie bisher angenommen haben, ihr ganzes Leben erscheint wie eine einzige Lüge. In ihren Köpfen hört es gar nicht mehr auf zu rattern. Sie können keinen klaren Gedanken mehr fassen, geschweige denn ein Wort herausbringen. Dieses Geständnis stellt ihr Leben komplett auf den Kopf. Wer sind ihre wahren Eltern, woher kommen sie? Warum wurden sie nicht gewollt? Was hat das für Konsequenzen? Was sollen sie jetzt denken? Was sollen sie fühlen? Fragen über Fragen. Sie haben das Gefühl, mit einem Schlag ihre Identität verloren zu haben. Ihre Mutter, nein, die Frau, von der sie dachten, sie sei ihre Mutter, scheint mit einem Schlag völlig fremd.

„Bitte, Kinder, sagt doch etwas!", fleht Maria unter Tränen. Diese Stille ist einfach nicht auszuhalten. Maria wünscht sich, ihre Töchter würden schreien, wütend sein, das Büro verwüsten, auf sie losgehen. Alles wäre ihr lieber als diese unsägliche Stille. Natürlich hatte sie damit gerechnet, dass es keine schöne Szene wird. Doch ignoriert zu werden, nicht mehr als deren Mutter anerkannt zu werden, das war ihre größte Angst. Und mit einem Schlag wurde dies Realität. Sie ist allein, verloren. Ihre Kinder sind doch alles, was sie hat. Ihre Töchter haben ihr Leben bestimmt – sind ihr Leben, verkörpern ihr ganzes Dasein.

Die Mädchen erheben sich und bewegen sich synchron Richtung Tür.

Als Sarah die Türe öffnet, wagt Maria noch einen letzten Versuch: „Bitte, lasst uns darüber reden. Lasst mich nicht alleine zurück. Sagt doch etwas!"

„Was willst du denn von uns hören? Dass wir dir einfach so verzeihen, dass du uns unser ganzes Leben lang belogen hast, dass ihr es nicht fertiggebracht habt, uns zu sagen, wer wir wirklich sind?"

Die Krankenschwester bemerkt, dass Maria am ganzen Körper zittert und kreidebleich ist. Sie verlangt, Maria zurück in ihr Zimmer zu bringen, sie müsse sich ausruhen. So viel Aufregung kurz nach einer Operation sei schädlich für den Körper. Der Arzt stimmt zu und Maria wird aus dem Zimmer geschoben. Noch einmal bittet sie ihre Kinder um Verzeihung, doch diese sind zu aufgebracht, um darauf zu reagieren. Dr. Jander entschuldigt sich dafür, die beiden so überfallen zu haben, er verstehe, wie sie sich fühlen müssten. Doch ruft er ihnen auch ins Gedächtnis, dass Maria ihre Mutter ist, es die letzten Jahre immer gewesen ist und auch bleiben wird. Das sollten sie nie vergessen.

Ist es so?

Die Mädchen treten den Heimweg an, sie möchten raus aus diesem ganzen Affenzirkus und an einen vertrauten Ort. Zu Hause angekommen, kuscheln sie sich gemeinsam in Natalies Bett, so, wie sie es als Kinder immer getan haben. Lange liegen sie dort Arm in Arm und keiner traut sich, ein Wort zu sagen. Nach einiger Zeit erträgt Natalie die Stille nicht länger. „Sie ist immer noch unsere Mutter. Und sie ist krank, sie braucht uns jetzt!"

„Ja, Natalie, ich weiß. Dennoch fühle ich mich hintergangen und verraten. Warum haben sie nie darüber mit uns gesprochen? Ich bin so wütend. Spätestens als Mama die Spenderniere brauchte, hätten sie uns doch die Wahrheit sagen können. Stattdessen schreit Papa nur herum und verbietet uns, uns testen zu lassen. Regt dich das denn gar nicht auf?"

„Ja natürlich. Ich bin verdammt wütend. Ich habe so viele Fragen, dass ich es kaum aushalte. Doch in erster Linie bin ich besorgt um Mamas Wohlergehen."

„Ja, Fragen hätte ich auch genug. Zum Beispiel würde mich echt interessieren, wer dann unsere leiblichen Eltern sind!"

„Meinst du, wir müssten ein schlechtes Gewissen deswegen haben?"

„Was meinst du?"

„Na ja, wenn wir unsere leiblichen Eltern kennenlernen wollen. Ist das nicht eine Art Verrat an Mama und Papa?"

„Ich glaube, sie werden dafür Verständnis haben. Außerdem haben sie auch wenig Rücksicht auf unsere Gefühle genommen. Also warum sollten wir uns deswegen ein schlechtes Gewissen machen lassen?"

„Du hast recht. Denkst du, jetzt, wo es raus ist, erzählen uns Mama und Papa die ganze Geschichte?"

„Das möchte ich doch hoffen, schließlich haben wir die Wahrheit verdient."

„Also dann mal los. Lass uns etwas über unsere Eltern in Erfahrung bringen."

„Ja. – Natürlich verfüge ich noch über gewisse Kontakte. – Ich weiß nicht, ob das so eine gute Idee ist. – Ja klar, ich habe es nicht vergessen. – Okay, ich schicke jemanden vorbei. – Keine Angst, sie sind die Besten. Lass sie nur machen. – Du musst mich nicht an meinen Ruf erinnern, meine Karriere steht immer noch an oberster Stelle. – Ich erledige das. – Und wage es danach nicht, mich noch einmal anzurufen, damit ist die Sache zwischen uns gelaufen. Wir haben nichts mehr miteinander zu tun, verstanden?"

Die Fremden

Die beiden Schwestern machen sich wieder auf den Weg zum Krankenhaus. Sie möchten noch einmal Maria auf die Adoption ansprechen, um herauszufinden, wer ihre leiblichen Eltern sind. Maria freut sich, die beiden so schnell wiederzusehen, und beteuert, dass ihr das alles so unendlich leidtue. Die Mädchen können ihr nicht länger böse sein, wissen sie doch, dass ihre Mutter immer nur das Beste für sie will und wahrscheinlich Thomas seine Hand über die ganze Sache hält. Maria hat schon immer unter seiner Fuchtel gestanden. Es würde sie nicht wundern, wenn sie in diesem Fall auch keine andere Wahl gehabt hätte, als das Geheimnis für sich zu behalten.

Die drei liegen sich in den Armen und Maria weint vor Glück, ihre Töchter nicht verloren zu haben. Doch ihr ist klar, dass die Geschichte damit nicht vom Tisch ist. Sie kennt ihre Mädchen gut genug, um zu wissen, dass ihre Neugierde sie noch viel weiter treiben wird.

„Wer sind unsere leiblichen Eltern, Mama?"

„Mein Schatz, das weiß ich leider nicht, ehrlich. Euer Vater hat das damals alles arrangiert und mich gebeten, nicht viele Fragen zu stellen."

„Und das hast du einfach so hingenommen? Ich meine, wir könnten von sonst wem abstammen. Vielleicht sind unsere Eltern drogenabhängig oder noch schlimmer."

„Ach Sarah, natürlich habe ich mich erst unwohl bei dem Gedanken gefühlt, nichts über sie zu wissen. Doch wenn du Wochen zuvor den Bescheid erhältst, dass du unfruchtbar bist, ist es dir egal, woher, Hauptsache, du wirst Mutter. Es war für mich wie Schicksal, ein Segen. Gott hat mir ein Kind geschickt, auf welchem Wege auch immer. Ich habe dich dankend angenommen und keine Fragen gestellt."

„Und was ist mit Natalie?"

„Deine Schwester kam zwei Jahre später zu uns, auf ähnlichem Wege. Euer Vater wollte mir hier genauso wenig erzählen wie bei deiner Adoption. Und ich habe es akzeptiert."

Maria liebt ihren Mann abgöttisch und hat es immer getan. Sie ist auf einem Bauernhof aufgewachsen und kam mit 15 Jahren in die Stadt, nachdem ihre Eltern bei einem Autounfall ums Leben kamen. Sie wohnte die ersten zwei Jahre bei ihrer Taufpatin, der besten Freundin ihrer Mutter aus Jugendtagen. In dieser Zeit lernte Maria Thomas kennen. Er ist der Neffe ihrer Taufpatin. Es war Liebe auf den ersten Blick. Thomas verliebte sich in die wunderschöne, junge Maria. Sie hatte schöne lange, schwarze Haare und grüne Augen. Er liebte ihre jugendliche Naivität und schätzte ihre zurückhaltende Art. Die Mädchen, die er kannte, wollten ständig mit den Männern gleichgestellt werden und waren alles andere als schüchtern. Thomas mochte es, ein Mädchen zu umgarnen, und wollte eine Frau, die sich von ihm beschützen ließ. Da hatte er mit Maria genau die richtige Frau an seiner Seite gefunden. Sie wurde, wie es für das Land üblich ist, religiös erzogen. Auch hatte es in ihrer Familie Tradition, dass die Frau einfach bloß Hausfrau war. Nie wäre sie auf die Idee gekommen, einen Beruf anzustreben. Das gefiel Thomas, denn er spielte sich gerne als Ernährer der Familie auf. Bei ihm zu Hause war das ebenso. Die Mutter hatte sich um Haushalt und Kinder gekümmert, während der Vater die Brötchen verdiente. In der heutigen Welt mochte das sehr absurd erscheinen. Doch die beiden hatten die gleichen Vorstellungen von der Ehe und das hat sie von Anfang an auf eine besondere Weise verbunden. Wie heißt es so schön: Was man kennt, das liebt man. Und den beiden war nur diese Art von Zusammenleben durch die eigenen Eltern vorgelebt worden.

Am 17. Geburtstag von Maria machte Thomas ihr einen Antrag. Ein Jahr später heirateten die beiden und zogen in die gemeinsame Wohnung, in der sich auch heute noch leben. Böse Zungen behaupten, dass Maria ihren Gatten viel mehr liebe als umgekehrt, sie nur zu naiv sei, dies zu erkennen.

Die Mädchen wissen, dass ihre Mutter sehr leichtgläubig ist. Auch sie haben schon des Öfteren geschwindelt und sind damit problemlos bei ihr durchgekommen. Doch in diesem Fall wünschten die beiden Schwestern, ihre Mutter hätte mehr Durchsetzungsvermögen gehabt und wäre der Sache auf den Grund gegangen. Doch konnte man es Maria wirklich verübeln, dass sie den Wunsch nach Kindern über alles stellte und ihr die Hintergründe deshalb mehr oder minder gleichgültig waren?

Maria würde es auch nie wagen, die Handlungen ihres Mannes zu hinterfragen, vertraute sie doch darauf, dass er nie etwas Böses im Schilde führen würde. Sie glaubt an das Gute in jedem Menschen und verschließt die Augen gerne vor dem Bösen auf dieser Welt. Das ist auch der Grund, warum sie keine Nachrichten sieht oder Zeitungen liest. Was immer sich da draußen Schreckliches abspielt, sie will es nicht wissen, um in ihrer schönen heilen Welt nicht gestört zu werden.

Sie hat immer zu Thomas gehalten. Sogar als er spielsüchtig war und beim Pokern eine Menge Geld verlor. Auch seinen Seitensprung hat Maria ihm verziehen. Ob aus reiner Dummheit und Naivität oder weil sie ihn von Herzen liebt, sei dahingestellt.

Die Schwestern sehen ein, dass sie hier nichts Neues erfahren werden, und beschließen, sich an Thomas zu wenden, da er anscheinend der Drahtzieher bei der ganzen Geschichte ist. Sie verabschieden sich von Maria und versprechen, sie bald wieder zu besuchen, wünschen eine gute und baldige Besserung und machen sich auf den Weg zur Wohnung der Eltern.

Keine Viertelstunde später läutet es an der Türe. Thomas öffnet und wird sogleich von zwei Männern überrumpelt. Der Größere der beiden hält ihm eine Pistole vor das Gesicht. „Mein Boss möchte Sie dringend sehen."

„Was soll das, was haben Sie vor? Und nehmen Sie dieses Ding aus meinem Gesicht!"

Die Männer antworten nicht, sondern schleppen Thomas hinaus auf den Gang und drängen ihn die Treppe hinunter.

Die Mädchen biegen gerade um die Ecke, als ihr Vater aus der Haustüre tritt, begleitet von zwei ihnen vollkommen unbekannten

Männern. Natalie möchte ihm gerade zurufen, als Sarah sie wieder zurück in die Seitengasse zieht und ihr den Mund zuhält.

„Was soll denn das? Lass mich los! Ich dachte, wir sind hier, um mit ihm zu reden!"

„Psst, sei leise! Siehst du denn nicht, was ich sehe? Da, schau doch", flüstert Sarah und zeigt auf den größeren der beiden Männer in schwarzer Lederjacke und mit schwarzen Lederhandschuhen. Jetzt sieht es Natalie auch: „Oh, scheiße. Warum hat der Typ da eine Knarre? Sarah, wir müssen Papa irgendwie helfen!"

„Denkst du, diese zwei Typen lassen sich beeindrucken, wenn zwei Mädchen, keine 1,65 m groß, sich auf sie stürzen?"

Der Mann mit der schwarzen Lederjacke drückt Thomas die Waffe in den Rücken und schiebt ihn in Richtung des schwarzen Geländewagens, der auf der anderen Straßenseite parkt. Während sich die drei Männer nähern, wird bereits der Motor angelassen und die Lichter gehen an. Der kleine Muskelprotz öffnet die rechte Hintertür und schiebt Thomas hinein, um danach einzusteigen. Der große Kerl nimmt auf dem Beifahrersitz Platz.

Die Mädchen wissen gar nicht, was hier geschieht. „Schnell, schreib das Kennzeichen auf. Im Fernsehen machen die das immer in solchen Fällen!"

„Alles klar, hab ich. Wo wollen die bloß hin mit Papa?"

„Meinst du, wir sollten ihnen folgen?"

„Ich glaube, das ist zu riskant. Vielleicht finden wir in der Wohnung irgendwelche Hinweise."

Die Wohnungstüre ist nur angelehnt. Die Mädchen schlüpfen hinein und finden alles so vor wie immer. Die Schwestern haben eher kaputte Blumentöpfe, ausgeleerte Laden und durchstöberte Schränke erwartet. Doch dem Anschein nach waren die fremden Männer nicht lange hier. Auch das Türschloss scheint noch heil zu sein. Warum um alles in der Welt sollte Thomas diesen Typen freiwillig Zugang zur Wohnung verschaffen? Sogar ein Blinder hätte gemerkt, dass es sich bei diesen Typen um schlimme Kerle handelt. In Schwarz gekleidet, Muskelberge, finstere Miene. Also was hat sich Thomas dabei gedacht? Oder kennt er die Typen am Ende noch? Was verdammt noch einmal hat das alles zu bedeuten?

„Natalie, mir ist das Ganze hier zu unheimlich. Bitte lass uns einfach Tom anrufen."

„Du hast recht, wozu haben wir denn einen Cousin bei der Polizei. Endlich kann sein Beruf uns einmal hilfreich sein."

1.

Keine halbe Stunde später trifft Tom bei der Wohnung ein. Er war gerade mit seinem Kollegen Alexander in der Nähe auf Streife. Tom ist drei Jahre älter als Sarah und seit vier Jahren bei der Polizei.

„Hallo ihr zwei! Das ist mein Partner Alex. Na, was habt ihr angestellt?"

Alexander ist locker über 1,80 m groß, hat kurze, dunkelbraune bis schwarze Haare und wunderschöne grünbraune Augen. Er hat breite Schultern und scheint auch sonst muskulös zu sein, aber nicht zu sehr. Äußerlich also gar nicht der Typ Mann, auf den die Schwestern stehen. Beide bevorzugen blonde Surfertypen mit hellen, blauen Augen. Sarah hat es da auch sehr gut getroffen mit ihren Freund Andreas.

Mike ist hingegen auch eher ein dunkler Typ, hat allerdings blaue Augen. Deshalb ist er Natalie anfangs gar nicht aufgefallen. Ihre Freundin Denise hat die beiden damals verkuppelt. Mike hat sich gleich nach dem ersten Treffen in Natalie verliebt, so sagt er zumindest. Die fand ihn zwar ganz nett, hätte aber nie gedacht, sich in ihn verlieben zu können. Mike war viel zu schüchtern und sehr auf sein Studium konzentriert und wirkte dadurch, so hart es klingen mag, langweilig. Doch Denise, die alte Romantikerin, hat wohl von Anfang an das Traumpaar schlechthin in den beiden gesehen, und da sie dem verliebten Mike unter die Arme greifen wollte, hat sie laufend Treffen organisiert. Irgendwann waren Natalie und Mike dann in einer Bar. Ein von Kopf bis Fuß tätowierter Biker hatte Natalie unentwegt angegraben. Dann wurde es Mike zu bunt und er hat den Biker gemahnt, die Finger von ihr zu lassen. Dafür hat Mike sich zwar eine Ohrfeige eingefangen, doch dieser eine Moment hat Natalie gezeigt, dass er auch anders kann. Seitdem sind sie ein Paar.

Obwohl Alex nicht den idealen Vorstellungen ihres Traummannes entspricht, findet ihn Natalie dennoch anziehend. Sein Lächeln ist aber auch wirklich umwerfend. Die Grübchen und die strahlend weißen Zähne unterstreichen es noch zusätzlich. Vielleicht sind es auch nur seine breiten Schultern und sein männliches Auftreten. Die Uniform lässt ihn unglaublich autoritär und stark wirken. Welche Frau steht denn nicht auf Männer in Uniform?

Während Natalie noch vor sich hinträumt, schildert Sarah aufgeregt, was sie beobachtet haben. Auch Tom kann sich darauf keinen Reim machen. Er nimmt die Wohnungstüre genauer unter die Lupe und stellt fest, dass Thomas die Türe selbst geöffnet hat, da keinerlei Einbruchsmerkmale zu sehen sind. Also muss er die Typen kennen. Doch den Schwestern sind die Männer so gar nicht bekannt vorgekommen. Jetzt fällt Sarah wieder ein, dass sie doch das Kennzeichen des Wagens notiert haben.

„Gut gemacht, kleines Cousinchen. Hast wohl bei CSI gut aufgepasst."

„Jaja, Fernsehen bildet eben."

„Ich werde das Kennzeichen gleich in den Computer eingeben. Mal schauen, wem der Wagen gehört. Unser Auto steht unten. Hier können wir fürs Erste eh nichts mehr tun."

Die Schwestern folgen den beiden Polizisten zum Streifenwagen. Ganz schön aufregend, so ein Polizeiauto einmal von innen zu sehen. Unter anderen Umständen hätten sie an der Situation durchaus Gefallen gefunden. Was würde ihre Mutter sagen, wenn sie ihre beiden kleinen Mädchen sähe, wie sie in einen Streifenwagen abgeführt werden?

Keine Viertelstunde später spuckt der Computer bereits ein Ergebnis aus.

„Das Auto ist zugelassen auf einen gewissen Jakob Manner. Kommt euch der Name irgendwie bekannt vor?"

„Nein, gar nicht, dir, Natalie?"

„Noch nie gehört."

„Wartet einmal, hier ist auch ein Foto hinterlegt. Vielleicht hilft euch das weiter." Außer dem Hallo bei der Begrüßung hatte Alex bisher noch nichts gesagt. Natalie muss feststellen, dass seine Stimme wunderbar klingt. Ja, sie würde sogar sagen, dass sie richtig sexy klingt.

„Nataliiieee?"

„Entschuldige, was?"

„Ich habe dich gefragt, ob du den schon einmal gesehen hast?"

„Ist das einer der beiden Typen, die euren Vater mitgenommen haben?"

„Nein. Keiner zumindest von den beiden, die wir gesehen haben."

„Ja, Natalie hat recht. Aber es wäre doch möglich, dass das der am Steuer war. Von dem haben wir leider nichts gesehen außer seiner schwarzen Baseballmütze."

„Aber wenn er der Besitzer des Autos ist, stehen die Chancen gut, dass er der Fahrer war. Oder zumindest weiß er, wo sein Auto heute war."

„Also, dann wollen wir uns mit dem Herrn doch mal unterhalten."

„Zumindest haben wir eine Spur. Wie klein sie auch sein mag."

Die beiden Polizisten schlagen vor, den Herrn alleine aufzusuchen, doch die Mädchen wollen davon nichts wissen. Es ist schließlich ihr Vater und sie wollen mit dabei sein, wenn der eventuelle Fahrer zur Rede gestellt wird. Die beiden Männer lassen sich schließlich überreden und zu viert brechen sie zu der angeführten Adresse auf.

In der richtigen Straße angekommen, einigen sich die vier darauf, dass die Mädchen vorerst im Wagen warten sollen. Sie wollen nicht Gefahr laufen, möglicherweise als die Töchter von Thomas erkannt zu werden und der Herr deshalb gar nicht erst die Türe öffnet. Vor allem die beiden Polizisten sind davon überzeugt, dass der Typ eher mit der Wahrheit rausrückt, wenn er zwei Uniformierten gegenübersteht. Die Mädels waren von diesem Vorschlag anfangs nicht angetan, brennen ihnen doch so viele Fragen auf den Lippen. Doch Alex konnte vor allem Natalie mit seinem Charme überzeugen, besser im Auto zu warten. Die beiden sähen viel zu liebenswert aus und er habe Angst, dass man sie in dieser Sache nicht für voll nehmen könne, da Schlitzohren wie dieser Typ zwei solch zarten Geschöpfe eher was vormachen würden als den starken Polizisten.

Tom und sein Kollege gehen schnell die Taktik durch und steuern dann die Haustüre an. Der Mann wohnt in einer wirklich schönen und ruhigen Gegend, in einem der Außenbezirke der Stadt, wo sich ein Haus an das andere reiht. Das Reihenhaus mit der Nummer vier ist gelb gestrichen und hat einen mit viel Mühe gestalteten schönen Vorgarten. Ein kleiner Springbrunnen plätschert vor sich hin, während im Biotop ein Frosch quakt.

Also wenn hier wirklich ein Entführer wohnte, dann wäre es auf alle Fälle einer mit viel Geschmack. Normalerweise hausen die Verbrecher, mit denen die beiden es sonst zu tun haben, in irgendwelchen Spelunken und vor allem in etwas anderen Wohngegenden.

Tom klopft an die Türe. Drinnen sind Stimmen zu vernehmen und das Geräusch von klappernden Stöckelschuhen nähert sich. Eine kleine Frau mittleren Alters mit kurzen, braunen Haaren öffnet die Türe.

„Ja bitte, wie kann ich Ihnen helfen?"

„Guten Tag, wohnt hier vielleicht ein Herr Jakob Manner?"

„Ja natürlich, das ist mein Mann." Das zuerst so freundliche Lächeln ist nun vollkommen verschwunden.

„Ist Ihr Gatte vielleicht zu sprechen?"

„Nein, er ist bei der Arbeit."

„Fährt Herr Manner einen Kia Sorento mit dem Kennzeichen X3471?"

„Keine Ahnung, was das für eine Marke ist, aber ja, das ist die Nummer seines Kennzeichens."

„Ist dieses Fahrzeug hier?"

„Natürlich nicht. Es ist ja schließlich ein Dienstwagen und wie gesagt ist mein Mann derzeit bei der Arbeit."

„Und was genau arbeitet Ihr Gatte?"

„Er ist Chauffeur, angestellt bei dieser Technikfirma. Hauptsächlich für Herrn Schwarz verantwortlich – den Firmenvorstand. Aber je nachdem, wo er gerade gebraucht wird."

„Hatte er heute Morgen Dienst?"

„Ja, ich denke schon. Darf ich nun endlich erfahren, worum es hier geht?"

„Das Fahrzeug wurde an einem Tatort gesehen."

„Und Sie meinen, mein Mann hat etwas damit zu tun?" Ihre Stimme wechselt von unfreundlich zu hysterisch.

„Frau Manner, das ist eine reine Routinebefragung. Wir müssen jedem Hinweis nachgehen. Bitte verzeihen Sie die Störung und vielen Dank für Ihre Hilfe."

Beim Auto angekommen, bringen sie die Schwestern auf den neuesten Stand. Viel weiter sind sie durch dieses Gespräch nicht gekommen. Es ist lediglich ein neuer Name aufgetaucht, ein gewisser Herr Schwarz. Doch hat er etwas mit dieser Sache zu tun? Ist er dafür verantwortlich, dass sein Fahrer eventuell in die Geschichte verwickelt ist? Und wenn es so wäre, welches Interesse sollte ein Vorstand an einem durchschnittlichen Bürger wie Thomas Gartner haben?

Es gibt hier wirklich noch einiges zu klären – doch wo anfangen?

Auf den Vorschlag von Tom hin versucht es Sarah auf gut Glück noch einmal am Handy ihres Vaters. Vielleicht haben sie ja Glück und die Sache hat sich mittlerweile erledigt.

Thomas geht immer noch nicht ran. Sie kommt sofort auf die Sprachbox.

Da kommt Natalie eine Idee. „Hey Leute, in Filmen und Zeitungen hört man doch immer, dass Verbrecher oder die Opfer mithilfe ihres Handys aufgespürt werden. Können wir nicht einfach das Handy von Papa orten und voilà, wir haben seinen Aufenthaltsort? Oder sind solche Tricks lediglich den Columbos, Horatios und seinen Teams vorbehalten?"

„Gar keine schlechte Idee. Tom, gib der Zentrale mal die Nummer durch. Die sollen uns sagen, wo und wann das Handy zum letzten Mal geortet wurde. Sehr gut, Natalie."

Sofort wird sie mit diesem umwerfenden Lächeln belohnt. Sie spürt, wie ihr die Wärme ins Gesicht steigt. Wie peinlich, ein kleines Kompliment, wenn man das überhaupt als Kompliment werten darf, und schon wird sie rot.

Das hat sie schon in der Schule nicht ausstehen können, vor der Klasse zu stehen und knallrot anzulaufen. Vor einem süßen Typen ist das alles natürlich noch eine Spur peinlicher. Sarah beginnt zu kichern, denn sie weiß, was los ist. Natalie schubst sie mit dem Ellbogen und hofft, dass Alex die aufsteigende Röte in ihrem Gesicht entgangen ist. Die Chancen stehen gut, denn er widmet sich sofort seinem Laptop, während Tom am Funk hängt. Es meldet sich eine weibliche Stimme und Tom bittet Sarah, die Telefonnummer von Thomas bekannt zu geben. Nach einem kurzen Moment meldet sich die Stimme wieder zurück und gibt Adresse und Uhrzeit bekannt. Dort wurde es zuletzt geortet, seitdem ist das Handy ausgestellt.

Alex gibt die genannte Adresse ins Navigationssystem ein und schon geht es los. Mal sehen, ob sie dort weiterkommen und endlich die ersehnten Antworten finden.

Möglicher Zeuge Nr. 2

Die nächste Adresse ist noch beeindruckender als die erste. Diesmal liegt zwischen den einzelnen Häusern noch mehr Abstand und die Grundstücke fallen noch größer aus. Es scheint die letzte Hausreihe in der Stadt zu sein. Dahinter reihen sich bereits die Weinstöcke. Die Sonne geht gerade unter und taucht die Landschaft in ein schönes, sanftes Licht. Die Weinhänge sind in ein sanftes Hellrot gehüllt und an den Hügeln dahinter glitzern bereits die ersten Straßenlaternen.

Wieder nehmen die beiden Polizisten die Unterredung alleine vor. Gespannt warten die Schwestern im Auto. Nach dem ersten Klingeln öffnet ein junges Hausmädchen die Türe. Sobald sie die Uniformierten sieht, wird sie nervös. Verlegen und zaghaft fragt sie nach dem Grund des Besuches. Tom hört nur mit einem Ohr zu, denn seine anderen Sinnesorgane konzentrieren sich voll und ganz auf die wunderschöne Dame vor ihm. Sie dürfte nicht älter als 25 Jahre alt sein, hat lange, blonde Haare, welche ihr verspielt auf die Schultern fallen. Das schwarze Kleid, welches sie über der weißen Bluse trägt, endet einige Zentimeter oberhalb der Knie. Dazu trägt sie schwarze High Heels.

Die Mädchen im Auto rangeln auf der Rückbank um den Fensterplatz, da jede den besten Blick erhaschen möchte. Kein Zweifel, das Mädchen ist wirklich hübsch. Doch ist es notwendig, sich so zu kleiden, wenn man zur Arbeit geht? Wahrscheinlich besteht der Herr des Hauses auf dieser knappen Dienstuniform. Wenn es mit der Gattin zu langweilig wird, dann holt man sich einfach eine junge Dienstkraft ins Haus. Das dürfte wohl eine weitverbreitete Krankheit der Reichen und Schönen sein. Zumindest liest man ständig in diversen Zeitungen, dass jener mit dem Kindermädchen und dieser mit dem Hausmädchen fremdgeht. Also anstelle der Hausdame würde ihnen nicht so ein junges Ding ins Haus kommen, denken die Schwestern zeitgleich.

Da Alex Angst hat, sein Kollege würde jeden Moment zu sabbern anfangen, ergreift er das Wort.

„Guten Tag. Ist vielleicht der Herr des Hauses zugegen?"
„Ja, er ist da. Doch er hat gerade eine Besprechung."
„Dürfen wir ihn vielleicht ein paar Minuten stören?"
„Ich werde gleich nachsehen. Einen Moment bitte."

Das Mädchen lehnt die Türe an und geht die Treppe hinauf. Tom, neugierig, wie er ist, stößt die Türe mit der Fußspitze ein wenig auf, um einen Blick ins Innere des Hauses zu erhaschen.

Vor den Polizisten erstreckt sich ein langer Flur. Geradeaus befindet sich eine Art Salon und hinter einer weiteren Glastüre ist der Gartenbereich zu erkennen. Nach links führt eine Treppe in die oberen Stockwerke, wo das Mädchen gerade verschwunden ist. Das Haus dürfte vier Etagen haben, denn auch in den Keller führt eine weitere Treppe. Oben an der Galerie sind Stimmen zu vernehmen. Tom zieht sich wieder ein wenig zurück und sieht unbeteiligt zu Boden. Ein Mann in grauem Anzug kommt zu ihnen. Seine schwarzen Haare haben bereits graue Strähnen, welche ihn älter wirken lassen, als er wohl ist. Seine dunklen Augen sehen streng und kalt aus, auch wenn er sich um ein Lächeln bemüht.

„Die Herren wünschen?"

„Sind Sie Peter Schwarz?"

„Ja, das bin ich. Wie kann ich Ihnen behilflich sein?"

„Wir suchen einen Thomas Gartner. Wissen Sie, wo wir ihn finden können?"

„Tut mir leid, ich kenne niemanden, der so heißt."

„Das ist eigenartig. Wir haben die Meldung erhalten, dass er sich womöglich hier aufhält."

„Da muss es sich wohl um eine Fehlinformation handeln. Und jetzt entschuldigen Sie mich bitte, ich habe zu tun."

Der Herr möchte bereits wieder kehrtmachen und die Türe schließen. Doch Tom hält ihn auf. „Laut unseren Angaben wurde sein Handy in Ihrem Haus zuletzt geortet."

Herr Schwarz hält in seiner Bewegung inne, wendet sich nach ein paar Sekunden wieder den Polizisten zu und versucht es erneut mit seinem strahlenden Zahnpastawerbungslächeln.

„Ach, das meinen Sie. Ich habe heute Morgen in meinem Wagen ein Handy gefunden. Kleinen Moment, ich hole es." Er geht in Richtung Salon und kehrt nach einer Minute mit dem Handy zurück.

„Ich habe es sofort ausgestellt, bin nur noch nicht dazu gekommen, es zum Fundamt zu bringen. Aber Sie können es natürlich gleich mitnehmen."

„Das werden wir. Und Sie haben keine Ahnung, wem es gehört beziehungsweise wie es in Ihrem Wagen gelandet ist?"

„Ich habe meinen Angestellten bereits mehrfach gesagt, sie sollen kein privates Zeug bei mir liegen lassen. Nun, Sie wissen ja, wie das mit Angestellten so ist. So, da sich die Sache anscheinend geklärt hat, werden Sie wohl keine weiteren Fragen haben und ich kann zurück zu meiner Besprechung?"

„Ja, natürlich. Danke für Ihre Zeit. Sollte Ihnen noch etwas zu dem Namen Thomas Gartner einfallen, dann kontaktieren Sie uns bitte umgehend." Tom händigt seine Visitenkarte aus. Herr Schwarz nimmt sie nur sehr widerwillig und meint: „Das bezweifle ich, aber danke. Schönen Tag die Herren."

Und schon wird ihnen die Türe vor der Nase zugeschmissen.

Die Polizisten sehen sich fragend an und kehren zum Auto zurück. Kaum haben sie darin Platz genommen, bombardieren die Mädchen sie auch schon mit Fragen.

„Sorry, Mädels, keine Neuigkeiten. Er behauptet, euren Vater nicht zu kennen."

„Was heißt behaupten? Und warum guckt ihr so komisch?"

„Na ja, ich möchte nicht vorschnell urteilen, doch dieser Typ ist mir nicht ganz koscher. Du hattest doch auch das Gefühl, dass etwas nicht stimmt, oder, Tom?"

„Ja, irgendwie scheint der Typ nicht ganz sauber zu sein. Aber er hat auf jeden Fall Geschmack, was sein Hausmädchen angeht."

Sarah boxt ihn spielerisch in die Seite. „Ist doch wieder mal typisch. Lange, blonde Haare und ein bisschen mit den Augen klimpern und du schmilzt dahin."

„Vergiss nicht das kurze Röckchen", hänselt Natalie ihn weiter. Ob Alex auch auf diese Tussi abgefahren ist? Zumindest hat es ihm nicht die Sprache verschlagen.

„Was ist das eigentlich für ein Typ? Ihr habt doch gesagt, dass die Frau des Fahrers bemerkte, Herr Schwarz sei ein Vorstand."

„Das lässt sich leicht herausfinden. Das Internet macht's möglich." Tom gibt den Namen in seinem Handy ein und prompt öffnen sich zig Beiträge.

„Schau einer an. Herr Peter Schwarz, Vorstand bei A.T. Technologien. Dürfte ein ziemlich wichtiger Kerl dort sein. Hier findet man eine lange Auflistung mit Dingen, die er in der Firma eingeführt beziehungsweise verändert hat."

„Nur sehr beliebt dürfte er nicht sein. Hier ist ein Zeitungsartikel, in dem über Chefs berichtet wird, welche ihre Angestellten ausbeuten. Da wird auch unser lieber Freund Herr Schwarz erwähnt."

„Kaum einer seiner Angestellten überlebt mehr als fünf Jahre in der Firma. Leute zu feuern dürfte seine große Leidenschaft sein. Und hier gibt es sogar ein eigenes Forum über ihn. Ehemalige Angestellte lassen da ihren ganzen Frust über ihn aus. Ich zitiere: Dieser Arsch ist ein Diktator und hat keine Ahnung, wie man mit anderen Menschen umgehen sollte. Du willst meinen Respekt? Von mir kriegst du lediglich den Mittelfinger gezeigt! Darunter steht, er wäre gerade mal fünf Wochen eingestellt gewesen."

„Scheint ein echt sympathischer Kerl zu sein. Da hat uns unser erster Eindruck von ihm wohl doch nicht getäuscht."

„Ja, aber nur weil er ein Arsch ist, muss er nicht gleich etwas mit der Entführung zu tun haben."

„Ja, da hast du recht. Aber in meiner Laufbahn als Polizist muss ich schon sagen, dass es meist die fiesen Typen sind, die fiese Sachen tun. Natürlich können wir ihn aufgrund dieser Beiträge nicht festnageln."

„Ich check mal sein Vorstrafenregister. Vielleicht finden wir hier ja brauchbare Informationen."

Die Technik ist wirklich erstaunlich. Klar, es ist das 21. Jahrhundert, dennoch sind die Mädchen überrascht, dass man mit einem einzigen Namen oder einem Kennzeichen so schnell so viele Informationen erhalten kann.

„Zwei Anklagen auf Schadensersatz wegen ungerechter Kündigungen, ansonsten hat unser guter Mann eine weiße Weste."

„Also wie sollen wir weiter vorgehen?"

Alle vier sehen sich ratlos an. Die einzigen Hinweise, die sie bisher haben, führen zu einem tyrannischen Geschäftsmann und seinem Fahrer. Zwar waren Natalie und Sarah Augenzeugen, doch hat ihnen das bisher nichts genutzt. Gerade möchte Natalie feststellen, dass sie keinen Schritt weiter seien, als Sarah bemerkt, dass sie ja jetzt zumindest im Besitz des Handys sind. Mal sehen, welche Anrufe zuletzt getätigt wurden. Vielleicht kommen sie ja so dem Entführerteam einen Schritt näher.

Alex reicht Sarah das Handy ihres Vaters. Gott sei Dank hat Thomas überall das gleiche Passwort, sodass Sarah den Pin richtig eingeben kann. Thomas hat es sich zur Gewohnheit gemacht, seine Passwörtern aus dem Geburtstag von Sarah und dem von Natalie zusammenzusetzen. Da, wie er es ausdrückt, ein alter Mann sich nicht zig verschiedene Pins und Passwörter merken kann, gebraucht er dieses sowohl in der Arbeit als auch daheim bei Computer und Telefon.

Die letzte Nummer wurde eine halbe Stunde vor der Entführung gewählt. Unter dieser hat Thomas jedoch keinen Telefonbucheintrag. Natalie möchte am liebsten einfach anrufen und sehen, wo sie landet. Doch Tom meint, es sei besser, die Nummer einfach suchen zu lassen. Sie wollten doch keine schlafenden Hunde wecken. Also gibt Tom die Nummer ins System ein und keine zwei Sekunden später taucht der Name des Besitzers auf dem Bildschirm auf. Wer ist denn nun schon wieder Daniel Pauer?

Den Mädchen sagt auch dieser Name nichts. Das ist normalerweise nicht Thomas' Art. Die Schwestern kennen so gut wie jeden seiner Freunde und Bekannte, auch über seine Arbeitskollegen sind sie im Bilde. Wenn auch nicht immer persönlich, so kennen sie zumindest die Namen. Doch bei Daniel Pauer, Jakob Manner und Peter Schwarz klingelt es so gar nicht.

Das alles wird immer mysteriöser. Die vier brauchen unbedingt einen Plan.

Alex übernimmt, sehr zum Gefallen von Natalie, das Kommando. Sie mag es, wenn Männer einen Plan haben und diesen auch durchsetzen. Da es mittlerweile halb neun ist, sollten sie die Suche für heute einstellen. Morgen früh wollen dann Sarah und Natalie zu ihrer Mutter ins Spital fahren und in Erfahrung zu bringen, ob ihr die Namen bekannt vorkommen. Möglicherweise sind es ja alte Bekannte aus früheren Jahren. Das würde erklären, warum die Mädchen die Namen noch nie gehört haben. Tom und Alex wollen inzwischen diesen Daniel Pauer genauer unter die Lupe nehmen und auch ihm einen Besuch abstatten.

Tom fährt zurück zu Thomas' Wohnung, damit die beiden Schwestern wieder in ihren Wagen umsteigen können. Dann verabschieden sie sich und verabreden sich für morgen.

Noch zweifeln die beiden Mädchen daran, dass heute Nacht an viel Schlaf zu denken ist. Dafür ist viel zu viel passiert und noch sind zu viele Fragen offen. Die Entführung hat sie den ganzen Tag so vereinnahmt, dass sie sich noch keinerlei Gedanken über ihre Herkunft machen konnten. Ist das nur ein böser Traum oder kann das wirklich alles wahr sein?

Tag 2 der Suche

Da die Nacht wie erwartet sehr unruhig verlief, sind die Mädchen bereits um acht Uhr morgens aufbruchbereit. Sarah hat stundenlang wach gelegen und sich darüber den Kopf zerbrochen, wie die einzelnen Puzzleteile zusammenpassen.

Auch Natalie ging es ähnlich. Doch zwischen ihren Überlegungen schweiften ihre Gedanken immer wieder zu Alex. Er scheint sie magisch anzuziehen. Wenn sie in seine schönen Augen blickt und sein umwerfendes Lächeln sieht, dann bekommt sie dieses aufregende Kribbeln im Bauch. Schon komisch, was ein Mensch, den man erst seit so kurzer Zeit kennt, bei einem bewirken kann. Ob sie ähnlich auf ihn wirkt?

Natalie weiß, dass sie sich darüber eigentlich keine Gedanken machen sollte, immerhin hat sie seit zweieinhalb Jahren eine Beziehung mit Mike. Doch die beiden sind sich seit einiger Zeit darüber klar, dass eine gemeinsame Zukunft eher aussichtslos erscheint. Seit Mike vor einem Jahr die Arbeitsstelle gewechselt hat, hat sich ihr Verhältnis grundlegend geändert. Sein Boss vergöttert Mike und unterstützt ihn dabei, auf der Karriereleiter immer weiter zu steigen. Mike ist davon überzeugt, Karriere zu machen und es weit zu bringen, seine Prioritäten haben sich grundlegend geändert. Natürlich weiß Natalie, dass sie auf der Liste immer noch weit oben steht, aber dennoch ist es nicht mehr wie früher. Sie musste in letzter Zeit einiges zurückstecken und auch die Gesprächsthemen sind andere. Mike scheint fast besessen von seiner Arbeit zu sein und redet immerzu davon, was er schon erreicht hat und was er noch alles schaffen möchte.

Sicher ist Natalie stolz auf ihn, doch so hat sie sich das Zusammensein mit ihm nicht vorgestellt. Früher war er viel aufmerksamer ihr gegenüber. Jetzt hat sie ständig das Gefühl, mit seinem aufregenden Job nicht mehr mithalten zu können, und es scheint, als würde sich Mike ab und zu langweilen, denn sie kann seinen Enthusiasmus für die Arbeit nicht nachvollziehen. Klar macht sie ihren Job gerne. Aber in erster Linie geht sie arbeiten, um sich ihr Leben finanzieren zu können. Ihr war immer schon klar, dass sie eine Zukunft mit eigener Familie anstrebt. Sie will ein Eigenheim, Kinder, vielleicht auch einen Hund. Sie möchte ein klassisches idyllisches Familienleben. Da hat Karriere einfach keinen Platz.

Der Urlaub in Griechenland war eigentlich geplant, um sich wieder ein bisschen näher zu kommen und für kurze Zeit dem Alltag zu entfliehen. Die ersten Tage waren wirklich schön und Mikes romantische Seite kam seit Langem wieder einmal zum Vorschein.

Doch an Tag vier verschwand er beim Abendessen urplötzlich auf sein Zimmer. Als Natalie ihm nachging, um zu sehen, ob alles okay sei, erwischte sie ihn mit seinem Firmenhandy. Ihr platzte der Kragen, woraufhin Mike versprach, es für den Rest der Woche auszumachen. Da sie sich den Urlaub nicht verderben wollte, nahm sie seine Entschuldigung an, wenn auch nur halbherzig. Doch Natalie glaubt, dass in dem Moment beiden klar wurde, dass es keinen Sinn mehr habe und es zwischen ihnen nie wieder so werden würde wie früher.

Da Thomas die beiden Mädchen vom Flughafen abholte, waren sie noch nicht zum Reden gekommen. Wenn Natalie die Sorgen um ihren Vater los war, würde sie mit Mike darüber sprechen, wie es nun weitergehen sollte. Und bis dahin wäre es sicher okay, wenn sie ab und zu an Alex dachte.

Auf dem Weg zum Krankenhaus überlegen die Schwestern, wie sie Maria am besten über diese unbekannten Männer ausfragen können. Da ihre Mutter sowieso noch von der Operation angeschlagen sein würde, möchten sie ihr nicht zusätzlich Sorgen bereiten. Und so sind sie sich darüber einig, dass sie vorerst verheimlichen, dass Thomas entführt wurde. Solange sie nicht wissen, was Sache ist, hat es keinen Sinn, Maria zu beunruhigen. Und sie kennen ja ihre Mutter, sie würde völlig durchdrehen vor Sorge. Das trug sicher nicht positiv zum Heilungsprozess bei.

Maria liest gerade in einer Zeitschrift, als die Mädchen das Zimmer betreten. Ihre Mutter freut sich sichtlich, sie zu sehen, hat sie doch erst heute Abend mit einem erneuten Besuch gerechnet. Maria geht es schon um einiges besser. Für den Nachmittag sind erneute Tests vorgesehen. Dann würde sich zeigen, ob sich die zweite Niere erholt hat.

Die Mädchen erzählen, dass sie sich gestern mit Tom getroffen haben, auch er wünsche ihr eine gute Besserung. Er habe gestern einiges von einem neuen Fall erzählt und gemeint, dass es möglich sei, dass Thomas die eine oder andere darin verwickelte Person kenne. Ob Maria die Namen Daniel Pauer und Jakob Manner etwas sagen würden. Maria meint, sie habe die Namen noch nie gehört. Und normalerweise hat sie ein ausgezeichnetes Namensgedächtnis. Warum sie denn nicht Thomas selbst danach fragten. Natalie schluckt und wirft Sarah einen verzweifelten Blick zu. Diese meint, dass sie im Moment keine so große Lust hätten, mit ihrem Vater zu sprechen, nachdem er sie belogen habe. Maria kann das verstehen und bittet ihre Töchter, ihm zu verzeihen. Natalie versucht, sich ein Grinsen zu verkneifen, und muss wieder einmal erkennen, wie gut ihre

Schwester lügen kann. Sarah hat das echt drauf, ganz im Gegenteil zu ihr. Sie hat schon von vielen Leuten gehört, dass sie die schlechteste Lügnerin auf Erden sei. Sie werde sofort knallrot und weiche den Blicken des Gegenübers aus. Nicht einmal ihre Lehrer konnte sie seinerzeit täuschen. Ganz zu schweigen von dieser fürchterlichen Nervosität, die komplett Besitz von ihr ergreift, wenn sie auch nur entfernt von der Wahrheit abkommt. Schummeln in der Schule war ihr damals unmöglich. Ein einziges Mal hat sie es probiert. Sie kann sich noch genau daran erinnern, bei einer Englischarbeit in der fünften Klasse. Sie hatten die netteste, geduldigste und unaufmerksamste Lehrerin, die man haben kann. Das Schummeln war bei ihr ein Leichtes und das wurde natürlich von den Schülern ausgenutzt. Natalie war damals am Vorabend der Schularbeit mit Freunden aus. Sie hatte kaum geschlafen und war komplett unvorbereitet. Da ging es einfach nicht mehr ohne Schummeln. Ihre Hände haben geschwitzt und gezittert, sie konnte kaum den Stift halten. Ihr wurde schrecklich heiß. Ständig hat sie sich panisch umgesehen. Als die Arbeit dann ein Zweier wurde, hätte sie der Lehrerin am liebsten alles gebeichtet, so schrecklich hat sie sich dabei gefühlt. Das war wirklich eine Katastrophe. Und ihr eine Lehre. Seitdem hat sie Schummeln nie wieder in Betracht gezogen.

Sarah tastet sich weiter zaghaft vor: „Und was ist mit einem Peter Schwarz?"

Maria greift sich ans Kinn, so, wie sie es immer macht, wenn sie über etwas nachdenkt. Sie kennt den Namen, das ist klar. Doch wo soll sie ihn einordnen?

„Ja, natürlich. Jetzt weiß ich, wo ich diesen Namen schon einmal gehört habe. Siegfried, also euer Opa, hat damals für ihn gearbeitet."

„Opa? Was soll denn unser Opa mit so einem Tyrannen zu schaffen gehabt haben?"

„Euer Opa war ja damals eine lange Zeit Anwalt bei dieser Firma. Ach, der Name ist mir jetzt entfallen. Es war irgendetwas mit Technik oder so. Dort war er jahrelang als Firmenanwalt eingestellt. Er war gut befreundet mit dem Firmengründer. Als dieser aufgrund seiner Krankheit kürzertreten musste, übernahm dieser Herr Schwarz seinen Posten. Er hat ihn auch ein paar Mal in privaten Angelegenheiten vertreten, soviel ich weiß. Aber du weißt doch, euer Großvater hat nie viel von seiner Arbeit gesprochen."

„Danke, Mama, du hast uns sehr weitergeholfen. Wir müssen leider schon wieder gehen. Wir besuchen dich bald wieder, versprochen."

Kaum aus dem Krankenzimmer hinaus wählt Natalie bereits Toms Nummer. Die beiden sind gerade auf dem Weg zu diesem Herrn Pauer und bitten sie, in einer Stunde auf die Wache zu kommen. Natalie bekommt schon bei dem Gedanken daran, Alex in einer Stunde wiederzusehen, Bauchkribbeln. Gestern Abend hatte sie richtige Schuldgefühle, da sie anstatt sich über ihren entführten Vater Sorgen zu machen, fast die ganze Zeit an Alex gedacht hat. Schon komisch, dass sie in so einer Situation noch Zeit für solche Gefühle hat.

Die beiden Polizisten kommen an der Adresse an. Die Gegend sieht ziemlich heruntergekommen und verlassen aus. Ein Hochhaus reiht sich hier an das andere. Das Stiegenhaus wirkt ebenso wenig einladend wie der Rest der Gegend. Der Lift ist mit Graffiti beschmiert und drinnen riecht es nach einem Gemisch aus Schweiß und Urin. Gott sei Dank können die beiden im vierten Stock schon wieder hinaus. Runter nehmen sie auf alle Fälle die Treppe, da sind sie sich einig.

Da die Wohnung Nummer 37 keine Klingel hat, müssen sie es wohl auf die altmodische Tour machen. Nach dem ersten Klopfen rührt sich nichts in der Wohnung. Alex hämmert ein zweites Mal gegen die Türe, diesmal energischer. Dann sind Schritte zu vernehmen und die Türe wird einen Spaltbreit geöffnet. Ein großer Mann mit breiten Schultern, nur mit einer Trainingshose bekleidet, fragt unfreundlich, was die Bullen hier suchten.

„Sind Sie Herr Pauer?"

„Ja, was geht Sie das denn an?"

„Kennen Sie einen Thomas Gartner?"
„Noch nie gehört."
„Wo waren Sie gestern Vormittag?"
„Bei der Arbeit, wo sonst?"
„Und wo sind Sie angestellt, wenn ich fragen darf?"
„Ist das euer Ernst? Ihr habt mich eben aufgeweckt, nur um zu fragen, wo ich arbeite? Habt ihr Clowns nichts Besseres zu tun? Donuts essen oder Falschparkern auflauern?"
„Es tut mir leid, Sie gestört zu haben, Herr Pauer, aber darf ich Sie um eine Antwort bitten?"
„Ich bin Bodyguard, das sieht man doch, oder?"
Der Mann lässt seine Muskeln spielen, auf die er sichtlich stolz ist.
„Und wer genau ist Ihr Arbeitgeber?"
„Ich bin bei A.T Technologies angestellt. Und jetzt verpisst euch!"
Und schon wird ihnen die Türe vor der Nase zugeknallt. Alle Wege führen anscheinend zu A.T Technologies. Der Fahrer und der Bodyguard, beide dort angestellt. Und Herr Schwarz, bei dem sie das Handy gefunden haben, ist dort der Vorstand. Also was hat es mit dieser Firma auf sich? Und was hat Thomas Gartner mit dieser Firma zu schaffen?

Die Mädchen sind vor Tom und Alex auf der Wache und machen es sich inzwischen im Besprechungszimmer bequem. Keine zehn Minuten später treffen die Polizisten ein. Sie haben Kaffee und Croissants mitgebracht. Erst jetzt merken die Schwestern, wie hungrig sie sind. Bei dem schnellen Aufbruch heute Morgen haben sie ganz vergessen, zu frühstücken. Nachdem Croissants und Kaffee vernichtet wurden, tauschen sie sich über die Neuigkeiten aus. Tom und Alex erzählen von ihrem Besuch, bei dem es sich um den Bodyguard von Peter Schwarz handle. Natalie und Sarah berichten, dass Maria sein Name tatsächlich bekannt vorkam, ihr Opa habe lange Zeit für Herrn Schwarz gearbeitet.

Folgende zwei entscheidende Fragen stellen sich nun dem Quartett. Erstens, warum hat Peter Schwarz gelogen und gesagt, er kenne keinen Herrn Gartner, wenn Siegfried doch jahrelang ein treuer Angestellter war?

Und zweitens: Warum haben alle Zeugen und Beweismittel eins gemeinsam: Peter Schwarz?

Jetzt sind auch die letzten Zweifel beseitigt, dass es bloß ein blöder Zufall ist, und die vier sind sich einig, dass Herr Schwarz etwas mit der Entführung zu tun hat. Doch beim Warum sehen sie immer noch nicht klar.

Wenn Maria ihn kennt, dann kennt Thomas ihn sicher auch. Doch ihr Opa ist vor Jahren gestorben, warum hat ihr Vater dann immer noch Kontakt zu diesem Mann? Je mehr Fakten ihnen offenbart werden, desto verwirrter sind die Schwestern.

Die Mädchen fragen die Jungs nach dem nächsten Schritt. Doch diese sind ebenso ratlos wie sie selbst. Tom meint, er würde noch einen Tag abwarten. Sollte von Thomas dann immer noch jede Spur fehlen, dann werde er eine Vermisstenanzeige rausschicken. Doch momentan hat er nur Angst, dass eine offizielle Suche nach ihm alles nur noch schlimmer machen könnte. Er ist lange genug im Job, um zu wissen, dass gerade solche Leute wie Schwarz die besten Kontakte zur Polizei haben. Und wenn er tatsächlich darin verwickelt ist, wovon sie jetzt klar ausgehen müssen, so würde ihn dieser Schritt vielleicht nur in Panik versetzen. Und jeder, der genug fernsieht, weiß, wozu Leute, die in Panik geraten, fähig sind.

„Schwarz hier – Was heißt, sie stellen blöde Fragen? – Und wie um alles in der Welt kommen sie auf meinen Namen? – Von welcher Verstärkung redest du denn? – Bullen? Das erklärt den netten Besuch gestern Abend. – Ja, wir sitzen ziemlich in der Scheiße. – Ach, hör doch auf damit, das ist doch alles auf deinem Mist gewachsen. – Ist mir scheißegal, was du jetzt tust. Für mich heißt das, Schadensbegrenzung treiben. – Du kannst dich um deinen Müll alleine kümmern. – Was mit dir passiert, kümmert mich schon seit Jahren nicht mehr. Das solltest du wissen. – Und ruf mich ja nicht wieder an, das könnte in der aktuellen Situation verheerend sein!"

Wohnungsdurchsuchung

Um den Vormittag nicht ganz unnötig zu verbringen, beschließen die vier, noch einmal in der Wohnung nach Hinweisen zu suchen. Natalie und Alex wollen das übernehmen, während Tom und Sarah noch einmal zum Krankenhaus fahren, um sich zu erkundigen, ob Thomas in letzter Zeit vielleicht aufgetaucht ist. Immerhin liegt seine Frau im Spital, und sollte er nicht irgendwo gefangen sein, dann führt sein erster Weg bestimmt zu ihr.

Tom und Sarah fragen bei der zuständigen Schwester am Empfang nach, ob Thomas gestern Abend oder vielleicht heute bereits hier gewesen sei. Aber die Krankenschwester verneint. Die beiden schauen noch kurz bei Maria vorbei, doch die schläft. Da Tom sie nicht wecken möchte, stellt er die mitgebrachten Blumen auf das Nachtkästchen und legt ein kurzes Briefchen bei, in dem er gute Besserung wünscht und verspricht, bald wiederzukommen.

Dann machen sich die beiden auf den Weg zu Thomas' Wohnung, wo sie Natalie und Alex treffen sollen.

Der attraktive Polizist und die jüngere Schwester sind einstweilen in der Wohnung angekommen und beginnen, diese nach möglichen Hinweisen zu durchsuchen. Jeden Kasten und jede Kommode nehmen die beiden unter die Lupe. Vielleicht finden sie ja irgendwo Hinweise, die auf eine Verbindung zwischen Thomas und Peter Schwarz deuten lassen. Alex kümmert sich um die Kästen im Wohnzimmer, während Natalie die Kommode im Schlafzimmer durchforstet.

In der untersten Schublade entdeckt Natalie eine dunkelgrüne Schatulle. Wie kann es anders sein – sie ist natürlich verschlossen. Sofort weiß Natalie, dass sie auf der richtigen Spur ist. In der Regel versperrt man ja nur Dinge, wenn sie einen bestimmten Wert besitzen. Und nichts scheint Natalie momentan wertvoller als das Geheimnis, dem sie auf der Spur sind. Ob Alex die Schatulle wohl mit seiner Dienstwaffe aufschießen kann?

Er sieht bestimmt unglaublich sexy aus mit einer Waffe in der Hand. Sexy und hart auf diese unglaubliche Weise aller Bruce Willis oder Jason Stathams. Okay, Natalie, reiß dich zusammen. Deine Gedanken schweifen mal wieder in eine komplett andere Richtung ab.

Aber halt, ihre Mutter hat ihr doch damals erzählt, dass die Schlüssel zu den Wertsachen in einer Vase in der Küche aufbewahrt werden. Natalie kam damals in letzter Sekunde darauf, dass sie für die Sprachreise nach England ihren Reisepass braucht. Maria hat sie damals per Telefon zu den Schlüsseln und dann zum kleinen Safe, welcher alle Wertsachen und wichtige Dokumente enthielt, gelotst. In der Vase hatte sie damals noch eine Menge anderer Schlüssel gesehen. Vielleicht passt ja einer davon zu dieser Schatulle. Sie läuft in die Küche, schnappt sich die ganze Vase und hetzt wieder zurück ins Schlafzimmer. Alex sieht ihr verwirrt hinterher, um ihr dann mit fragenden Blicken zu folgen.

Mittlerweile hat Natalie den Inhalt über dem Bett ausgeleert. Ganze vier Schlüssel befinden sich unter dem Krimskrams. Einen nach dem anderen probiert sie durch. Der letzte passt tatsächlich. Sie dreht den kleinen, silbernen Schlüssel zweimal herum und die Schatulle springt auf. Wie vorher bereits die Vase leert sie auch diesen Inhalt komplett aus. Langsam durchkämmt sie die Papiere. Als Erstes hält sie einen alten Liebesbrief von ihrer Mutter an Thomas in der Hand. Er wurde vor über 25 Jahren geschrieben. Dass ihr Vater ihn all die Jahre aufbewahrt hat, findet sie irgendwie süß. So viel Romantik hätte sie ihm gar nicht zugetraut. Kurz überlegt sie, ihn zu lesen. Aber es würde ihr irgendwie unrecht vorkommen, im Privatleben ihrer Eltern zu stöbern. Vielleicht stehen da ja auch Dinge drin, die man als Kind von den eigenen Eltern lieber nicht wissen möchte. Also klappt sie ihn wieder vorsichtig zusammen, legt ihn auf das Bett zurück und fischt stattdessen den nächsten Zettel heraus.

Alex steht hinter Natalie, hält jedoch genügend Abstand, um nicht neugierig zu wirken. Plötzlich steht Natalie auf und breitet zwei der Papiere auf der Kommode aus. Alex tritt näher, um die Schreiben besser begutachten zu können.

Natalie spürt ihn dicht hinter ihr, sein Parfum vernebelt ihre Gedanken. Sie wird augenblicklich nervös und ihre Hände beginnen zu schwitzen. Er tritt noch näher an sie heran, sie spürt seinen Atem an ihrem Hals. Natalie ist versucht, ein paar Zentimeter nach hinten zu gehen, um sich gegen ihn lehnen zu können. Es müsste ein tolles Gefühl sein, wenn er sie in den Armen hielte. Sie stellt sich vor, wie seine muskulösen Arme sie umschließen, er ihr zärtlich eine Haarsträhne hinter das Ohr streicht, sie ... okay, Stopp. Natalie befiehlt ihren Gedanken, wieder zurück in das Hier und Jetzt zu kommen. Aber auch Alex spürt die Spannung zwischen ihnen. Schon als er sie zum ersten Mal sah, war er von ihr angetan. Sie hat diese unfassbare Ausstrahlung, wunderschöne, grüne Augen und ein verführerisches Lächeln. Hätten sie sich unter anderen, schöneren Umständen kennengelernt, hätte er sich schon mächtig für sie ins Zeug geschmissen. Doch so hätte er ein schlechtes Gewissen, mit ihr zu flirten, während sie ihren vermissten Vater suchten. Aber in diesem Augenblick denkt er nicht mehr an seine Gewissensbisse, sondern nur noch an sie und die Wärme, die von ihr ausstrahlt. Alex nimmt ihre linke Hand und dreht sie zu sich herum. Sie sehen sich in die Augen. Alles um sie herum scheint plötzlich unwirklich und fern. Er hat wirklich wunderschöne Augen. Sie könnte sich stundenlang darin verlieren. Er senkt seinen Blick auf ihre Lippen. Die Unterlippe ist etwas voller als die obere. Sie scheinen ihn förmlich anzuziehen. Ihre Lippen nähern sich langsam und ...

Das Zufallen der Eingangstüre lässt die beiden auseinanderschrecken. Natalie kommt sich plötzlich ertappt vor und springt einen Meter auf die Seite, sodass sie sich den Kopf an der Dachschräge anstößt. Auch Alex hat das Gefühl, bei etwas Schlimmem erwischt worden zu sein. Doch gleich legt sich der erste Schreck und beide bereuen, dass nicht mehr passiert ist. Alex hofft, nicht die einzige Chance vertan zu haben, um sie zu küssen. Natalie hat auf einmal ein schlechtes Gewissen Mike gegenüber. Sie hat ihn seit der Rückkehr von Griechenland nicht mehr gesehen und jetzt hätte sie auch noch fast einen anderen geküsst.

„Hallohoo, wo seid ihr denn?"

„Wir sind hier, im Schlafzimmer."

„Also im Krankenhaus ist er nicht aufgetaucht. Und bei euch – etwas Neues?" Sarah blickt Natalie an und weiß gleich, dass etwas vorgefallen ist. Sie mustert sie eindringlich, doch Natalie bedeutet ihr, dass sie später darüber reden. Sarah versteht und wendet sich dem Sauhaufen auf dem Bett zu.

„Was ist denn hier passiert?"

„Ach ja, das, das wollte ich Alex gerade zeigen, bevor ihr hereingestürmt seid."

Zu viert beugen sie sich über die Kommode. Beim kleineren und bereits vergilbten Zettel handelt es sich um ein Stück, welches aus einem Telefonbuch ausgerissen wurde. Darauf befinden sich eine Telefonnummer und ein Name: Peter Schwarz.

Das andere Papier hat DIN-A4-Größe und ist in eine Klarsichtfolie gepackt. Es ist die Geburtsurkunde von Sarah Gartner. Als Vater ist Thomas Gartner eingetragen, bei der Mutter steht der Name von Maria. Doch auf der Rückseite befindet sich eine Verzichtserklärung des Sorgerechts vonseiten der Mutter. Es ist jedoch kein Name notiert, lediglich die Unterschrift der Dame, welche aber vollkommen unleserlich ist.

Jetzt, wo es Sarah schwarz auf weiß vor sich hat, dass Maria nicht ihre leibliche Mutter ist, wird ihr auf einmal schwindelig. Sie lässt sich auf das Bett fallen und atmet ein paar Mal tief ein und wieder aus. Tom bringt ihr ein Glas Wasser, seine Cousine nimmt es dankend an. In einem Zug leert sie das Glas und starrt dann wieder auf ihre Geburtsurkunde.

Maria hat lediglich gesagt, dass die beiden Mädchen adoptiert sind, doch sie wusste nicht, dass Thomas tatsächlich ihr leiblicher Vater ist. Sarah stürmt ins Wohnzimmer, um das Hochzeitsfoto ihrer Eltern zu begutachten. Sie sieht sich das Datum an – und tatsächlich: Die Hochzeit war drei Jahre vor ihrer Geburt, so, wie sie es in Erinnerung hatte. Doch wenn Thomas ihr Vater ist und Maria nicht ihre Mutter, dann hat ihr Vater seine Ehefrau betrogen. Eindeutig. Aber mit wem? Wie konnte Maria das mit ansehen? Wusste sie davon? Und warum war sie bereit, sie trotzdem zu adoptieren? Erinnert sich ihre Mutter jedes Mal an die andere Frau, wenn sie Sarah ansieht? Wer ist der mysteriöse Urheber dieser Unterschrift? Und wie soll sie das jetzt herausfinden? Sie glaubt Maria, dass diese wirklich nicht weiß, wer die leibliche Mutter ist. Und der Einzige, der es wissen muss, ist verschwunden.

Natalie ist mittlerweile an die Seite ihrer Schwester getreten und legt ihr den Arm um die Schulter. Sie verspricht, ihr dabei zu helfen, herauszufinden, wer diese Frau ist, wer ihre Mutter ist. Doch tief in ihrem Inneren spürt sie so etwas wie Wut in sich aufkeimen. Nein, Wut ist nicht ganz das richtige Wort für ihr Gefühl. Es ist … ja, Neid. Natalie ist neidisch. Sarah ist ihrer Vergangenheit ein Stück näher gekommen. Natürlich sind immer noch zu viele Fragen offen, doch sie hat endlich den Beweis, den die Mädchen die ganze Zeit gebraucht haben, um zu verstehen, was passiert ist. Um ihre Ängste Realität werden zu lassen. Natalie vergönnt es ihrer Schwester und meint das Versprechen, ihr zu helfen, wo sie kann, auch wirklich ernst. Doch sie steht immer noch mit leeren Händen da. Wo zum Teufel steckt ihre eigene Geburtsurkunde?

Da in der Schatulle nichts weiter zu finden ist, verstaut Natalie sie wieder in der Kommode und bringt die Vase und deren Inhalt wieder zurück an ihren Platz. Sarah steckt die Kopie ihrer Geburtsurkunde in die Handtasche. Anhand dieser müsste sich doch irgendwie herausfinden lassen, wer seinerzeit unterschrieben hat. Zu viert verlassen sie die Wohnung. Alex muss zurück auf die Wache, da er noch einigen Papierkram zu erledigen hat. Tom hatte den Einfall, bei der damals zuständigen Stelle nachzufragen, wessen Unterschrift das sei. Vielleicht kann sich der Zuständige noch an den Fall erinnern. Ein Versuch ist es auf jeden Fall wert. Und da sie auch nicht wirklich mehr haben als eine unleserliche Unterschrift und die Kontaktdaten des damaligen Amtes, bleibt ihnen auch gar nichts anderes übrig.

Natalies Mutter

Da Sarah ihrer Vergangenheit nun einen Schritt näher gekommen ist, möchte natürlich auch Natalie wissen, wo ihre Geburtsurkunde geblieben ist. Ihr fällt ein, dass ein alter Jugendfreund von Mike am Jugendamt arbeitet. Mike und er waren zusammen in der Volksschule und halten bis heute Kontakt. Sie treffen sich alle halbe Jahre und beim letzten Mal waren Natalie und die Freundin von Paul ebenfalls dabei. Paul erzählte von seiner Arbeit beim Jugendamt und Natalie hörte gespannt zu. Vor allem seine Geschichten über misshandelte Kinder und wie sie dabei vorgehen interessierte sie sehr. Sie schätzt Menschen, die sich für das Wohl anderer einsetzen. Und Natalie war beeindruckt von Pauls Begeisterung für seine Arbeit und sein Herz für Kinder. Sie selbst könnte sich bei so einem Engagement nicht sehen. Zu nahe würden ihr die Einzelfälle der Betroffenen gehen. Die Arbeit würde sie nie ganz loslassen und die Fälle, in denen man machtlos zusehen muss, wie Eltern das Kindergeld wichtiger ist als das Wohl der Kinder, würde sie viele schlaflose Nächte kosten.

Natalie meint, sich auch daran erinnern zu können, dass Paul erwähnte, dass Ansuchen auf Adoptionen ebenfalls über das Jugendamt liefen. Also verabredet sie sich mit Mike zum Mittagessen in der Hoffnung, er könne ein Treffen mit Paul organisieren. In der Nähe seiner Arbeit gibt es ein nettes Bistro, welches die beiden gerne aufsuchen, wenn sie sich zur Mittagspause treffen. Mike ist bereits dort, als Natalie ankommt. Er freut sich, sie wiederzusehen, und fragt, ob es Maria gut gehe. Natalie erstattet ihm Bericht über die gut verlaufene Operation und erzählt auch über die neuen Entdeckungen. Mike ist ebenso überrascht, wie es die beiden Schwestern waren. Wie kann in so kurzer Zeit so viel Aufregendes und Neues passieren? Natürlich bietet er sofort seine Hilfe an, wobei auch immer. Natalie meint, dass ihr Cousin und ein Polizeikollege bereits dran seien und sie befürchte, nicht viel tun zu können, was ihren entführten Vater angeht. Doch da er es schon anbiete, ob er nicht Paul fragen könne, ob er die Möglichkeit habe, Natalies Akte, sollte es eine solche geben, einzusehen. Wenn er die Adoptionspapiere oder eine Kopie ihrer Geburtsurkunde hätte, würde ihr das sehr weiterhelfen.

Mike ist von dieser Idee begeistert und ruft gleich bei Paul an. Dieser kann nichts fix zusagen, doch sie sollten vorbeikommen und dann sehe er gerne, was er tun könne. Mike ruft in der Firma an und nimmt sich den Nachmittag frei, sodass die beiden gleich los können.

Pauls Dienststelle befindet sich etwas außerhalb des Stadtzentrums, also nehmen sie Mikes Wagen. Während der Autofahrt unterhalten sie sich kaum. Natalie hat ein beklommenes Gefühl in seiner Nähe. Eigentlich liebte sie es immer, in seiner Gegenwart sie selbst sein zu können, und fühlte sich immer wohl und geborgen in seiner Nähe. Doch irgendetwas ist jetzt anders und sie hat die vage Vermutung, dass es an ihr liege und etwas mit dem Moment heute Vormittag zu tun hätte, als Alex und sie sich beinahe geküsst hätten.

Und schon schwelgt sie wieder in Tagträumen ... Als der Wagen anhält, wird sie aus ihren Gedanken gerissen und hat sogleich ein schlechtes Gewissen, in der Gegenwart ihres Freundes an einen anderen Mann zu denken.

Im zweiten Stock des Gebäudes liegt Pauls Büro. Mike freut sich, seinen Jugendfreund wieder einmal zu sehen, und umarmt ihn zur Begrüßung. Das letzte Treffen liegt Monate zurück. Paul erzählt, dass er die Adoptionspapiere von Natalie gefunden habe. Es wäre nicht einfach gewesen, da die Vorschriften damals noch leichter umgangen werden konnten und so vieles nicht in die Akte aufgenommen wurde. Aber die wichtigsten Daten ständen oben. Er bittet die beiden, inzwischen Platz zu nehmen, und geht in den Nebenraum, um die besagte Akte zu holen. Natalie merkt, wie ihre Hände feucht werden. In wenigen Minuten hat sie die Namen ihrer Eltern vor sich. Mike nimmt ihre Hand, um sie ein wenig zu beruhigen. Auf einmal geht das Licht aus. Von draußen vernehmen sie Stimmen. Eine Frau schreit aufgebracht und ängstlich. Dann ein dumpfer Schlag und jemand fällt zu Boden. Unter dem Türschlitz leuchtet der Schein einer Taschenlampe auf. Mike schnappt sich Natalie und zieht sie hinter den Schreibtisch. Noch hat er keine Ahnung, was hier vor sich geht, doch sein Instinkt verheißt ihm nichts Gutes.

Er zieht Natalie näher an sich heran, legt ihr die Hand auf den Mund und nimmt sie mit sich unter den Schreibtisch. Natalie weiß gar nicht, wie ihr geschieht und warum Mike auf einmal in Panik ausbricht. Ihr Freund bedeutet ihr lediglich, ruhig und unauffällig zu bleiben. Dann Schritte, die immer näher kommen. Die Türe wird brutal aufgestoßen und der Schein einer Taschenlampe durchsucht das Zimmer. Natalie versucht, einen Blick auf den Eindringling zu erhaschen. Doch sie sieht nur einen schwarz gekleideten Mann von kräftiger Statur. Sein Gesicht ist in der Dunkelheit nicht zu erkennen. Bevor der Lichtschein sie erwischt, zieht Mike sie zurück unter den Schreibtisch.

Aus dem Nebenraum sind Geräusche zu vernehmen. Oh nein, Paul! Mike hat ihn in der Aufregung völlig vergessen. Doch wie soll er ihn warnen, ohne Natalie und sich selbst zu gefährden? Der schwarz gekleidete Mann scheint die Geräusche ebenfalls vernommen zu haben, denn er wendet sich der Türe zu, welche ins Nebenzimmer führt, und öffnet sie langsam. Durch den Türspalt fällt Licht und Natalie kann die Umrisse des Profils des Mannes erkennen. Trotz der Baseballmütze, welche er tief ins Gesicht gezogen hat, dämmert es ihr plötzlich. Mit einem Schlag wird ihr bewusst, um wen es sich hier handelt. Erst gestern hat sie den Mann gesehen, als er ihren Vater mit der Pistole im Rücken zum Auto führte.

Am liebsten würde sie sofort aufspringen und den Eindringling attackieren, ihn fragen, wo zum Teufel er Thomas hingebracht habe. Doch sie kämpft gegen das Verlangen und ihre Wut an, da sie weiß, dass sie nicht die geringste Chance gegen diesen Kasten von einem Mann hätte. Sie muss sich also in Ruhe üben und hoffen, dass Paul den Eindringling rechtzeitig bemerkt hat und sich ebenfalls verstecken konnte.

Doch als aus dem Nebenraum merkwürdige Geräusche dringen, wird Natalie klar, dass Paul dies nicht geschafft hat. Ein Regal fällt um und Gerangel ist zu hören. Zwei Minuten später ist es still. Viel zu still, denkt sich Natalie. Dann taucht auch schon der große Mann wieder auf. Unter dem Arm einen Stapel Papiere geklemmt, verlässt er das Zimmer mit eiligen Schritten.

Mike wartet noch ein paar Minuten ab, bis er sich aus seinem Versteck hervortraut und nach seinem Freund sehen kann. Auch Natalie ist inzwischen unter dem Schreibtisch hervorgekrochen und läuft hinter Mike ins Nebenzimmer. Paul liegt bäuchlings am Fußboden. Er hat eine Wunde am Kopf, an seinem Hemdkragen hat sich bereits ein Blutfleck gebildet. Mike dreht ihn vorsichtig um, sodass er seine Verletzungen näher begutachten kann. Natalie bemerkt am Schreibtisch eine Mappe mit ihrem Namen vorne drauf. Doch als sie diese öffnet, ist sie leer. Der Eindringling muss den Inhalt an sich genommen haben. Doch warum dringt er in das Amt ein und begeht sogar Körperverletzung an einer unschuldigen Person, nur um Natalies Akte zu klauen? Das ergibt doch keinen Sinn. Oder war gar nicht ihre Akte das Ziel und alles ist bloß eine Verwechslung? Nur ein schrecklicher Zufall? Nein, das ist ausgeschlossen. Natalie ist sich ganz sicher, dass der Kerl mit Thomas' Verschwinden zu tun hatte. So viel Zufall gibt es nicht. Plötzlich fällt ihr ein, dass auf dem Gang womöglich noch jemand verletzt wurde. Schnell eilt sie hinaus, doch der Flur ist leer. Von unten sind bereits Sirenen zu vernehmen.

Mike kniet immer noch bei Paul. Bevor dieser ohnmächtig wird, öffnet er die Augen und sagt: „Kopierer." Dann wird er erneut bewusstlos. Ein Sanitäter tritt gerade herein und nimmt Paul in seine Obhut. Ein Kollege und er hieven ihn auf eine Trage und befördern ihn nach unten. Mike will gerade den Sanitätern und Natalie folgen, als ihm Pauls letztes Wort einfiel. Schnell geht er zum Kopierer und fischt ein Stück Papier heraus. Paul ist ein Genie! Hat er es doch tatsächlich noch geschafft, die Adoptionsurkunde zu kopieren. Doch zu welchem Preis, das ist die Frage. Mike schnappt sich den Wisch und folgt den anderen ins Erdgeschoss.

Unten angekommen, wird gerade eine junge Dame verarztet. Natalie fragt, was denn passiert sei. Die Dame erzählt, dass sie gerade auf dem Weg zu ihrem Bürozimmer war, als ihr ein unbekannter, schwarz gekleideter Mann entgegenkam. Als sie fragte, ob er denn eine Befugnis hätte, verpasste er ihr eine Ohrfeige und sie ging zu Boden. Dann verschwand er im Zimmer. Sie robbte in ihr Büro und rief die Polizei. Nun treten zwei Polizisten hinzu und befragen die drei zu dem Vorfall. Die junge Dame konnte aufgrund der Dunkelheit und der Baseballmütze nicht genug erkennen. Der Polizist nimmt ihre Daten auf und wendet sich dann Mike und Natalie zu. Natalie gibt an, dass sie ebenso wenig wissen wie die Dame und leider nicht weiterhelfen können. Mike wirft ihr einen skeptischen Blick zu. Doch Natalie bedeutet ihm, kein Wort über den Vorfall zu verlieren. Nachdem auch ihre Daten aufgenommen wurden, dürfen die beiden gehen.

Sie sehen noch einen Sprung zum Krankenwagen, zu dem Paul vorhin gebracht wurde. Er ist mittlerweile wieder bei Bewusstsein und Natalie entschuldigt sich für die Umstände. Paul erwidert, dass es wohl einiges Ungeklärte in ihrer Vergangenheit gebe, und wünscht Natalie viel Glück bei der Suche nach Antworten. Sie bedankt sich noch einmal für seine Hilfe und sie versprechen, bald ein Treffen zu vereinbaren. Auf dem Weg zum Auto platzt es auf einmal aus Mike heraus:

„Bist du verrückt? Du kannst doch die Polizei nicht anlügen. Warum hast du denn nicht gesagt, was du weißt?"

„Weil ich denen nicht traue. Außerdem werde ich mit der Polizei sprechen. Nur lieber mit Tom und Alex."

„Und Alex ist jetzt wer genau?"

„Ein Kollege von Tom. Er ist seit gestern mit uns auf der Suche nach meinem Vater und unterstützt uns bei den Ermittlungen."

„Aha. Natalie, das wird mittlerweile alles sehr mysteriös und auch gefährlich. Ich finde, du solltest alles Weitere den Profis überlassen. Meinetwegen auch diesem Alex."

„Jetzt bin ich schon so nah dran. Ich kann und will jetzt nicht aufgeben. Und sag den Namen nicht so ironisch! Er steht wenigstens hinter mir bei dieser Sache."

„Wenn du dir etwas einbildest, dann ist es so. Das war schon immer so. Du und dein Dickkopf. Dass dabei andere Leute zu Schaden kommen, interessiert dich kein bisschen."

„Verstehst du nicht, dass ich wissen möchte, wer verdammt noch einmal ich wirklich bin?"

„Wer du bist, hat doch rein gar nichts mit deinem Erzeuger zu tun. Das bildest du dir nur ein, weil du von der Idee besessen bist, in Sachen herumzustöbern, die du anscheinend nicht erfahren sollst. Hast du schon einmal darüber nachgedacht, dass dich deine Eltern vielleicht nur schützen möchten?"

„Wovor denn? Vor meinen Eltern etwa? Du hast keine Ahnung, wie ich mich fühle. Und noch schlimmer, du möchtest es gar nicht verstehen. Immer dreht sich nur alles um dich und deine Karriere. Ich hab genug davon!"

„Was, willst du etwa Schluss machen? Willst du, dass dein Leben jetzt komplett aus den Fugen gerät?"

„Das ist schon längst passiert. Es ist an der Zeit, dass sich etwas ändert. Das weißt du genauso gut wie ich. Nur, ich werde diesen Schritt jetzt wagen, und zwar alleine."

„Das ist doch alles nur die Schuld von diesem Bullen. Hat er dir diesen Blödsinn eingeredet?"

„Das hat nichts mit ihm zu tun. Das mit uns passt einfach nicht, es gibt keine gemeinsame Zukunft für uns."

„Aber mit diesem Alex siehst du die schon oder was?"

„Zumindest hält er zu mir und hilft mir bei meiner Suche!"

„Na schön, dann werde glücklich. Aber denk ja nicht, du kannst wieder zu mir zurückkommen, wenn dir das Leben mit dem Bullen zuwider ist." Mike möchte sich schon zum Gehen umdrehen, als ihm die Urkunde wieder einfällt.

„Ach ja, hier. Damit Paul nicht umsonst verletzt wurde." Mike wirft ihr das Stück Papier vor die Füße und kehrt ihr den Rücken. Wütend stapft er davon und lässt Natalie alleine zurück. Sie merkt förmlich, wie ihr ein Stein vom Herzen fällt. Zumindest konnte sie in ihrem Liebesleben Ordnung schaffen. Jetzt muss sie nur noch das Chaos um ihre Familie bereinigen und endlich herausfinden, was zum Teufel hier vor sich geht.

Als sie den Zettel aufhebt, sieht sie, dass es sich um ihre Adoptionspapiere handelt. Ganz oben stehen die Namen der Adoptiveltern, Maria und Thomas Gartner, mit deren Unterschriften. Da steht es. In Großbuchstaben steht unter dem Absatz „Leibliche Mutter": Laura Lautner. Natalie ist ihrer Herkunft einen Schritt näher gekommen. Laura Lautner. Unter diesem Namen stellt sie sich eine wunderschöne Frau vor. Ob sie ihr wohl ähnlich sieht? Auch die Unterschrift lässt auf eine hinreißende Dame schließen. Sie kann es kaum erwarten, sie kennenzulernen, auch wenn es ihr ein bisschen wie Verrat an Maria vorkommt. Doch sie weiß, dass sie Maria auch weiterhin als ihre Mutter sehen wird. Aber es ist doch selbstverständlich, dass man auf die leibliche Mutter neugierig ist, oder nicht?

Sarahs Mutter

Unterdessen sind Tom und Sarah bereits am damals zuständigen Amt angelangt. Man teilt ihnen mit, dass die Bearbeiterin, Sandra Field, seit vier Jahren in Pension ist. Gott sei Dank hat Tom seine Uniform angelassen, denn nach nur kurzer Zeit rückt der Büroleiter die private Wohnadresse dieser Dame heraus. Sarah bedankt sich aufrichtig und genießt es, einen so autoritären Cousin an der Seite zu haben. Mit Toms Dienstwagen machen sie sich auf den Weg zu der angegebenen Adresse. Frau Field wohnt in einem kleinen Ort, circa 25 Fahrminuten von der Stadt entfernt.

Das Haus liegt an einem kleinen Badeteich am Ortsrand. Eine ältere Dame mit weißen Haaren öffnet die Türe. Sie ist fast einen Kopf kleiner als Sarah, die mit ihren 1,64 m auch nicht gerade zu den Riesen zählt. In dem lilafarbenen Jogginganzug wirkt sie fast genauso breit wie hoch. Die Dame macht einen sympathischen Eindruck, wenn sie auch gerade etwas angespannt und nervös wirkt.

„Bitte verzeihen Sie die Störung. Sind Sie Frau Sandra Field?"

„Ja, das bin ich. Habe ich denn etwas verbrochen, junger Mann?"

„Dürfen wir vielleicht einen Augenblick reinkommen? Wir haben einige Fragen zu einer Adoption, welche sie damals bearbeitet haben."

„Ja natürlich, bitte treten Sie ein. Ich weiß zwar nicht, ob ich Ihnen weiterhelfen kann, aber ich gebe gerne mein Bestes."

„Das ist sehr nett von Ihnen, Dankeschön."

„Bitte setzen Sie sich. Einen Kaffee vielleicht?"

„Nein, vielen Dank. Ich bin übrigens Tom Gartner und das ist meine Cousine Sarah."

„Tag, mein Kindchen. Also worum geht es?"

„Hier, das ist die Kopie einer Verzichtserklärung meiner Mutter an meinen Vater. Können Sie sich vielleicht an den Fall erinnern?"

„Kindchen, ich habe so viele Fälle bearbeitet. Mein Job war mein Leben damals, wissen Sie. Bis mein Vorgesetzter meinte, ich sei zu alt. Manche jüngere Kollegin hätte sich eine Scheibe von mir abschneiden können. Keiner beherrschte den Job so wie ich. Leidenschaft war mein Geheimnis, Kindchen. Mit Leidenschaft im Beruf kann man so einiges erreichen. So viele arme Seelen, die ich vor einem schlimmen Schicksal bewahrt habe. So viele glückliche Familien, die dank meiner zusammengefunden haben. Und dann setzt man mich einfach so vor die Türe. Kannst du das glauben, Kindchen? Dabei fühle ich mich immer noch wie zwanzig." Sarah findet die alte Dame zwar gleich sympathisch, doch wären ihr anstatt des Kaffeetratsches ein paar Fakten über ihre Vergangenheit zehnmal lieber. Tom scheint die Ungeduld seiner Cousine zu spüren und kommt noch einmal auf das Schreiben zu sprechen.

„Na, mal sehen, was wir da haben. Wo sind denn jetzt meine Gläser wieder hin? Mit jedem Tag, den ich hier nichts tuend herumsitze, schrumpft mein Hirn, das kann ich euch sagen. Hätte ich noch meinen Job, dann wäre ich bestimmt in einer besseren Form."

Als Frau Field endlich ihre Brille auf ihrem Kopf gefunden hat, nimmt sie das Schreiben genauer unter die Lupe. Sie betrachtet die Namen eingehend und überlegt. Nach kurzer Zeit scheint ihr etwas eingefallen zu sein. Sie springt auf, so schnell, wie das in ihrem Alter noch möglich ist, und steuert den hohen Schrank in der linken Ecke des vollgeräumten Wohnzimmers an. Die Wände zieren Fotos der letzten sieben Jahrzehnte, wie es scheint. Kinderfotos, Urlaubsfotos, Familienfotos und ein paar Fotos von Katzen, soweit das Sarah erkennen kann. Nur die paar Zentimeter über der Couch sind frei und lassen eine altmodische Tapete erkennen. Sarah tippt auf die 70er – braune Tapete mit beigen Kreisen. Das Sofa, ein Zweisitzer, ist mit einer braunen Tagesdecke verhangen. Die Vorhänge – ebenfalls mit Kreismuster – machen das Bild komplett. Die Möbel sehen auch sehr alt aus. Sarah fühlt sich an ein Antiquitätengeschäft erinnert. Jede Wette, dass die Hälfte der Einrichtung älter ist als sie und Tom gemeinsam. Obwohl es nicht ganz ihrem Geschmack entspricht, wirkt es dennoch gemütlich. Und vor allem sehr persönlich.

Nach einer Weile kehrt die alte Dame mit einem roten Ordner zurück und breitet diesen am Tisch aus. Gespannt beobachten Sarah und Tom, wie sie in der Mappe blättert, welche hauptsächlich aus ausgeschnittenen Zeitungsartikeln besteht. Plötzlich hält sie inne.

„Hab ich's doch gewusst. An deinen Fall kann ich mich sogar noch sehr gut erinnern, Schätzchen. Es war damals nicht gang und gäbe, dass der Vater zum Erziehungsberechtigten benannt wird. Doch das war nicht das einzig Sonderbare in diesem Fall. Sophie Lehman. Sophie Lehman", wiederholte sie noch einmal. Genüsslich sprach sie den Namen aus, als würde sie jede einzelne Silbe auf ihrer Zunge zergehen lassen. „Einen wunderschönen Namen hatte deine Mutter. Ja, du siehst ihr sogar ein wenig ähnlich. Sie hatte herrliche blonde Haare. Sie waren sogar eine Spur länger als deine. Und diese unfassbaren Augen! Die Augen fielen mir an ihr als Erstes auf. Dieses unglaubliche Strahlen, später musste ich wohl feststellen, dass auch ein wenig Wahnsinn darin lag. Deine Mutter weinte sich die Seele aus dem Leib, doch der Mann erinnerte sie immer wieder an irgendeine Vereinbarung.

Wehen Herzens unterschrieb sie dann und rannte sogleich aus dem Zimmer. Ich habe sie nie wiedergesehen."

Die Dame hält kurz inne und mustert Sarah eindringlich. Sarah sind die Blicke unangenehm, weiß sie doch nicht, wie sie auf das eben Gehörte reagieren soll. Zumindest hat sie schon einmal den Namen. Doch dem Anschein nach ist die Geschichte noch lange nicht zu Ende und sie ist gespannt, was da noch kommen kann. Sie sieht die alte Dame auffordernd an, damit diese ihre Geschichte weitererzählt.

„Nein, gesehen habe ich das hübsche junge Ding nicht mehr, aber gelesen von ihr. Ja, gelesen habe ich immer wieder von ihr. Etwa ein Monat später wurde Sophie Lehman zum Lieblingsthema der lokalen Zeitungen. Vor allem Revolverblätter haben von der Geschichte lange nicht abgelassen. Die arme Frau. Dass so eine hübsche junge Frau mit dieser Krankheit bestraft wird. Eine tragische Geschichte. Ich kann Ihnen die Berichte gerne kopieren, wenn Sie möchten."

Sarah weiß nicht recht, worauf die alte Dame hinauswill und ob es sich wirklich um die Geschichte ihrer Mutter handeln kann. Ist Frau Field vielleicht verwirrt? Schließlich ist sie schon ziemlich alt. Vielleicht spielen ihr hier die Erinnerungen einen Streich. Sarah kann sich nicht vorstellen, dass ihre Eltern so etwas vor den Kindern geheim gehalten hätten. Sie nimmt das Angebot der Kopien gerne an und nach langem Verabschieden und dem Versprechen, die alte Frau auf dem Laufenden zu halten, sitzen sie und ihr Cousin wieder im Polizeiauto.

Sarah möchte die Zeitungsartikel alleine und in Ruhe studieren. Tom versteht das und fährt sie nach Hause. Sarah streift die Schuhe im Vorzimmer ab, steuert ihr Schlafzimmer an und lässt sich auf ihr Bett fallen. Sie kramt aus der Handtasche die Kopien heraus, breitet sie vor sich aus und beginnt zu lesen. Nur wenige Artikel später steht ihre Welt vollkommen auf dem Kopf. So viele neue Fragen haben sich aufgetan. Und eine neue Angst – ist Wahnsinn vererbbar?

Schwestern?

Als Natalie nach Hause kommt, findet sie Sarah in ihrem Zimmer. Sie sitzt auf ihrem Bett, hat jede Menge Papiere vor sich liegen und weint. Natalie stürmt sofort zu ihr und fragt, was passiert sei. Sarah schildert ihr die heutige Entdeckung. Natalie versucht, sie zu trösten. Da sie keine passenden Worte findet – was soll man einem Menschen schon sagen, der gerade herausgefunden hat, dass die eigene Mutter psychische Probleme hatte –, nimmt sie Sarah einfach in ihre Arme. Natürlich hatte Natalie Mitleid mit ihrer Schwester. Vor ein paar Tagen lebten sie noch in ihrer kleinen, heilen Welt und nun passiert so viel auf einmal.

Nicht nur dass ihr Vater entführt wurde und ihre Eltern gar nicht ihre Eltern sind, nun auch noch eine gestörte leibliche Mutter. Doch insgeheim dachte Natalie: Du weißt wenigstens, wer deine Mutter ist.

Kaum hat sie den Gedanken zu Ende gedacht, taucht bereits der nächste auf. Wenn Sarahs Mutter nicht Natalies Mutter ist und auch ihre Väter nichts gemein hatten, dann bedeutet das wohl ...

Natalie möchte gar nicht zu Ende denken. Die Antwort auf diese Frage ist ihr alles andere als lieb. Wie kann das sein? All die Jahre in dem Glauben aufzuwachsen, jemand zu sein, der man gar nicht ist. Und eine Familie zu haben, die keine ist.

Natalie weiß, dass der Moment nicht richtig gewählt ist, doch sie muss Sarah damit konfrontieren. Sie muss wissen, was sie denkt und was sie selbst denken soll.

Kaum hat sie ihre Gedanken geäußert, wird auch Sarah schmerzlich bewusst, dass sie keine Schwestern sind. Sie sind nicht einmal irgendwie verwandt. Zwei völlig Fremde, die durch eigenartige Umstände einfach in einem gemeinsamen Haushalt groß geworden sind.

Sie waren anfangs sehr verschieden, doch immer wieder wurde ihnen gesagt, ihr seid Schwestern, ihr müsst einander lieb haben. Auch wenn eine mal Mist gebaut hat, dachte die andere, na los, verzeih ihr, sie ist deine Schwester. Und jetzt stellt sich heraus, dass dies gar nicht der Fall ist. In all den Jahren, in denen sie dachten, diese unglaubliche Verbindung zu haben, welche eindeutig rein genetisch sein musste, entpuppen sie sich jetzt als falsch. So oft wurden sie gefragt, ob sie Zwillinge seien, da sie so ähnlich agierten. Und jetzt müssen sie feststellen, dass sie nicht einmal verwandt sind.

Jetzt, wo sie genetisch nicht zusammengehören, hieß das, dass sie auch so nicht zusammenpassen? Haben sie sich das all die Jahre nur eingebildet oder gar schön geredet? Weil der Gedanke an ein freundschaftliches Verhältnis zwischen Schwestern so verlockend war? Weil es einfach notwendig war in einem gemeinsamen Kinderzimmer? Wie oft haben sie Kompromisse geschlossen. Wie oft sich miteinander verglichen.

Und noch schlimmer. Sie werden sich plötzlich bewusst, dass ihr Verhältnis, wie auch immer man dies bezeichnen mochte, nur zustande kam, weil Thomas damals Natalie zu sich geholt hatte. Diese winzige kleine Tatsache hat ihr Leben verändert, hat die beiden verändert. Es hat sie erst zueinandergeführt. Wer weiß, ob sie sich sonst je kennengelernt hätten. Oder noch beunruhigender, ob sie sich sonst je lieben gelernt hätten.

So grundverschieden, wie sie eigentlich sind. Hätten sie sich unter anderen Umständen kennengelernt, wären sie womöglich nie Freunde geworden.

Bei diesen Gedanken zieht sich bei den Mädchen der Magen zusammen. Was würde die eine bloß ohne die andere tun?

Der Gedanke wäre schrecklich, einander nicht zu haben. Natalie und Sarah wird klar, dass sie, auch wenn sie keine Schwestern sind, dennoch zusammengehören. Das war schon immer so und würde auch immer so bleiben. Das möchten sie sich schwören. Sie werden das gemeinsam durchstehen und dann weiter zusammen durch das Leben gehen. Auch wenn sie nicht verwandt sind, fühlen sie sich einander mehr verbunden, als es normale Geschwister je könnten. Ist doch egal, dass verschiedene Namen auf ihren Geburtsurkunden stehen. Und wer weiß, vielleicht war es sogar Schicksal, was sie zusammengeführt hat.

Sophie Lehman, Teil 1

Sophie wuchs bei der schrulligen Tante ihrer Mutter Bianca auf. Als sie ein paar Monate alt war, setzte Frau Lehman ihre Tochter bei der Schwester ihrer verstorbenen Mutter ab. Sie wollte lieber mit ihrer Band durch Europa touren. Dabei störte Sophie nur. Tante Silvia nahm sie nur sehr widerwillig auf. Aber was blieb ihr anderes übrig? Zwar wollte Silvia selbst nie Kinder haben, da sie sich nicht dafür bereit fühlte, dennoch war Sophie jetzt in ihrer Obhut. Ihr war klar, dass sie zumindest das kleinere Übel für das Kind war.

Die Mutter von Sophie war einer der verantwortungslosesten Menschen, die sie kannte. Bianca ging mit 15 Jahren von zu Hause fort und trieb sich seitdem mit fragwürdigen Gestalten herum. Nur ab und wann tauchte sie bei ihrer Mutter auf, um sie um Geld zu fragen. Auch als Bianca erfuhr, dass ihre Mutter an Krebs erkrankt war, kehrte sie nicht nach Hause zurück. Silvia kümmerte sich bis zu deren Tod um ihre Schwester und in all der Zeit hatte sich Bianca kein einziges Mal blicken lassen. Erst zum Begräbnis kam sie zurück und sahnte bei der wenigen Verwandtschaft, die anwesend war, einiges an Geld ab. Dann verschwand sie wieder für die nächsten drei Jahre.

Als Silvia sie wiedersah, stand Bianca schwanger vor ihrer Türe und bat sie um Hilfe. Silvia hatte das Gefühl, es ihrer Schwester zu schulden, und nahm Bianca bei sich auf. Während der Schwangerschaft dachte Silvia wirklich, Bianca könne sich ändern. In diesen Monaten trank sie keinen Schluck Alkohol und das Rauchen wurde stark eingeschränkt. Ganz kam sie leider nie davon los, und wenn Silvia sie darauf ansprach und ihr gut zureden wollte, bekam sie nur zu hören, dass sie froh sein solle, dass wenigstens mit den Drogen Schluss sei.

Nach einer gewissen Zeit war Silvia das Diskutieren und Streiten leid und ließ Bianca ihre eine Zigarette am Tag.

Nach der Geburt war Bianca sogar ziemlich angetan, dass sie so etwas Reizendes wie Sophie zustande gebracht hatte. Sophie war echt ein entzückendes Kind. Mit ihren blitzblauen, großen Augen konnte sie jeden um den Finger wickeln.

In der ersten Zeit schienen die drei wie eine glückliche Familie. Natürlich ging Bianca nach der Geburt oft aus, doch Silvia übte sich gerne als Babysitter, war ihr die Kleine doch schnell ans Herz gewachsen.

Eines Tages tauchte dann der Gitarrist der Band bei ihnen auf. Ein großer, schlanker Junge mit langen, zotteligen Haaren und zerrissenen Klamotten. Er war immer von einer Marihuana-Wolke umgeben. Silvia konnte den Typen nicht ausstehen und bemerkte schnell, dass er einen sehr schlechten Einfluss auf ihre Nichte hatte. Bianca wollte von all dem nichts wissen und bestand darauf, ihn bei sich einzuquartieren. Schließlich wäre er einer der drei möglichen Väter ihres Kindes und habe ein Recht darauf, sie kennenzulernen.

Eine Woche später, als Silvia von der Arbeit nach Hause kam, war Bianca samt all ihrer Sachen, einschließlich des Typen, verschwunden. Nur das Baby hatte sie dagelassen. Sophie saß in ihrem Gehstall im Wohnzimmer und sah Silvia mit großen Augen an. Am Wohnzimmertisch lag ein Abschiedsbrief von Bianca. Sie fühle sich nicht reif für ein Kind und bei Silvia habe es Sophie sicher um einiges besser. Sie wolle ihr Leben genießen, schließlich sei sie, wie ihr klar geworden sei, viel zu jung und hübsch, um ein Mutterdasein zu führen.

Silvia ging vor Wut fast in die Luft. Doch als Sophie zu weinen anfing, wusste sie, dass es keinen Sinn hätte und sie das Mädchen nun an der Backe hatte. Sie wollte ihr Bestes tun, damit Sophie besser geriet als ihre verkorkste Mutter.

Sophie hatte keine schlechte Kindheit. Silvia verdiente ausreichend, um zwei Personen durchzufüttern. Bis sie alt genug war, um alleine zu Hause zu bleiben, wenn Silvia bis abends arbeiten musste oder mit Freunden aus war, wechselten ihre Babysitter laufend. Silvia war eine eigenartige Mischung aus strenger Erziehungsberechtigten und der Einstellung: Mir ist alles egal. Die angestellten Mädchen hatten damit zu kämpfen, da sie anscheinend nichts richtig machen konnten, und blieben meist nur ein paar Wochen. Sophie lernte rasch, sich an liebe Menschen nicht allzu sehr zu gewöhnen, denn die Menschen in ihrem Leben kamen und gingen viel zu schnell.

In der Schule begriff sie bald, dass sie zu den Außenseitern der Klasse gehörte. Niemand wollte so recht mit ihr befreundet sein, mit einem Mädchen, das bei ihrer eigenartigen Tante lebte. Und was war denn das für ein Kind, wenn es nicht einmal die eigene Mutter mit ihr aushielt und lieber abhaute. Sicher trug auch Sophies Aussehen zu ihrer Außenseiterrolle in der Schule bei. Wie bei vielen anderen Dingen war es Silvia völlig egal, was Sophie trug. Sie hatte nur das Nötigste an Kleidung und meist nur altmodisches Zeugs. Silvia interessierte sich nicht für die neuesten Trends, auch war sie nicht mehr die Jüngste und wusste meist nicht, was gerade angesagt war. Außerdem, wozu viel Geld in Kleidung investieren, wenn das Kind in ein paar Monaten sowieso wieder hinauswuchs? Da taten es zwei Hosen und eine kleine Auswahl an billigen T-Shirts ebenso.

Auch bei der Frisur des Kindes wurde nicht lange überlegt. Silvia schnitt dem Mädchen die Haare selbst, da sie zu geizig war, um einen Friseur für eine solch einfache und rasche Aufgabe zu bezahlen. Das Mädchen sah fast aus wie ein Ebenbild von Silvia. Kurz geschnittene, blonde Haare, hellblaue Jeanshosen und gewöhnliche einfarbige T-Shirts.

Sophie wuchs mit dem Gedanken auf, dass sie niemanden hatte, der sie liebte. Sie hatte bloß Tante Silvia, die sie zwar duldete und wahrscheinlich auch gern hatte, doch sie konnte dem Mädchen nicht die elterlichen Gefühle entgegenbringen, welche all die anderen Kinder aus der Klasse genossen. Und dann waren da die Babysitter, welche ständig wechselten und zu denen sie wegen der kurzen Zeit nie eine wirkliche Beziehung aufbauen konnte. Sonst gab es niemanden in ihrem Leben. Wer ihr Vater war, wusste sie nicht und würde es auch nie erfahren. Sie wusste nur, dass es einer aus Biancas Band war, also kamen im Prinzip drei Männer infrage. Ihre Mutter wollte sie nicht bei sich haben und schob sie zu ihrer Tante ab. Großeltern hatte sie keine und auch keine Cousinen oder Cousins.

Als Sophie 15 Jahre alt wurde, bemerkte sie, dass viele Jungs ihr bewundernde Blicke zuwarfen. Sie lernte schnell, dass man als hübsches Mädchen viele Freunde gewinnen konnte. Fortan nahm sie ihr Aussehen selbst in die Hand. Sie ließ ihre blonden Haare wachsen und hatte bald eine ansehnliche Mähne. Auch das Kaufen ihrer Kleidung besorgte sie selbst und hatte bald herausgefunden, dass weniger oft mehr ist. Je weniger Kleidung, desto mehr Bewunderer. Und je mehr Aufmerksamkeit sie bekam, desto stärker wurde ihr Selbstbewusstsein.

Sie nahm jede Liebe, die sie nur kriegen konnte, auch wenn es oft nur für eine Nacht war. Doch Sophie träumte von der großen Liebe. Sie wollte endlich jemanden haben, der sie so sehr liebte, wie sie es sich wünschte. Sie wollte eine Familie und allen beweisen, dass sie es besser konnte als alle, die sich an ihr versucht hatten.

Leider war sie in Bezug auf Männer sehr naiv und steigerte sich in jede Bekanntschaft hinein. Sie wollte so sehr das ganz große Glück, dass sie so einiges in Kauf nahm. Freundinnen hatte sie immer noch keine, da die meisten nicht viel von der jungen Frau hielten, die sich sehr freizügig und aufreizend kleidete und leichtsinnig mit Männern verkehrte. Das kam bei den Mädchen ihres Alters nicht gut an. Und ihrer altmodischen und introvertierten Tante konnte und wollte sie sich nie so recht anvertrauen. Also stand sie weiterhin, abgesehen von ihren kurzzeitigen männlichen Bekanntschaften, alleine da.

Doch das war Sophie egal, solange ihre männlichen Fans sie nicht im Stich ließen.

Recherchen

Nachdem Natalie ihre Schwester fürs Erste beruhigen konnte, widmen sie sich wieder den Zeitungsartikeln. Sarah versucht, so viel wie möglich aus den Berichten zu erfahren. Sie versuchen, die Artikel chronologisch zu ordnen, und notieren sich die wichtigsten Fakten. Sie haben bereits eine Menge Informationen über Sophies Elternhaus und die schräge Tante sowie Ausschnitte aus ihrer Krankenakte zusammengetragen. In einer Kleinstadt wie dieser war zu der Zeit wohl wirklich nichts Spektakuläres los. Sicher, es war keine alltägliche Lebensgeschichte. Doch es mehrmals auf die Titelseite der Zeitungen zu schaffen, ohne prominent zu sein, das war dennoch sehr ungewöhnlich. Normalerweise war diese den A-Z-Promis vorbehalten. Ihre Lebensgeschichte wurde in alle Einzelteile zerlegt. Eine Vielzahl an Psychologen kommentierte ihr Leben und erläuterte eigene Thesen an Sophies Beispiel.

Sarah kommt auf die grandiose Idee, auch im Internet nach weiteren Einträgen zu suchen. Viele Zeitungen haben seit Jahren auch Onlinearchive. Doch wie es aussieht, hat Frau Field so gut wie alle Zeitungsausschnitte in ihrer Sammlung. Natalie findet zusätzlich ein Forum von Sophies alter Schule. Auch die damalige Schülerzeitung hat noch einige Berichte online gestellt.

Noch nie hat Natalie ihre Schwester so recherchieren gesehen. Früher lehnte sie jede Arbeit mit dem Internet ab. Doch bei dieser Nachforschung scheint sie richtig aufzugehen. Sie kann gut nachvollziehen, woher dieser Eifer stammt. Kommt sie doch mit jeder Schlagzeile und jedem Bericht ihrer Mutter ein Stück näher.

Nach und nach können sich die beiden Schwestern ein besseres Bild von Sophie machen. Je mehr sie stöbern, desto mehr Einzelheiten ihres Lebens decken sie auf.

Sophie Lehman, Teil 2

Mit 18 beendete Sophie die Schule und bekam eine Anstellung als Sekretärin bei Thomas Gartner. Thomas merkte schnell, dass Sophie eine Einzelgängerin war. Die Männer in der Firma genossen den Anblick der langen, meist nackten Beine und ihrer aufreizenden Figur. Bei den Frauen hingegen wurde sie das Tratschthema Nummer eins. Thomas hatte oft mitbekommen, wie seine Kolleginnen über Sophie lästerten und ihr so allerhand andichteten. Er empfand Sophie als freundliches, interessiertes und sehr lernfähiges Mädchen und wollte ihr etwas unter die Arme greifen. Sophie hatte einmal belauscht, wie Thomas die Frauen in der Firma dazu aufforderte, die Lästereien über sie einzustellen, ein bisschen netter ihr gegenüber zu sein und ihr einfach eine Chance zu geben. Warum Frauen sich von anderen hübschen Damen so leicht einschüchtern ließen oder gar bedroht fühlten, war ihm ein Rätsel.

Sophie war jedenfalls von den Socken und unendlich dankbar. Es hatte sich tatsächlich jemand für sie eingesetzt. Und Herr Gartner hatte sie als hübsch bezeichnet. Sie schwebte auf Wolke sieben. Jetzt, wo sie ihn näher betrachtete, fiel ihr erst auf, wie attraktiv er war. Ihr gefiel dieser Typ von Mann, groß und breite Schultern. Zwar durchzogen schon ein paar graue Strähnen seine sonst schwarzen und dichten Haare, doch genau das gefiel ihr gut. Es stand ihm und ließ ihn auf eine anziehende Art und Weise reifer wirken. Sie hatte genug von den pubertierenden Jungs und wollte endlich einen Mann. Den Mann für ihre Zukunft. Und sie war sich sicher, dass Thomas durchaus dafür geeignet wäre. In den nächsten Wochen machte sie es sich zum Ziel, sein Herz zu erobern. Sie brachte ihm Frühstück und bemühte sich noch ein bisschen mehr in ihrer Arbeit. Sie wollte ihm zeigen, dass sie für ihr Alter bereits sehr erwachsen war und auch sonst einiges zu bieten hatte. Sie versuchte, ihm so oft als möglich über den

Weg zu laufen, und kam häufig mit Fragen zu ihm. Wenn er ihr dann etwas erklärte, beugte sie sich ganz nah heran, sodass er einen Blick auf ihr Dekolleté erhaschen konnte und der Duft ihres Parfums ihm in die Nase stieg. Diese Taktik hatte sich bereits in den vergangenen Jahren sehr bewährt und ihr bereits den einen oder anderen Liebhaber beschafft.

Doch Thomas war nicht so leicht zu knacken wie die üblichen Kerle, mit denen sie es bisher zu tun hatte. Dieser Fakt imponierte ihr noch mehr. Er war wirklich etwas ganz Besonderes. Anders als die jungen Männer, die ihr hechelnd hinterherblickten und nur das eine von ihr wollten. Thomas war nicht so primitiv, so einfach gestrickt. Er war bestimmt der Richtige. Der Eine. Ihre Zukunft.

Wenn alle bereits gegangen waren und sie alleine im Büro war, durchstöberte sie gern seinen Schreibtisch. Sie liebte es, in seinen Sachen zu wühlen und auf immer mehr Details seines Lebens zu stoßen. So konnte sie ihm ganz nah sein, Teil seines Privatlebens werden.

Doch eine Tatsache gefiel ihr so gar nicht. Eines Tages, beim Durchsuchen seines Computers, entdeckte sie einen privaten Ordner von Thomas mit Fotos von seiner Familie und dem letzten gemeinsamen Urlaub mit seiner Frau. Irgendwie musste sie ihn von dieser Frau wegbekommen.

Sophie begann, die gleichen Hobbys wie er zu mögen, und teilte von nun an auch seinen Geschmack in Sachen Musik und Filme. Natürlich könnte man ihr unterstellen, dass sie sich für ihn verstellte. Aber so war es nicht. Sophie war einfach sehr anpassungsfähig. Das musste sie schon immer sein. Ihr machte es Freude, sich mit den Dingen zu beschäftigen, die jemandem, den sie wirklich gerne hatte, am Herzen lagen. Zwischen Thomas und Sophie offenbarten sich immer mehr Gemeinsamkeiten. Dadurch gingen ihnen die Gesprächsthemen nie aus. Und so gingen sie auch oft gemeinsam auf Mittagspause, um ihre Gespräche fortzusetzen.

Doch so sehr sie sich auch bemühte, am Ende ging er immer wieder zu seiner Frau nach Hause und Sophie blieb alleine und verlassen zurück.

Ein paar Wochen später ergab sich dann eine Gelegenheit für sie. Das Geschäftsjahr war um und erfolgreich verlaufen. Um das gebührend zu begießen, wurde eine Firmenfeier veranstaltet. Sophie kaufte sich extra für diesen Abend ein neues Kleid. Das Dunkelblau desselben brachte ihre schönen Augen gut zur Geltung und unterstrich auch das leuchtende Blond ihrer Haare, welche ihr wie ein samtig goldener Vorhang um die Schultern fielen. Mit neuen Stilettos und dem passenden Make-up sah sie darin einfach fabelhaft aus. Auch Thomas kam nicht darum herum, dies festzustellen. Die rechte Seite des Kleides hatte einen Schlitz bis zur Hüfte, welcher den Blick auf die schönen langen Beine freigab. Sophie wich Thomas den ganzen Abend nicht von der Seite. Sie wagten auch das eine oder andere Tänzchen. Sekt, Bier und Wein gab es in großen Mengen und Thomas genoss es, endlich wieder einmal zu feiern und einen Abend mal nicht mit dem Kinderwunsch seiner Frau konfrontiert zu werden.

Maria wünschte sich nichts sehnlicher als Kinder und so hatte das Ehepaar gleich nach der Hochzeit damit begonnen, an einer Familie zu basteln. Die ersten Monate waren sie noch voller Hoffnung und malten sich aus, wie sie das Kinderzimmer einrichten wollten. Genug Platz hatten sie ja in ihrer Wohnung.

Als Maria nach über einem Jahr immer noch nicht schwanger war, verloren sie langsam die Zuversicht. Doch Maria wollte nicht aufgeben, war es doch ihr sehnlichster Wunsch, seit sie ihre eigenen Eltern verloren hatte. Natürlich hätte Thomas auch gerne Kinder gehabt, doch er war nicht so versessen darauf wie seine Gattin. Sie kannte nur noch dieses eine Thema und probierte alles, um endlich schwanger zu werden. Sie versuchte es mit Nahrungsumstellung, sie nahm Hormonpillen und wollte es immer weiter probieren. Sie war so verzweifelt, dass sich dies natürlich auch auf die Stimmung im Schlafzimmer auswirkte. Thomas fühlte sich nur noch wie eine Maschine, seine männlichen Bedürfnisse kamen trotz der Quantität um einiges zu kurz.

Als er dann von seiner gut aussehenden und attraktiven Sekretärin umgarnt wurde, genoss er dies natürlich sehr. Endlich fühlte er sich wieder als Mann und nicht bloß als Samenspender. Als dann noch der Alkohol ins Spiel kam, konnte er seinem Drang nach mehr nicht mehr widerstehen und so kam es zu der verhängnisvollen Nacht.

Kurz nach Mitternacht verlässt Thomas die Feier und möchte nach Hause fahren. Er steigt in den Aufzug, und als er gerade die richtige Etage drücken möchte, kommt Sophie hinzu. Als sich die Aufzugstüren schließen, beginnt Sophie, Thomas zu küssen. Wild umschlungen landen sie im 4. Stock des Gebäudes und steuern Thomas' Büro an. Thomas verliert all seine Hemmungen und Sophie ist unendlich glücklich, endlich mit ihrem ersehnten Liebsten vereint zu sein.

Als sie sich wieder ankleidet, plagt Thomas sofort das schlechte Gewissen. Er rennt, ohne ein Wort zu sagen, schnurstracks aus dem Büro. Diesmal nimmt er die Treppen, um weiteren Zwischenfällen aus dem Weg zu gehen. Es hat ihn genug Kraft gekostet, die hübsche Blondine einfach zurückzulassen. Ein neuerliches Zusammentreffen mit ihr würde auch seinen letzten Funken Anstand weichen lassen. Bei seinem Auto angekommen, atmet er erst mal tief aus. Maria durfte es nie erfahren, da ist er sich sicher. Die Geschichte durfte sich nicht noch einmal wiederholen.

Sophie verletzte es, dass Thomas so rasch abgehauen war. Und noch mehr ärgerte es sie, dass er am Ende wieder zu seiner Frau nach Hause ging. Dennoch war sie sich sicher: Sie waren füreinander bestimmt. Und jetzt, wo sie ihrem Ziel bereits einen erheblichen Schritt näher gekommen ist, wird sie nicht aufgeben. Sie darf sich nicht abwimmeln lassen und muss ihm zeigen, dass sie zueinandergehören. Ihr war von Anfang an klar, um endlich die Liebe zu bekommen, die sie sich so sehr wünschte, würde sie weit gehen, sehr weit.

Am darauffolgenden Montag in der Firma strahlte Sophie über das ganze Gesicht, als sie Thomas wieder sah. Doch er lehnte ihre Einladung auf ein gemeinsames Mittagessen ab. Ganz sachte und schonend erklärte er ihr, dass er seine Frau liebe und dass ihm dieser Ausrutscher sehr leidtue, er hätte es nicht so weit kommen lassen dürfen. Sophie fing an zu weinen und Thomas bereute, an jenem Abend nicht stark genug gewesen zu sein und gegen sein Verlangen nicht lange genug angekämpft zu haben.

Sophie gestand ihm unter Tränen ihre Liebe. Thomas sagte lediglich, er fühle sich geschmeichelt, doch dass es eine einmalige Sache gewesen wäre, sie sei wirklich eine unglaubliche Frau. Doch das zwischen ihnen dürfe einfach nicht sein. Er hoffe, dass dies keine negativen Auswirkungen auf die Zusammenarbeit habe, und er wünsche ihr alles Gute für die Zukunft.

Sophie dachte insgeheim, dass Thomas sie liebe. Sie war sich dessen sicher. Sie sah es in seinen Augen, in der Art, wie er sie ansah. Er wirkte verzweifelt und gar nicht glücklich mit seiner Entscheidung. Sie musste ihm dabei helfen, das zu verstehen.

In den nächsten Tagen ging sie in ihrer Verliebtheit um einiges weiter. Sie folgte ihm nach Hause, wollte die Frau sehen, die ihr ihren Geliebten wegnahm. Als sie eines Tages das Haus des Ehepaares Gartner beobachtete, sah sie die beiden Arm in Arm fortgehen. Wie konnte er so eine unscheinbare Frau ihr vorziehen? Das war unmöglich. Sie begriff die Welt nicht mehr. Es war doch offensichtlich, dass hier mehr dahinter sein musste. Sonst hätte er sich doch schon längst zu seiner jungen Sekretärin bekannt.

Sie nutzte die Gelegenheit und stieg in die leere Wohnung ein. Wenn sie vorerst Thomas nicht bei sich haben konnte, wollte sie zumindest etwas von ihm bei sich haben. In der Wohnung malte sie sich bereits ihre Zukunft aus. Wie schön würde es sein, hier mit ihm zusammenzuleben. Das Schlafzimmer würde sie natürlich komplett neu herrichten. Sie wollte nicht in ihrem Liebesnest an die Exfrau ihres neuen Mannes erinnert werden.

Auf der Kommode stand ein Foto von den beiden aus jüngeren Tagen. Sie nahm es an sich, ebenso wie einen Pullover. Sie erinnerte sich, dass er den letzten Mittwoch angehabt hatte, er sah umwerfend darin aus. Sogar sein Duft haftete noch an dem Kleidungsstück. Mit Foto und Pullover verließ sie die Wohnung wieder. Zu Hause überklebte sie das Gesicht von seiner Ehefrau mit ihrem eigenen Porträt. Sie wären wirklich ein bezauberndes Pärchen. Das Foto bekam einen Ehrenplatz auf ihrem Nachtkästchen.

Im Büro versuchte sie weiterhin, Thomas zu umgarnen, und hoffte auf einen Moment der Schwäche seinerseits. Doch er gab sich ihr gegenüber sehr abweisend und kalt. Sophie wusste, sie durfte es nicht persönlich nehmen. Das war alles die Schuld dieser Maria. Diese galt es dringend loszuwerden.

Alles änderte sich ein paar Wochen später. Anfang November stellte sie fest, dass sie schwanger war. Gott hatte ihr ein Kind von dem Mann, den sie liebte, geschenkt. Es musste einfach Schicksal sein. Sie konnte ihr Glück nicht fassen. Jetzt würde alles gut werden. Denn jetzt musste Thomas zu ihr stehen und sie würden eine Familie werden. Und Maria würde einsehen, dass sie jetzt nicht mehr erwünscht ist.

Freudig lief sie in Thomas' Büro, um ihm die schöne Botschaft zu überbringen. Doch auf seinem Gesicht spiegelte sich bloß pures Entsetzen wieder. Für ihn brach eine Welt zusammen. Seine Frage, ob er denn tatsächlich als Vater infrage komme, verletzte sie tief. Als sie erklärte, dass er der einzige Mann in ihrem Leben sei, wusste Thomas, dass er Maria nun einweihen musste. Und Sophie wusste, dass dies ihre Chance war. Sie erzählte ihm, dass ihre Wohnung gekündigt worden sei und sie nun nicht wisse, wohin sie gehen solle. Sie war schon immer eine talentierte Schauspielerin und setzte ihre Tränen gekonnt ein.

Sophie vertraute darauf, dass Thomas tief in seinem Inneren Gefühle für sie hegte und sie nicht im Stich lassen würde. Sie würde bei ihm wohnen dürfen und so konnte sie Maria von Angesicht zu Angesicht besiegen. An vorderster Front würde ihr bestimmt etwas einfallen, um sie loszuwerden.

Und so kam es auch. Thomas beichtete Maria seinen Seitensprung, erzählte von der Schwangerschaft und dass Sophie bald ohne ein Dach über den Kopf dastehen würde.

Maria war nach dem Geständnis am Boden zerstört. Wie konnte ihr Mann eine andere in ihr gemeinsames Leben lassen? Und was sie noch viel mehr verletzte, warum wurde dieses Flittchen schwanger, wo sie sich schon seit Jahren ein Kind wünschte? Das Schicksal meinte es einfach nicht gut mit ihr. Thomas war so reumütig, dass Maria ihm verzieh. Sie liebte ihn doch von ganzem Herzen und würde immer zu ihm halten.

Recherchen Teil 2

Wie konnte das sein? Die ganze Stadt wusste von den Vorkommnissen in ihrer Familie und doch war nie auch nur das kleinste Detail zu den Mädchen durchgedrungen. Alle wussten dank der Zeitungen darüber Bescheid, dass Thomas Maria betrogen hatte. Doch Natalie und Sarah hatten bis jetzt keine Ahnung.

Beim weiteren Internetsurfen stoßen die Mädchen auf einen Eintrag von einem gewissen Michael H. Dieser wollte eine Art Tagebuch von Sophie damals veröffentlichen. Er wollte Sophies Ruf wiederherstellen und die Wahrheit ans Licht bringen. Doch aus irgendeinem Grund wurde er an der Veröffentlichung der Gegenüberstellung gehindert. Nach weiterem Forschen stoßen die Mädchen auf einen nur allzu bekannten Namen. Anwalt Siegfried Gartner. In einem der Artikel heißt es: „Der Anwalt und zeitgleich Familienangehöriger der Maria Gartner stoppte die Veröffentlichung des Tagesbuches durch Michael H. Der Richter, welcher seit Jugendtagen mit dem Kläger befreundet ist, stimmte zu, dass es sich hierbei um einen Racheakt an Maria Gartner handeln sollte. Das Urteil lautete auf Verleumdung und Rufschädigung, die Veröffentlichung wurde gestoppt."

Doch auch der mächtigste Richter der Welt kann gegen das World Wide Web nicht viel ausrichten. Zwar wurde das Skript verboten und nie offiziell herausgegeben, doch einige Einträge sind aus dem Netz nie ganz verschwunden.

Als Sarah sich gerade auf die besagte Webseite weiterklickt, äußert Natalie ihre Bedenken:

„Willst du das wirklich lesen?"

„Natürlich, warum, denkst du, tun wir das alles hier?"

„Das weiß ich schon und du weißt, ich werde dich bei allem unterstützen. Aber was ist, wenn du das, was dort steht, besser gar nicht wissen möchtest?"

„Es geht um meine Mutter. Da gibt es nichts, was ich nicht wissen möchte. Es ist mein verdammtes Recht, das zu lesen."

„Sarah, bitte, denk doch mal darüber nach. Es wird schon einen Grund haben, warum unser Opa so strikt dagegen war."

„Worauf willst du hinaus?"

„Okay, du erfährst mehr über deine leibliche Mutter. Aber was ist mit Mama, also Maria? Ich meine, Verleumdung? Da dürften echt miese Dinge drinstehen."

„Oh."

„Ja, riesiges Oh."

„Meinst du denn wirklich, dass uns jetzt noch etwas schocken kann? In den letzten 48 Stunden wurde unser Vater, also Thomas, also egal – er wurde entführt und wir haben erfahren, dass wir adoptiert und gar keine richtigen Schwestern sind. Vor ein paar Sekunden haben wir gelesen, dass unser Vater, also mein Vater, Maria betrogen hat und sich die ganze Stadt mehr oder minder das Maul darüber zerrissen hat. Was sollte denn jetzt noch kommen?"

„Ich weiß doch auch nicht. Wahrscheinlich haben mich genau diese Ereignisse der letzten Tage überempfindlich gemacht. Keine Ahnung."

„Ja, ich weiß genau, was du meinst."

„Möchtest du lieber alleine sein? Ich würde wirklich verstehen, wenn du das über deine Mutter lieber alleine …"

„Nein. Bitte bleib. Niemanden brauche ich im Augenblick mehr als dich an meiner Seite." Natalie umarmt ihre Schwester. Sie kann gar nicht sagen, wie dankbar sie über diese Worte ist. War es doch ihre größte Angst, dass sich ihr Verhältnis von einem

Schlag auf den anderen ändern würde. Dass sie sich durch die Tatsache, dass sie unterschiedliche Eltern haben, entfremden würden.

Nachdem sie noch einen nervösen Blick ausgetauscht haben, öffnet Sarah die Seite.

Tagebucheintrag: Der Angriff

Ich zog also bei dem Ehepaar Gartner ein und wurde im geplanten Kinderzimmer eingenistet. Ich muss zugeben, dass Maria mir eine große Hilfe während der Schwangerschaft war. Da sie sich seit geraumer Zeit auf eine eigene Schwangerschaft vorbereitete, wusste sie um einiges mehr darüber als ich selbst. Meine Schwangerschaft kam zu überraschend. Die Monate verflogen wie im Flug. Noch nie habe ich eine Zeit meines Lebens so sehr genossen. Maria brachte mir so viel Fürsorge entgegen. Auch wenn ich weiß, dass diese weniger mir, sondern viel mehr dem Ungeborenen galt, kann ich sagen, dass ich mich sehr wohlfühlte. Ich liebte den Gedanken, dass in mir ein neues Wesen wuchs. Das Baby begann langsam zu treten und ich wusste, dass es so viel Liebe in mein Leben bringen wird. Ich vergötterte das Baby schon jetzt. Endlich etwas, was nur zu mir gehörte. Es war ein Teil von mir und ich würde ihm all meine Liebe schenken, die ich zu geben hatte. Und Thomas natürlich. Ich versuchte, so viel Zeit wie möglich mit ihm zu verbringen. Auch er schien das Kind freudig zu erwarten, jetzt, wo er sich mit dem Gedanken abgefunden hat. Ich sehe es in seinem Blick, wenn er meinen Bauch bewundert. Ich fühle es, wenn er meinen Bauch berührt, um das Baby strampeln zu spüren. Doch leider macht er das nur, wenn Maria nicht anwesend ist. Das ist auch ein Punkt, den ich so sehr an ihm liebe. Er nimmt immer noch auf Maria Rücksicht. Obwohl sogar ein Blinder sehen kann, wie tief die Gefühle sind, die er für mich hegt. Jeden Tag verlieben wir uns ein Stückchen mehr. Er sieht nicht nur das Baby in mir, er sieht tief in meine Seele. Wenn er meinen Bauch berührt, dann ist es das Schönste und Intimste, was ich je erlebt habe. Und ich sehe es auch in Marias Blicken uns gegenüber. Sie weiß, was wir haben, und der Neid scheint sie nur so aufzufressen.

Die Wochen vergingen viel zu schnell. Ich war bereits im siebten Monat schwanger, als ich mir langsam über meine Zukunft Sorgen machte. Noch hat Thomas mit keinem Wort erwähnt, wie es weitergehen soll. Ich weiß noch, dass es ein Freitag war, als Maria die Wohnung verließ, um einkaufen zu gehen. Ich nützte den Moment mit Thomas alleine, denn Maria lässt uns jetzt nur noch selten alleine. Ganz behutsam ging ich das Thema an und fragte, wie er sich unsere gemeinsame Zukunft vorstelle. Thomas war vollkommen perplex. An das nachstehende Gespräch kann ich mich nur allzu deutlich erinnern:

„Ich weiß nicht ganz, worauf du hinauswillst?"

„Wie soll das mit uns weitergehen? Suchen wir uns eine gemeinsame Wohnung? Oder wird Maria ausziehen?"

„Sophie, wovon redest du denn? Maria wird nirgends hingehen. Und ich bleibe selbstverständlich bei ihr!"

„Aber wir sind doch bald eine Familie."

„Hör zu, ich werde mich natürlich um das Kind kümmern. Doch es wird nie ein ‚Uns' geben."

„Aber wir gehören doch zusammen? Ich liebe dich doch."

„Es tut mir leid, wenn ich dir ein falsches Gefühl vermittelt habe. Ich wollte dir bloß helfen. Und ich helfe dir auch gerne, eine Wohnung zu finden, in der du mit dem Kind leben kannst. Doch ich gehöre zu Maria."

„Aber du liebst mich doch. Bitte tu mir das nicht an."

„Du musst endlich von mir loskommen. Glaub mir, es ist nur zu deinem Besten."

Ich war zutiefst verzweifelt und wusste einfach nicht mehr weiter. Ich wusste, dass er mich liebte. Ich sah es in seinen Blicken, spürte es in jeder seiner unauffälligen Berührungen. Er liebte mich genauso wie ich ihn. Doch warum sollte eine Trennung von ihm dann das Beste für mich bedeuten? Ich verstand die Welt nicht mehr und fühlte mich so hilflos. Maria musste ihn mit irgendetwas in der Hand haben. Es konnte keine andere Erklärung für Thomas' Verhalten geben. Doch was sollte ich tun? Wenn nicht einmal unser gemeinsames Kind ihn von dieser Hexe losreißen konnte.

Um ja nichts unversucht zu lassen, kam mir eine neue Idee. Jetzt weiß ich, wie naiv und verrückt das geklungen haben mochte, doch in diesem Moment war es meine letzte Chance. Lieber alles riskieren, als ein Leben ohne ihn führen zu müssen. Mein Flehen liegt mir noch in den Ohren, als wäre es gestern gewesen.

„Wenn es sein muss, dann kann ich dich auch mit ihr teilen. Aber bitte lass mich ein Teil deines Lebens sein."

„Sophie, weißt du eigentlich, was du hier redest? Wie stellst du dir das vor? Möchtest du einen Harem um mich gründen?"

„Bitte, lass es uns doch probieren. Ich will bei dir sein."

„Sieh es ein, ich liebe dich nicht. Und jetzt lass mich in Ruhe mit dem Blödsinn." So rasend vor Wut hatte ich ihn noch nie gesehen. Aber mein Unterbewusstsein sagte mir, dass da noch etwas anderes in seiner Stimme mithallte. Trauer? Enttäuschung? Verzweiflung? Es musste einfach so sein. Ich wollte es nicht wahrhaben. Ich wollte es nicht akzeptieren.

Nachdem er mir diese harten Worte an den Kopf geknallt hatte, stapfte er wütend davon. Er meinte, er brauche dringend frische Luft. Thomas schnappte sich seine Jacke und knallte die Eingangstüre hinter sich zu. Und ich sah zu, wie jemand von mir ging, den ich liebte. Wieder wurde ich allein gelassen.

Und dann ging alles so schnell. Auch jetzt noch fällt es mir schwer, mich an den genauen Tatablauf zu erinnern. Ich hasse mich dafür, dass ich nichts dagegen getan habe. Um mich ewig an den größten Fehler meines Lebens zu erinnern und vor allem daraus zu lernen, hebe ich mir die offizielle Aussage des Rettungssanitäters und den Polizeibericht auf.

Der Rettungssanitäter berichtet:
Herr Gartner traf gleichzeitig mit uns in der Wohnung ein. Er betrat diese zuerst, stürmte regelrecht hinein. Der Anblick, der sich uns bot, war schockierend. Wir sahen gleich, dass Frau Gartner versorgt werden musste. Frau Lehmann wies nur leichte Schnitte auf. Unsere Sorge galt vor allem dem Ungeborenen.
Im Krankenhaus wurde Frau Gartners Wunde am Oberschenkel genäht. Es dürfte eine Weile dauern, bis sie diesen wieder ganz belasten kann.

Noch im Krankenhaus wurde Maria vernommen. Da ich immer noch nicht wieder ganz bei Bewusstsein war, wurde meine Aussage erst später aufgenommen. Marias Schilderung des Vorfalls erschütterte mich zutiefst, doch in meinem Schockzustand war ich zu keiner Gegendarstellung fähig.

Zeugenaussage Frau Gartner:
Als Frau Gartner bei der Türe hineinkommt, sieht sie Frau Lehmann am Küchenboden kauern. Um sie herum sind Blutspritzer. In ihrer Hand erkennt sie einen glänzenden Gegenstand.
Frau Lehmann macht einen zutiefst verzweifelten Eindruck auf Frau Gartner. Immer wieder murmelt sie wie eine Art Mantra: „Warum kann er mich nicht lieben – ich bin verabscheuungswürdig, keiner liebt mich – es tut so weh – warum nur – von diesem Mann will ich kein Kind – niemals – es tut so weh."
Als Frau Gartner sich ihr vorsichtig nähern möchte, schreit Frau Lehmann unter Tränen auf. Sie schnappt sich ein Küchenmesser und beginnt, damit auf ihren Bauch einzustechen. Sie möchte dieses Kind loswerden, möchte nichts mehr mit Thomas zu tun haben. Sie wirkt wie in Trance.
Frau Gartner erkennt den Ernst der Lage und stürzt sich auf Frau Lehmann. Sie sieht ihre einzige Chance auf ein Kind gefährdet. Sie versucht, Sophie das Messer zu entreißen. Doch diese lässt in ihrem Wahn nicht davon ab. Um sich zu wehren, richtet Sophie das Messer auf Maria. Diese wird am Handgelenk verletzt. Die beiden Frauen ringen am Boden um das Messer. Doch beide sind fest entschlossen, diesen Kampf nicht zu verlieren.

Plötzlich spürt Maria einen Stich im Oberschenkel. Danach breitet sich eine Art warmes Gefühl in ihr aus. Als sie zu der getroffenen Stelle greift, sieht sie Blut an ihrer Hand. Ein Schwindelgefühl ergreift sie, doch sie weiß, sie darf jetzt nicht schwach werden. Sonst hat Sophie gewonnen und es würde nicht gut für sie und das Kind ausgehen. Maria ist fest entschlossen, zumindest das Kind zu retten. Sie robbt in Richtung Anrichte und versucht, die untere Lade unauffällig zu öffnen. Sophie hat sich inzwischen aufgerichtet und hält das Messer drohend in der Hand. Wenn Maria nicht mehr da wäre, hätte sie die Chance, mit Thomas zusammen zu sein. Langsam geht sie auf Maria zu. Diese kämpft gegen ihre Schmerzen im Bein an und zieht sich langsam hoch. Sophie ist nur noch wenige Meter entfernt. Sie scheint dieses Schauspiel zu genießen. Es scheint, als hätte sie das erste Mal in ihrem Leben Macht. Sie ist im Moment Herrin über Leben und Tod. Marias Leben ist von ihr abhängig. Und das genießt sie in vollen Zügen.
Maria hat es mittlerweile geschafft, auf die Beine zu kommen, und starrt Sophie in ihre wutentbrannten und hasserfüllten Augen. Sophie ist nur noch wenige Zentimeter von Maria entfernt. Sie hebt ihre Hand mit dem Messer zum letzten Stoß. Zu spät sieht sie den schweren Gegenstand in Marias Hand. Diese schwingt die Pfanne, welche sie vorher mühsam aus der Lade gefischt hat. Sophie wird sogleich schwarz vor Augen und sie geht zu Boden. Maria lässt sich erschöpft auf den Boden neben sie fallen. Sie nimmt das Messer an sich und versteckt es in einer der Laden. Dann robbt sie zu ihrer Handtasche, welche sie vorhin voller Entsetzen fallen gelassen hat. Sie kramt ihr Handy heraus und ruft die Rettung.
Dann war alles vorbei.

Ich weiß noch, wie Thomas in mein Krankenzimmer kam. Er wirkte verstört und traurig. Ich hatte gerade erfahren, dass ich in eine psychiatrische Anstalt verlegt werden sollte, und haderte mit dem Leben. Ich wollte mit niemandem reden, schon gar nicht mit Thomas, dem ich für das alles einen Teil der Verantwortung zuschob. Also tat ich so, als würde ich schlafen, und versuchte, alles um mich herum auszublenden. Ich spürte Thomas, sobald er an mein Bett trat. Zuerst saß er nur stumm da. Ich war bereits versucht, die Augen zu öffnen, um mich zu vergewissern, dass ich mich nicht geirrt hatte und er ganz nah bei mir war. Doch plötzlich fing er an zu reden. Ich weiß nicht, ob er direkt zu mir sprach oder nicht eher zu sich selbst.

„Ich wusste, dass du am Boden zerstört warst. Du weißt gar nicht, welche Vorwürfe ich mir deswegen mache. Ich hätte dich nicht alleine lassen dürfen, hätte dich nie in diese Situation bringen dürfen. Was habe ich dir bloß angetan?"

Dann waren weitere Schritte zu hören und die Stimme meiner Krankenschwester ertönte. Sie bat Thomas, den Raum zu verlassen, da ich keinerlei Besuch empfangen dürfe. Schritte entfernten sich. Ich wollte am liebsten losschreien, wollte ihn anflehen, bei mir zu bleiben. Doch irgendetwas hielt mich zurück.

Ich hörte, wie die Krankenschwester sagte, dass sie schon viele selbstmordgefährdete Menschen erlebt hätte. Doch ich wirke eindeutig nicht wie eine von denen. Das bin ich auch nicht, bitte, ich habe nichts getan, möchte ich am liebsten schreien. Doch ich bringe nach wie vor kein Wort heraus. Ich höre Thomas tief Luft holen, so, wie er es immer in der Arbeit getan hatte, bevor er das Gespräch mit seinen Klienten eröffnete:

„Ich wusste, ihr ging es schlecht. Doch nie hätte ich ihr so eine Tat zugetraut. Es klingt einfach nicht nach dem süßen Mädchen, das ich kennen und zu mögen gelernt habe. Natürlich ist mir klar, dass Sophie aufgrund ihrer Vergangenheit verunsichert ist und sich nichts mehr wünscht, als endlich Teil einer intakten Familie zu sein. Doch dass sie für diesen Wunsch über Leichen geht? Keiner, der Sophie besser kennt, könnte ihr das zutrauen."

Und dann war es still. Und mich ließen sie in dieser Stille zurück. Allein. Schon wieder. Als wäre es mein Schicksal…

Recherchen Teil 3

Als Natalie das nächste Mal vom Computer aufblickt, sieht sie zwei Tränen Sarahs Wange hinunterkullern. Gleich nimmt sie ihre Schwester in den Arm. Sie kann sich nicht einmal ansatzweise vorstellen, was diese gerade durchmacht. Sarah windet sich aus Natalies Umarmung. Der Älteren fiel es schon immer schwer, mit Emotionen umzugehen. Nur selten zeigt sie, was wirklich in ihr vorgeht. Natalie ist die Einzige, der sie ihre Gefühle zumindest ab und zu offenbart. Die Jüngere kennt ihre Schwester gut genug, um die Zurückweisung nicht persönlich zu nehmen. Das muss Sarah mit sich selbst ausmachen. Wenn sie in so einer Stimmung ist, dann verschlimmert Körperkontakt das Ganze nur. Wieder wird Natalie bewusst, wie unterschiedlich sie doch sind. Wenn es ihr selbst schlecht geht, dann möchte sie in den Arm genommen werden. Sarah braucht Raum für sich, um gegen die Tränen anzukämpfen. Vielleicht ist es das Schicksal der älteren Geschwister, dass sie meinen, Tränen freien Lauf zu lassen, heiße, Schwäche zu zeigen. Sarah weiß, dass Natalie für sie da ist, es reicht ein einfacher Blick und sie sieht die Zuneigung in den Augen ihrer Schwester. Für Berührungen hat sie in Situationen wie diesen keinen Nerv.

Sarah verschwindet kurz in die Küche, um sich ein Glas Wasser zu holen. Die kalte Flüssigkeit tut gut und löst den Frosch im Hals langsam wieder auf. Noch ein paar Mal tief durchatmen und sie hat sich so weit wieder gefasst, um sich dem nächsten Eintrag zu widmen. Jetzt ist sie bereits so tief in dieser Geschichte drin – da gibt es kein Zurück mehr.

Tagebucheintrag: Zukunft?!

Nachdem ich halbwegs wieder bei mir war, musste ich mich einer Menge Untersuchungen unterziehen.

Mein Bauch blieb Gott sei Dank weitgehend unversehrt. Die Kleidung hatte das meiste abgefangen und so sind nur kleine und nicht tiefer gehende Schnitte zu sehen. Nach einer Reihe von Tests wurde Gott sei Dank festgestellt, dass das Kind wohlauf ist.

Nachdem Maria den Vorfall in allen Einzelheiten geschildert hatte, befand man es für das Beste, mich erst mal hierzubehalten und mir psychologische Hilfe zur Seite zu stellen. Sobald es mir ein wenig besser ginge, sollte ich in eine psychiatrische Klinik überstellt werden. Thomas wollte noch einmal zu mir, doch die Ärzte hielten es für das Beste, mich nicht weiter mit den Geschehnissen zu konfrontieren, da ich viel zu labil sei.

Lediglich ein Polizist stattete mir Besuch ab, um meine Zeugenaussage aufzunehmen. Bereits als er eintrat, war er mir zutiefst unsympathisch. Seine Miene verriet von Anfang an, dass seine Meinung über mich feststand. Er gab mir gar keine Chance, mich zu erklären, sondern konfrontierte mich gleich mit Marias Schilderung des Tathergangs. Mein Psychologe, den ich genauso wenig ausstehen kann, wohnte der Unterhaltung bei, was alles nur noch schlimmer machte. Ich redete mir den Mund fusselig, versuchte, mich zu erklären, den Herren meine Version zu schildern. Doch das machte es nur noch schlimmer. Je mehr ich dementierte und je länger ich versuchte, Maria verantwortlich zu machen, desto weniger glaubte man mir. Am Ende war ich so aufgebracht, dass ich mit Medikamenten ruhiggestellt werden musste. Wenn ich heute daran denke, dann packt mich wieder diese unglaubliche Wut. Ich war allem hilflos ausgeliefert. Keiner glaubte mir, und je öfter ich vor den Kopf gestoßen wurde, desto mehr fing ich an, selbst an mir zu zweifeln.

In den nächsten Tagen diagnostizierte der zuständige Arzt Wahnvorstellungen bei mir. Ich stritt die Tat nach wie vor ab und war von der fixen Idee besessen, dass man es auf mich abgesehen hatte. Leider trugen der Pullover und das manipulierte Foto auch einen Teil dazu bei, mich als fanatische Verrückte dastehen zu lassen. Im Nachhinein gesehen war das damals auch eine wirklich idiotische Idee. Aber ich wollte doch nur etwas von meiner großen Liebe bei mir haben. Jeder Verliebte träumt doch davon, ich habe damals gehandelt. Ich glaube, dass der eine oder andere mich hier verstehen wird. Jedenfalls beteuerte ich ihnen tagein, tagaus, dass ich das Opfer sei und ich nie jemanden angreifen würde. Es war ein Teufelskreis. Je mehr ich dementierte, desto mehr Medikamente bekam ich verschrieben. Je mehr Medikamente, desto schwächer wurde mein Gefühl für die Realität. Bald wusste ich nicht mehr, was wirklich vorgefallen war. Und bald darauf war mir alles gleichgültig.

Je näher der Geburtstermin rückte, desto verstörter und abwesender wurde ich. Nach sieben Wochen kam endlich das Kind zur Welt. An die Geburt kann ich mich gar nicht mehr recht erinnern. Ich weiß nur, dass es plötzlich da war. Ich durfte es nicht einmal sehen. Es wurde mir unmittelbar nach der Geburt entrissen. Mein Kind, mein eigen Fleisch und Blut, war für mich für immer verloren. Doch das Schlimmste war, dass ich es in diesem Moment damals einfach nicht realisierte. Es war mir egal. Ich habe gar nicht versucht, die Ärzte aufzuhalten. Das bereue ich am meisten. Dass ich mich nicht zur Wehr setzte. Doch wäre ich dazu fähig gewesen? In dem Moment damals war ich schwach. Ich war innerlich bereits tot. Ich wusste nicht, wie ich mich durch diesen Nebel der Gefühllosigkeit kämpfen sollte, den die Medikamente verursachten. Doch ich werde nie aufhören, mir deswegen Vorwürfe zu machen. Besser scheitern, als es nie probiert zu haben. Aber es ist zu spät. Ich werde nie die Chance haben, all meine Fehler wiedergutzumachen.

Sie haben mir mein Baby genommen, sie haben mir meinen freien Willen, mein freies Handeln, meine Gefühle genommen. Sie haben mir alles genommen, was ich hatte und woraus ich bestand. Doch ich muss das alles hinter mir lassen. Muss nach vorne blicken. Vielleicht hat Gott ja doch noch ein Funken Mitleid mit mir.

Hoffnung ist jetzt alles, was ich habe. Die Hoffnung, irgendwann einmal diese Last der Schuldgefühle loszuwerden. Die Hoffnung, dass mein Leben wieder lebenswert wird. Die Hoffnung, dass es meinem Baby gut gehen wird. So viel besser, als es mir je ergangen ist. Die Hoffnung, mein Baby je wieder sehen zu können, muss ich aufgeben. Wir müssen uns trennen, damit wir beide überleben können. Das weiß ich jetzt. Noch nie ist mir ein Entschluss so schwergefallen. Doch es geht nicht anders. Es soll leben. Es soll glücklich sein und eine Zukunft haben. Und das geht nur ohne mich. Auch wenn ich es immer in meinem Herzen tragen werde.

Die Gespräche mit diversen Fachleuten und Ärzten halfen. Sie unterstützten mich dabei, mich selbst wieder zu finden und das Geschehene zu verarbeiten. Endlich hatte ich wieder eine Perspektive. Vielleicht lag es auch an den zahlreichen Medikamenten, dass ich mich nach und nach wieder ein wenig wohler fühlte. Ich hatte gelernt, das Geschehene zu akzeptieren, doch mein Kind vermisste ich nach wie vor jeden Tag. Alles, was ich je in meinem Leben wollte, war Zuneigung. Und jetzt schien der letzte Hoffnungsschimmer gegangen zu sein.

Die kommenden acht Monate waren die längste Zeit in meinem bisherigen Leben. Meine Tage bestanden aus Therapien, Untersuchungen, Gemeinschaftsarbeiten mit anderen Patienten und weiteren Therapien.

Nach einem halben Jahr war es mir endlich erlaubt, die Klinik für kurze Spaziergänge zu verlassen. Ich genoss die Zeit für mich alleine an der frischen Luft. Es war gerade Herbst geworden und die Blätter färbten sich in den schönsten Farben. Der Anblick des Herbstlaubes war das Schönste, was ich seit Langem gesehen habe. Ansonsten war ich von weißen Wänden und grauen Möbeln umzingelt. Das Pflegepersonal versuchte zwar, die Gemeinschaftsräume so schön wie möglich zu gestalten, doch all die bunten Bilder und selbst gebastelten Mobile schafften es nicht, über das triste Inventar hinwegzusehen und die Krankheit und die Probleme der Bewohner auszublenden.

An der frischen Luft war ich mit meinen Gedanken alleine. Ich konnte über meine Vergangenheit nachdenken, die Gegenwart verfluchen und mir Gedanken über meine Zukunft machen. Hatte ich denn eine Zukunft? Wenn ja, so wusste ich, wollte ich diese garantiert nicht so verbringen. Mir musste schleunigst etwas einfallen. Bald nutzte ich meine Spaziergänge, um über die anstehenden Therapiesitzungen nachzudenken. Ich grübelte über passende Antworten und überlegte, wie ich mich zu verhalten hätte. Ich wusste, nur wenn man bei mir eine Besserung ausmachen konnte, war dies mein Weg hier raus. Auch wenn ich die letzten Monate nicht ganz bei Sinnen war, so musste ich mich jetzt auf meinen Verstand verlassen können.

Alles wurde leichter, als der neue Pfleger in mein Leben trat. Michael Hasler erwies sich als mein Rettungsanker in dieser schweren Zeit.

Die schockierende Wendung

Nachdem die Mädchen den Namen noch einmal lesen, scheint ihnen gleichzeitig ein Licht aufzugehen.

„Denkst du, was ich denke?"

„Es ist doch offensichtlich, oder? Michael H. – Michael Hasler."

„Kann das sein? Warum sollte ein Krankenpfleger so einen Blog im Internet veröffentlichen?"

„Genau das gilt es herauszufinden, Natalie."

„Ja, aber fangen wir morgen damit an. Es ist kurz vor Mitternacht, ich denke, heute können wir gar nichts mehr erreichen."

„Ist gut. Ich muss erst mal das sortieren, was ich bis jetzt erfahren habe. Hey, ich habe ganz vergessen, dich zu fragen, ob du bei deiner Sache schon weitergekommen bist."

„Nicht direkt. Noch habe ich mit dem Namen nichts anfangen können. Aber Alex meint, er wird darüber nachdenken."
„Oho, da scheint sich ja was wirklich Ernstes anzubahnen."
„Sarah, ich bin erst seit gestern Single."
„Na und, das hat dich doch vorher auch nicht davon abgehalten, wie wild mit dem Fremden zu flirten."
Natalies Wangen färben sich bei dieser kleinen Anspielung sofort rot. Sarah zieht ihre Schwester jetzt nur noch weiter auf. In diesem Augenblick waren die Probleme der letzten Tage vergessen. Für diese kurze Zeit sind sie einfach nur wieder die Schwestern, die sich gegenseitig aufziehen und necken. Als Natalie gerade mit dem Polster nach ihrer Schwester werfen möchte, ist dieser schöne Moment zwischen den Schwestern gleich wieder verflogen. Die Unbeschwertheit ist plötzlich wie weggeblasen.

Beide starren auf einen Zeitungsausschnitt, der unter dem Kopfpolster versteckt war. Natalie begreift zuerst, was sie sieht, und kann es nicht glauben. Auch Sarah realisiert langsam, was dort in tiefschwarzer Tinte geschrieben steht. Ihr Herz wird unmittelbar so schwer wie Blei und sie hat das Gefühl zu fallen. Jetzt kann sie die Tränen nicht mehr zurückhalten. Das darf alles nicht wahr sein! Natürlich waren die Tagebucheinträge auch schwer zu verdauen, aber das … Gerade ist sie ihrer Mutter ein Stückchen nähergekommen und schon soll alles wieder vorbei sein. Natalie versucht noch einmal, ihre Schwester in den Arm zu nehmen, doch diese hüpft wie von der Tarantel gestochen auf und rennt aufgeregt im Zimmer herum. Immer noch versucht sie panisch, den Tränenfluss unter Kontrolle zu kriegen und die nassen Wangen zu trocknen.

„Sarah, hör auf damit, du hast jedes Recht, traurig zu sein."
„Traurig? Du meinst, ich sei bloß traurig? Ich bin so unsagbar wütend und verzweifelt. Auf unsere Eltern und den Rest der Welt. Ich hasse diese Ungerechtigkeit, hasse es, dass man mir keine Wahl ließ, meine Mutter kennenzulernen. Traurig, meinst du. Ich bin verdammt noch mal rasend vor Wut!" Dann sinkt sie langsam auf die Knie, stützt ihren Kopf in die Hände und lässt ihren Tränen freien Lauf. Natalie stürmt zu ihr und schlingt ihre

Arme um sie. Und das erste Mal lässt Sarah die Umarmung zu. Ihr ganzer Körper bebt unter dem Tränenausbruch.

Sie sitzen eine Weile so da, bis Sarah die Kraft ausgeht und sie sich ins Bett fallen lässt. Sie rutscht ein Stück zur Seite, sodass sich ihre Schwester zu ihr legen kann. Den Kopf an Natalies Schulter gelegt beruhigt sich Sarah langsam. Warum hat sie sich umgebracht? Ihr letzter Tagebucheintrag ließ doch vermuten, dass es ihr langsam besser ging. Das macht doch alles keinen Sinn. Sie hatte doch wieder nach vorne gesehen, sich eine Zukunft gewünscht. Warum sollte sie dann von dieser Brücke springen? Es wollte einfach nicht in Sarahs Kopf. Auch Natalie versucht, sich einen Reim auf die Todesanzeige von Sophie zu machen. Doch sie ist ebenso ratlos wie ihre Schwester.

Der letzte veröffentlichte Tagebucheintrag hatte den beiden Mädchen wieder ein bisschen Hoffnung gegeben. Sie hatten angefangen, Sophie zu mögen, und wünschten ihr das Beste. Nur ein paar Minuten später wussten sie, dass es keine Zukunft für die arme Frau gab. Warum hat sie sich das Leben genommen? Warum stürzte sie sich die Brücke hinunter?

Sarah will herausfinden, was passiert ist, und wenn nötig, den Namen ihrer Mutter wieder reinwaschen. Auf eine seltsame Art und Weise fühlt sie eine Art Verbindung zu ihrer Mutter durch diese Texte. Sie hat ein Gefühl für diese Frau, die ihr das Leben schenkte, entwickelt. Und dieses Gefühl sagt ihr, dass sie sich niemals umgebracht hätte. War es Mord? Was ist, wenn Sophie die Wahrheit sagte, als sie meinte, sie sei das Opfer? Was, wenn es wirklich jemand auf sie abgesehen hatte? Und wenn dieser Jemand sein Werk nun zu Ende gebracht hatte? Nichts wäre leichter, als alle im Glauben zu lassen, es wäre Selbstmord gewesen. Sophie war lange in psychologischer Betreuung, jeder hätte das ohne Weiteres geglaubt. Doch wenn es so gewesen ist, wer war dann dieser Jemand? Thomas? Alles fing mit Thomas an. Doch wäre ihr Vater zu so etwas imstande gewesen? Sarah schätzt ihren Vater überhaupt nicht als gewalttätig ein. Aber seine Vergangenheit scheint dunkler zu sein, als die Mädchen je erahnen konnten. Schließlich hat er sogar Marias

Leben aufs Spiel gesetzt, nur um das Geheimnis der Adoption zu wahren. Und dann diese bewaffneten Männer, die er anscheinend kannte. Und die Verbindung zu dem mysteriösen Peter Schwarz. Die Fakten sprechen momentan eindeutig gegen Thomas. Doch konnte das Gefühl der Mädchen sie so schwer täuschen?

Die beiden fühlen sich in einem Teufelskreis gefangen. Je mehr sie erfahren, desto mehr neue Fragen tauchen auf. Je mehr Informationen sie auftreiben, desto verstrickter und geheimnisvoller wird die ganze Angelegenheit.

Jetzt haben sie die Schnauze endgültig voll. Es ist Zeit für Antworten. Sie sehnen sich nach ihrem normalen Leben zurück. Doch die Geschichte einfach sein lassen? Dafür sind sie bereits zu tief darin verstrickt. Sie würden es zu Ende bringen müssen, um Gewissheit zu haben. Um wieder Vertrauen zu gewinnen.

Und Sarah weiß genau, wo sie anfangen muss. Sie weiß, zu wem sie gehen muss, um Antworten zu erhalten. Und am besten fängt sie gleich morgen an.

Laura Lautner

Am nächsten Tag erwacht Natalie mit einem interessanten Mix an Gefühlen. Sie träumte, dass sie alleine auf einer Blumenwiese stand und plötzlich aus dem Wald eine Art Fee geflogen käme. Sie ließ sich vor Natalie nieder. Die wunderschöne Fee sagte zu ihr, sie sei ihre Mutter, und gerade als sie die Maske vom Gesicht nehmen wollte, wurde Natalie durch das SMS-Signal ihres Handys geweckt. Als sie die Augen aufschlägt, verspürt sie eine gewisse Neugier, Spannung, aber auch Angst. Natalie fühlt, dass heute endlich etwas weitergehen muss. Sie möchte ihrer Vergangenheit einen Schritt näher kommen und endlich die Wahrheit über ihre Herkunft erfahren.

Voller Tatendrang springt sie in Jeans und Pullover. Bevor sie ins Bad geht, erinnert sie sich noch an ihr Handy. Das war ja schließlich der Grund dafür, warum sie an einem Samstag um halb neun Uhr bereits angezogen in ihrem Zimmer steht. Nachdem sie die SMS geöffnet hat, kennt ihre Euphorie keine Grenzen mehr.

Alex hat ihr geschrieben. Ohne dass sie es merkt, breitet sich ein Lächeln auf ihrem Gesicht aus. Er schreibt, er habe heute frei und würde sich freuen, wenn sie den Tag gemeinsam verbringen würden. Um weiter zu recherchieren, natürlich. Er würde sich freuen, wenn er helfen könne. Natalie nimmt das Angebot gerne an und schreibt, sie sei in einer halben Stunde abmarschbereit und würde sich sehr über seine Begleitung freuen. Jetzt, wo es mit Mike endgültig aus ist, braucht sie kein schlechtes Gewissen mehr haben, wenn sie sich einem anderen zuwendet. Oder besser gesagt, sich Alex zuwendet.

In den letzten Tagen hat er eindeutig bewiesen, dass er ihr Fels in der Brandung sein kann. Und für starke Männer hatte Natalie schon immer eine Schwäche.

Alex schreibt, er würde sie in 40 Minuten von zu Hause abholen und dann würden sie sich gemeinsam überlegen, wie sie vorgehen möchten.

Natalie hat bis jetzt gar nicht nachgedacht, was sie eigentlich unternehmen möchte. Schön und gut, sie hat den Namen. Laura Lautner. Aber das war es auch schon. Wie soll sie an weitere Informationen herankommen? Eine Telefonnummer würde ihr für den Anfang eigentlich schon reichen. Ja genau, das ist es. Eine Telefonnummer. Und wo findet man diese? In den guten, altbewährten Telefonbüchern. Sarah und sie haben leider diese dicken, gelben Schmöker nicht zu Hause. Werden die heutzutage eigentlich noch hergestellt? Doch, sie erinnert sich, dass ihre Eltern die immer aufgehoben haben. Maria tat sich gewöhnlich schwer, Sachen zu entsorgen. Die Kinder haben sie oft damit aufgezogen, dass sie ein Messi-Gen in sich hätte. Doch jetzt kommt ihr dieser Charakterzug ihrer Mutter sehr gelegen. Und je älter sie sind, überlegt Natalie, desto besser. Denn mittlerweile sind ja doch einige Jahre vergangen. Je älter die Telefonbücher, desto größer die Chance, die damals aktuellen Daten zu finden.

Natalie hat gerade letzte Hand an ihrer Frisur angelegt, als es bereits an der Türe klingelt. Schnell huscht sie noch in das Zimmer ihrer Schwester, doch es ist niemand da. Das Bett ist bereits gemacht und Natalie fragt sich, warum sich Sarah so früh aus der Wohnung geschlichen hat, ohne ihr Bescheid zu geben, Sicher ist ihre Schwester ebenso verwirrt, was ihr Verhältnis zueinander betrifft, und Natalie versteht, dass sie Zeit für sich braucht. Sie wird ihr später eine SMS schreiben, um sich zu erkundigen, ob alles okay sei.

Alex sieht wie immer toll aus. Er trägt eine gut sitzende, dunkelblaue Jeans, ein lässiges lachsfarbenes T-Shirt und schwarze Converse. Seine wuscheligen Haare sehen heute nicht so gestylt aus wie sonst und sie schließt darauf, dass auch er heute Morgen kaum Zeit für sein Styling geopfert hat. Natalie fährt ihm verspielt durch die Haare und fragt, ob er gerade erst aus dem Bett gefallen sei. Alex antwortet etwas verlegen, dass ihm das Haargel ausgegangen sei. Natalie entgegnet, dass es ihm trotzdem stehe und irgendwie süß aussehe. Wobei „süß" noch ziemlich untertrieben ist. Er sieht wirklich zum Anbeißen aus. Aber diese letzte Bemerkung behält Natalie natürlich für sich.

Alex öffnet ihr die Beifahrertür und reicht ihr die Hand zum Einsteigen. Bereits diese kleine, aber überaus charmante Geste verursacht Schmetterlinge in Natalies Bauch.

Als Alex den Motor startet, fragt er, wo es denn überhaupt hingehen solle. Natalie erklärt ihm ihre Pläne und schon fahren sie Richtung Wohnung der Eltern. Auf der Fahrt reden sie kaum ein Wort, werfen sich aber immer wieder vielsagende Blicke zu.

In der Wohnung angekommen, läuft Natalie gleich in den Abstellraum. Unter den alten Spielsachen von ihr und Sarah findet sie schließlich zwei Telefonbücher. Das eine stammt aus dem Jahr 1995 und das zweite von 1998. Sie nimmt sich das ältere der beiden vor. Kein Eintrag unter Lautner, Lara. Gerade will sie das Buch verzweifelt zuschlagen, als Alex von hinten an sie herantritt und mit dem Finger auf einen Eintrag weiter unten auf der Seite zeigt.

„Wie wäre es, wenn du es da mal probierst. Vielleicht haben wir ja Glück und die Dame kennt eine Laura."

Einen Versuch ist es wert, denkt Natalie und dreht sich zu Alex um, um ihn zu danken. Doch sie hält abrupt inne, da Alex näher hinter ihr steht als gedacht. Sie sehen sich genau in die Augen. Alex streicht ihr zart über die Wange und flüstert: „Wenn du nur nicht vergeben wärst."

Natalie verschlägt es augenblicklich die Sprache. Sie bringt nur ein paar gestammelte Worte heraus: „Seit gestern ... aus ..." Während er sich ihr langsam nähert, kann sie noch einen Blick von seinem zauberhaften Lächeln und den süßen Grübchen erhaschen. Seine Lippen nähern sich, und als sie endlich bei den ihren ankommen, tobt ein Orkan in Natalies Bauch. Dieser Kuss ist nichts im Vergleich zu dem, was zwischen ihr und Mike war. Wie konnte sie auch nur eine Minisekunde lang geglaubt haben, dass Mike und sie füreinander bestimmt seien, jetzt, wo sie weiß, wie tief Gefühle wirklich sein können. Im Vergleich zu dem, was sie gerade empfindet, war Mike nur eine kleine Schwärmerei. Nie hätte sie gedacht, dass sie zu so starken Gefühlen fähig sein könnte.

Das Klingeln seines Handys zerstört den romantischen Augenblick. Mit einer geflüsterten Entschuldigung zieht er sich langsam von ihr zurück und tritt in den Flur. Während er das Gespräch entgegennimmt, nützt Natalie den kurzen Moment, sich wieder zu sammeln. Ihr fällt wieder ein, warum sie eigentlich hier sind. Im näheren Umkreis ihrer Stadt gibt es sieben Einträge mit dem Familiennamen Lautner. Sicherheitshalber notiert sie sich alle sieben und räumt dann das Telefonbuch wieder beiseite. Alex hat das Telefonat gerade beendet und wartet bereits im Stiegenhaus auf sie.

Gemeinsam fahren sie zurück in Natalies Wohnung. Mit beiden Handys bewaffnet machen sie es sich in Natalies Zimmer gemütlich und gehen jeden Telefonbucheintrag nacheinander durch.

Während Natalie die erste Nummer auf der Liste anruft, versucht es Alex bei der zweiten. Nachdem sie bei beiden keinen Erfolg hatten, knüpfen sie sich die nächsten beiden Einträge vor. Doch auch diese bleiben ohne Erfolg. Also auf zu den nächsten. Wieder nichts. Bleibt noch eine Nummer. Natalie steckt all ihre Hoffnung hinein und auch Alex betet um ein Erfolgserlebnis. Es klingelt zweimal, dreimal, viermal. Nach dem fünften Mal will Natalie bereits verzweifelt auflegen, als sie doch noch ein „Hallo?" vernimmt. Sie wählt die bereits bei den ersten beiden Anrufen gewählte Taktik und erklärt der Dame am anderen Ende der Leitung, dass ihre Mutter mit einer Laura Lautner in der Klasse gewesen sei und immer von den gemeinsamen Zeiten schwärme. Sie wolle ihr zum Geburtstag eine Freude machen und auch alte Schulkollegen einladen, ob sie denn eine Laura kenne? Alex kann die Antwort an Natalies Gesicht ablesen. Er spürt förmlich, wie ihr ein Stein vom Herzen fällt. Sie grinst über beide Ohren. Endlich ein Treffer. Wie kann es auch anders sein? Ist nicht immer die letzte Möglichkeit die richtige?

Nachdem Natalie eine weitere Nummer notiert und sich herzlichst bedankt hat, legt sie auf. Schnell berichtet sie, dass diese Frau Lautner eine Tochter mit dem Namen Laura habe, welche jedoch vor über 20 Jahren ausgezogen sei. Die Dame sei so nett gewesen, deren neue Nummer weiterzugeben.

Michael Hasler

Kurz nachdem Natalie endlich die Nummer ihrer leiblichen Mutter in den Händen hält, hören sie die Eingangstüre. Sarah ist wieder da und wird von ihrer jüngeren Schwester gleich mit Fragen überfallen. Sie war in der Klinik, in die sie ihre Mutter damals gebracht hatten, um sich über den damaligen Pfleger Michael Hasler zu informieren. Er wurde kurz nachdem Sophie gestorben war entlassen. Um mehr über ihre Mutter zu erfahren, beschließt Sarah, diesen Michael Hasler aufzuspüren. Er soll damals in einen Skandal verwickelt gewesen sein und am besten über die Patientin Frau Lehmann Bescheid wissen.

Natalie ist sich nicht sicher, ob sie das Vorhaben ihrer Schwester gutheißen kann. Nach dem, was Sarah bis jetzt über ihre Mutter herausgefunden hat, befürchtet sie, dass noch mehr schreckliche Dinge ans Licht kommen würden. Doch ähnlich stur wie ihre kleine Schwester lässt sich Sarah nicht von ihrem Plan abbringen.

Aus Datenschutzgründen durfte der Klinikleiter ihr keine Auskünfte über private Daten von Michael Hasler weitergeben. Doch ein kurzer Anruf der Polizei, oder genauer gesagt von Tom, und sie hatten eine Telefonnummer und eine Adresse. Sarah entscheidet sich dafür, lieber persönlich hinzufahren, ohne vorher anzurufen, da sie nicht weiß, ob sich Herr Hasler bereit erklären würde, mit ihr zu reden.

Natalie bietet an, sie zu begleiten, doch Sarah legt ihr nahe, dass sie lieber alleine losziehen möchte. Sie soll sich lieber um ihre eigene Vergangenheit kümmern. Aber sie würde sich freuen, wenn sie gemeinsam zu Abend essen und sich dann über die Geschehnisse des Tages austauschen könnten.

Nachdem die Jüngere kurz enttäuscht ist, sieht sie ein, dass das die beste Lösung ist. Schließlich brennt sie selbst darauf, mit ihrer Mutter in Kontakt zu treten. Hoffentlich hat sie auch wirklich die richtige Laura Lautner erwischt. Außerdem ist sie davon überzeugt, dass sie Sarah keine große Hilfe wäre, spielt sich doch so viel anderes in ihrem Kopf ab.

Also macht sich Sarah alleine auf den Weg zu der notierten Adresse. Herr Hasler wohnt außerhalb der Stadt, ca. 50 Autominuten von Sarahs Wohnort entfernt. Die Gegend ist wirklich sehr abgeschieden. Die Häuser haben riesengroße Gärten und stehen kilometerweit auseinander.

Das Navigationsgerät führt sie eine kleine Serpentinenstraße den Berg hinauf. Je weiter sie fährt, desto einsamer wird es. Die Felder weichen riesigen Wäldern und schon bald ist kein einziges Haus mehr weit und breit zu sehen. Sarah bezweifelt stark, dass das der richtige Weg ist, und rechnet schon damit, sich verfahren zu haben, auch wenn es die letzten Kilometer keine Abzweigung gab. Doch nach einer weiteren Viertelstunde sieht sie eine kleine Blockhütte am Horizont. Als sie näher kommt, macht sich ein ungutes Gefühl in ihrem Magen breit. Die Gegend scheint verlassen. Hoffentlich war es kein Fehler, den Weg alleine anzutreten. Je mehr sie von dem Grundstück sieht, desto mulmiger wird ihr Gefühl. Sie würde nicht sagen, dass sie sich nicht sicher fühle. Es rührte eher von ihrer Nervosität und Ungewissheit. Sie hat keine Ahnung, was sie erwartet. Ob sie überhaupt etwas erwartet. Oder ob dieser Ausflug ein einziger Fehlgriff war.

Der Garten wirkt verwildert und auch die Einfahrt sieht vernachlässigt aus. Sie parkt vis-à-vis auf einem kleinen Schotterplatz vor einer Scheune. Nachdem sie den Motor abgestellt hat, atmet sie noch einmal tief durch. Vielleicht hätte sie vorher doch anrufen sollen? War es nicht unhöflich, einfach so hereinzuschneien? Was, wenn er gar nicht da ist und sie die lange Fahrt umsonst auf sich genommen hat? Was, wenn er ihr Dinge erzählt, die sie gar nicht wissen möchte? Wenn es alles nur noch schlimmer macht?

Das Klopfen an der Fensterscheibe reißt Sarah aus ihren Gedanken. Sie erschrickt beinahe zu Tode und sieht ängstlich auf.

Neben dem Auto steht ein großer, dunkelhaariger Typ, um die 60 Jahre, wie Sarah schätzt. Als er sie vorsichtig anlächelt, normalisiert sich ihr Herzschlag langsam. Sie atmet tief durch. Jetzt gibt es kein Zurück mehr. Als sie aussteigt und ihn anblickt, scheint er plötzlich zu erschrecken. Er tritt einen Schritt näher, sieht ihr tief in die Augen und flüstert kaum hörbar: „Oh mein Gott, Sophie."

Laura Lautner, Teil 2

Da es mittlerweile Mittag geworden ist, erklärt sich Alex bereit, etwas Essen zu besorgen. Er möchte Natalie in Ruhe telefonieren lassen. Sie einigen sich auf Chinesisch, und sobald Alex aus der Türe ist, greift Natalie zum Telefon. Nervös tippt sie die Nummer ein, nur um sie wenige Sekunden später wieder zu löschen. Sie atmet tief durch und fängt von vorne an. Diesmal starrt sie minutenlang auf die Nummer am Display. Keine Panik. Ganz ruhig. Kein Grund, nervös zu sein. Du rufst einfach nur deine Mutter an, die seit Jahren nichts mehr von dir gehört hat und vielleicht auch gar nicht mehr an dich denkt. Die aus allen Wolken fallen wird, wenn sie erfährt, wer sie da anruft. Die vielleicht gar nicht mit ihr sprechen möchte. Oh mein Gott! Also doch ein Grund, nervös zu sein. Und wie! Aber sie muss das jetzt durchziehen. Jetzt oder nie. Sie drückt auf den grünen Hörer. Das Telefon rutscht ihr fast aus der schwitzenden Hand. Es läutet. Einmal. Sie nimmt das Telefon in die andere Hand und streift die mittlerweile schweißnasse andere an ihrem Hosenbein ab. Ein zweites Mal. Sie nimmt gierig einen Schluck Wasser, um ihre Stimme zu ölen. Sie befürchtet, sonst kein Wort herauszubekommen. Tuuut – ein drittes Mal. Oh nein! Sie ist nicht erreichbar. Wer weiß, ob die Nummer überhaupt stimmt. Tuuut … Vielleicht ist es das Beste so. Vielleicht soll es einfach nicht sein. Tuuut … Plötzlich ertönt die schönste Frauenstimme, die Natalie je gehört hat. Sie selbst bringt erst mal keinen Ton heraus.

„Hallo, wer ist denn da?"

„Ha…hallo. Mein Name ist Natalie und ich …"

„Tut mir leid, ich habe kein Interesse an irgendwelchen Verkaufsgesprächen."

„Ich glaube, ich bin Ihre Tochter", platzt es aus Natalie heraus. Verdammt, sie hätte sich vorher überlegen sollen, was sie denn genau sagen möchte. Die Neugierde war einfach zu groß gewesen. Sie hofft, mit dieser Erklärung nicht alles zerstört zu

haben. Schnell versucht sie, ihren Fehler wiedergutzumachen.
„Tut mir leid, ich wollte nicht gleich mit der Tür ins Haus fallen. Ich wusste nur nicht, wie ich anfangen soll, und da …"
„Ich glaube, Sie müssen sich verwählt haben."
„Ist dort denn nicht Laura Lautner?"
„Doch, aber …"
„Haben Sie vor 21 Jahren eine Tochter zur Welt gebracht?"
„Ich … ich …"
„Es tut mir leid, dass ich so aus heiterem Himmel anrufe, aber wenn Sie tatsächlich meine Mutter sind, dann …"
„Ich kann das einfach nicht. Tut mir leid."

Und dann wurde die Verbindung abgebrochen. Hatte sie die falsche Laura Lautner erwischt? Doch dann hätte die Frau ja gesagt, dass sie keine Kinder habe, oder?

Natalie hat sich, seit sie erfahren hatte, dass sie adoptiert ist, gefühlte hundert Mal vorgestellt, wie das erste Gespräch zwischen ihr und ihrer Mutter verlaufen könnte. Sie hat sich die verschiedensten Situationen und Reaktionen vorgestellt. Von ungläubigem Kopfschütteln bis zu einem tränenüberströmten Gesicht vor Freude. Alles war dabei. Doch nie hat sie daran gedacht, dass ihre Mutter sie vielleicht gar nicht kennenlernen möchte. Natürlich, Natalie hätte sie nicht so überfallen sollen, doch in dem Moment, wo Laura bewusst geworden war, dass es tatsächlich ihre Tochter sein könnte, hätte sie da nicht glücklich sein sollen? Oder zumindest neugierig? Die ganze Euphorie ist aus Natalie gewichen. Wie konnte sie vor ein paar Minuten noch so glücklich darüber sein, endlich die richtige Nummer in Händen zu halten? Und jetzt? Diese Zurückweisung schmerzt zu sehr. Nie hätte sie mit einer solchen Reaktion gerechnet. Nie hätte sie sich vorstellen können, dass die Ablehnung einer ihr eigentlich vollkommen fremden Person so wehtun könnte.

Das Geräusch der Sprechanlage reißt Natalie aus ihren Gedanken. Als sie die Türe öffnet, sieht Alex sofort die Enttäuschung in Natalies Gesicht und nimmt sie in den Arm. Natalie lässt dies gerne zu und ihren Tränen freien Lauf. Mit der einen Hand bugsiert Alex das Essenspaket auf den Küchentisch, mit der anderen schiebt er Natalie Richtung Couch. Als sie sich etwas beruhigt hat, schildert sie ihm den Verlauf des Telefonates. „Sie hat einfach aufgelegt. Verstehst du? Einfach so. Ich hatte gar nicht die Möglichkeit, sie etwas zu fragen."

„Natalie, das hat nichts mit dir zu tun. Das muss ein ziemlicher Schock für sie gewesen sein. So ein Anruf aus heiterem Himmel, nach all den Jahren."

„Ja, aber das hätte sie doch sagen können! Alles wäre besser gewesen als das."

„Vielleicht braucht sie Zeit. Du hattest jetzt ein paar Tage, um das zu verarbeiten, und konntest dich auf diesen Schritt vorbereiten. Gib ihr die Zeit, das auch zu tun."

„Du meinst, ich soll sie wieder anrufen?"

„Ich meine, dass sie erst einmal Zeit braucht, um das zu verarbeiten. Ich denke, diese Zeit steht ihr auch zu. Und wenn sie erst einmal begriffen hat, was das alles bedeutet, dann wäre sie extrem dumm, wenn sie dich nicht kennenlernen möchte. Sie würde verdammt noch mal das Beste überhaupt verpassen."

Das erste Mal seit dem Telefonat ist Natalie wieder zum Lächeln zumute. Wie schafft Alex das nur? Ein Wort und sie fühlt sich als etwas ganz Besonderes. Er ist wirklich unglaublich. Natalie rutscht auf Alex' Schoß und legt die Hände um seinen Hals. Er streicht ihr zärtlich eine Haarsträhne hinters Ohr. Mit der anderen fährt er unter ihr Shirt und streicht sanft ihr Rückgrat entlang. Bei Natalie stellen sich sofort die Armhaare auf. Sie fühlt sich so geborgen in seiner Nähe. Als sich Natalies und Alex' Lippen gerade langsam näher kommen, klingelt Natalies Handy. Genervt von der Unterbrechung bellt Natalie ins Telefon: „Was?"

„Entschuldigung, ich habe, glaube ich, gerade mit Ihnen telefoniert. Mein Name ist Laura Lautner und ich ..."

„Oh mein Gott. Tut mir leid. Hallo." Als Alex beginnt, ihren Hals zu küssen, rutscht sie verlegen zurück auf ihren eigenen Platz.

„Hallo."

„Es tut mir schrecklich leid, dass ich Sie so überfallen habe."
„Nein, ich muss mich für meine Reaktion entschuldigen. Es ist nur das Letzte, womit ich gerechnet habe nach all den Jahren."
„Ja, ich weiß, es tut mir leid. Ich war nur so unglaublich neugierig und wusste nicht, wie ich anfangen sollte."
„Schon okay. Darf ich fragen, woher Sie meine Daten haben?"
„Ich habe erst kürzlich herausgefunden, dass ich adoptiert bin. Und auf meiner Geburtsurkunde war Ihr Name notiert. Nach einigen Telefonaten hat man mir diese Telefonnummer gegeben."
„Okay, das klingt einleuchtend. Aber um auf Nummer sicher zu gehen, wann ist dein Geburtstag?"
„Der 15. 03. 90 ... hallo?"
„Oh mein Gott."
„Heißt das, ich komme als Ihre Tochter infrage?"
„Ähm ... ja ... ich denke schon."
„Und was jetzt?"
„Keine Ahnung. Das ist das erste Gespräch dieser Art, das ich führe."

Ihr Lachen klingt warm und herzlich. Es erinnert ein bisschen an das liebliche Lachen, welches man von Feen oder anderen guten Fabelwesen aus den beliebten Walt-Disney-Filmen kennt. Natalie fällt ein Stein vom Herzen. Vor ein paar Minuten hätte sie gar nicht zu träumen gewagt, dass sie doch noch mit ihrer Mutter reden darf. Und dann lachen sie beide auch noch gemeinsam. Es ist einfach unglaublich. Aber unglaublich schön. Laura fragt, ob es Natalie recht sei, wenn sie sich morgen wieder melde. Sie müsse noch einiges abklären, aber sie wäre sehr froh, wenn sie in Kontakt bleiben und eventuell ein Treffen arrangieren könnten. Natalie ist überglücklich. Natürlich hat sie nichts dagegen. Ein Treffen mit ihrer leiblichen Mutter hat sie, seit sie alles erfahren hat, herbeigesehnt. Die Frauen verabschieden sich, und als Natalie aufgelegt hat, fällt sie Alex um den Hals.

Der Deal

Kurz nachdem Laura aufgelegt hat, wählt sie eine andere Nummer.
„Was willst du?"
„Ich wollte dir nur sagen, dass ich aussteige."
„Wovon redest du?"
„Von unserem Deal. Ich bin raus. Ich habe lange genug den Mund gehalten."
„Willst du mir etwa drohen?"
„Nein, ich ... ich meine doch nur, dass ... Unsere Tochter hat sich gemeldet."
„Ich habe keine Tochter."
„Sie hat mich gerade angerufen. Sie weiß es."
„Wie um alles in der Welt konnte sie es herausfinden? Hat dieser Wichser es doch tatsächlich noch geschafft, die Urkunde auszuhändigen."
„Wovon sprichst du?"
„Egal. Dann rede ihr ein, dass sie die falsche Frau gefunden hat."
„Zu spät. Ich habe mit ihr telefoniert. Peter, ich möchte sie wirklich gerne treffen."
„Einen Dreck wirst du tun. Du weißt genau, was wir damals vereinbart haben. Du wurdest entsprechend entschädigt, schon vergessen?"
„Nein, das habe ich all die Jahre nicht vergessen. Hör zu, ich möchte sie kennenlernen. Sie braucht ja nicht zu wissen, wer der Vater ist. Ich verspreche, ich werde kein Wort über dich verlieren. Ich möchte doch nur ..."
„Und du glaubst, ich traue dir."
„Bitte, ich verspreche dir, ich werde dich mit keinem Wort erwähnen."
„Okay, du blöde Schlampe, jetzt hör mal gut zu. Gott hat dich vielleicht mit Schönheit gesegnet, aber wir beide wissen, dass du bei der Verteilung der Intelligenz nicht gerade in der ersten Reihe gestanden hast. Denkst du ernsthaft, ich erlaube dir, dich mit ihr

zu treffen? Denkst du denn ernsthaft, du könntest deinen Mund halten? Ach komm schon, Laura, sei realistisch."

„Nein, jetzt hörst endlich du mir einmal zu. Ich bin es leid, dass du über mein Leben bestimmst. Ich habe 20 Jahre lang auf mein Kind verzichtet, nur damit die Wahrheit deiner Karriere keinen Abbruch tut. Und was hatte ich davon? Du hast mich unterdrückt, du hast mich benutzt und dann eiskalt abserviert, du hast meine Ehe zerstört und mir mein Kind genommen. Jetzt bin ich an der Reihe zu reden."

„Ich schwöre bei Gott, wenn du es auch nur irgendwie wagst, mich zu verraten ..."

„Du bist der Letzte, der den Namen Gottes benutzen darf. Und was willst du mir denn noch nehmen? Habe ich nicht schon alles diesem blöden Deal geopfert?"

„Glaub mir, Süße, du hast keine Ahnung, wie es ist, ohne etwas dazustehen. Ich kann dir dein Haus nehmen, deine entzückenden Eltern wären sicher auch ..."

„Lass meine Eltern da raus."

„Dann lass du deine Tochter da raus. Sag das Treffen ab, erzähl ihr irgendeinen Mist. Hauptsache, sie vergisst die Sache. Dann gibt es keine Probleme."

„Einen Scheißdreck werde ich tun." Wütend knallt sie den Hörer auf. In dem Moment weiß sie, dass das schwere Folgen haben würde. Peter Schwarz ist kein Mann, der sich so zurechtweisen lässt. Und schon gar nicht von ihr. Doch ein Mal muss sie an sich denken, tun, was für sie das Beste ist. Und mal ehrlich, was hat sie denn schon zu verlieren? Nachdem sie Peter das letzte Mal wütend gemacht hatte, hat er ihre Ehe zerstört. Seitdem ist nichts mehr so, wie es einmal war. Sie lebt von einem Tag in den nächsten, immer mit der Hoffnung, dass endlich etwas Gutes passiert. Und als sie heute Morgen den Anruf erhalten hat, war das wie ein Zeichen. Sie muss die Chance einfach wahrnehmen. Sie hat noch nie etwas riskiert. Wenn sie es jetzt nicht tut, dann wird sie nie von ihm loskommen. Das ist ihre Chance. Und wenn sie nicht einmal für ihre eigene Tochter dieses Risiko eingehen will, für wen und wann dann?

„Pauer, Schwarz hier. Ich dachte, du hast das geregelt am Jugendamt – Ach erzähl keinen Scheiß. Wieso hat die Kleine dann trotzdem ihre Geburtsurkunde in die Finger gekriegt – ja, woher soll ich das wissen. Du warst doch dort – es interessiert mich nicht, was mit dem Jungen passiert ist. Deine Aufgabe war es, die Akte zu klauen – Ach, halt das Maul. Echt zu nichts zu gebrauchen. Okay, neuer Plan, behalte Laura im Auge – Ja, die Ex meines Sohnes – Laura. Beschatte sie Tag und Nacht und gib Bescheid, wenn sie Besuch bekommt oder sich mit irgendjemandem trifft. Und, Pauer – verkack es diesmal nicht. Irgendwann ist auch meine Geduld an Ende – alles klar?"

Michael Hasler, Teil 2

Als er sich wieder halbwegs gefasst hat, erklärt Sarah, wer sie ist und warum sie hier ist. Er bittet sie hinein und bietet ihr einen Kaffee an, welchen sie dankend annimmt. Nach diesem bereits so spannenden Kennenlernen tut ihr die heiße Flüssigkeit bestimmt gut.

Michael hat nach seiner Auszeit wieder in seinem alten Beruf als Pfleger der psychiatrischen Klinik angefangen. Er wurde für ein Jahr beurlaubt, nachdem bei ihm Depressionen diagnostiziert wurden.
 Er hatte schon immer eine sehr soziale Ader und war bereits neben seinem Studium sehr engagiert. Er arbeitete freiwillig als Sozialarbeiter und machte ein Praktikum als Kinderbetreuer in einem Kinderheim. Nachdem er sein Studium beendet hatte, entschied er sich schließlich für den Job in der psychiatrischen Pflegeanstalt. Die Psyche der Menschen hat ihn schon immer fasziniert und er studierte die ersten Jahre Psychologie. Die Krankheit seiner Mutter war sicher mit ausschlaggebend für das Interesse an

diesem Beruf. Als er 14 Jahre alt war, erkrankte seine Mutter an paranoider Schizophrenie. Das war ein schwerer Schock für die Familie und änderte das Leben des Teenagers vehement. Zwar neigte Frau Hasler schon früh zu manischer Depression, doch die Schübe kamen nur von Zeit zu Zeit und vergingen schnell. Als die Diagnose Schizophrenie gestellt wurde, hielt es Michaels Vater nicht länger bei der Familie aus. Er meinte, dass er dieser Verantwortung nicht gewachsen sei. Doch Michael wusste, dass ihn nur sein Egoismus dazu bewog zu gehen. Sein Vater wählte immer den einfachsten Weg und lebte sein eigenes Leben. Die Krankheit war für ihn eine gute Ausrede, endlich zu gehen und das Leben als Familienvater hinter sich zu lassen. Die Eltern von Frau Hasler versuchten ihr Bestes, um Michael zu unterstützen, doch sie waren einfach schon zu alt und hatten genug eigene gesundheitliche Probleme. Michael hatte keine andere Wahl, als bereits sehr früh erwachsen zu werden. Viel früher, als es einem Teenager eigentlich guttun kann. Er liebte seine Mutter innig und so war es für ihn klar, sie in allen Bereichen zu unterstützen und sich um sie zu kümmern. Früh lernte er also, über solche Erkrankungen Bescheid zu wissen, und erfuhr mithilfe diverser Ärzte einiges über den Umgang mit solchen Patienten. Nach zwei Jahren war die Krankheit bereits so weit fortgeschritten, dass die Mutter in die Obhut eines ausgebildeten Pflegers musste und in eine Einrichtung gebracht wurde. Nachdem Frau Hasler aus ihrer gewohnten Umgebung gerissen worden war, verschlimmerte sich ihr Zustand täglich. Nur sieben Monate danach sprang sie von einer Brücke. Ihre Leiche wurde nie gefunden.

Michael hatte sehr lange gebraucht, um mit diesem Schicksalsschlag fertig zu werden. Er machte sich Vorwürfe, dass er sie nicht ausreichend zu Hause betreuen konnte. Sein Entschluss, diese Tätigkeit einmal beruflich auszuüben, stand fest.

Er investierte all seine Zeit und Energie in seine Ausbildung und in diverse Freiberufe und Praktiken. Dabei setzte er seine Prioritäten sehr früh. Für Freunde und Mädchenbekanntschaften hatte er nie viel übrig. Zu wichtig war ihm sein berufliches Ziel.

Nach seinem Abschluss bekam er erst eine Stelle in einer Einrichtung für psychisch labile Menschen. Nachdem er dort sechs Jahre tätig gewesen war, wechselte er zu den schweren Fällen in die psychiatrische Anstalt, wo er später auch Sophie betreute. Die Patienten mit Selbstzerstörungswahn und all diejenigen, die bereits einen Selbstmord hinter sich hatten, hatten schnell sein ganzes Interesse auf sich gezogen. Der Umgang mit diesen Leuten faszinierte ihn. Er wollte herausfinden, wo die Ursache für diese Todessehnsucht liegt, und wollte ihnen helfen, wieder zurück auf die richtige Bahn zu gelangen. Der Selbstmord seiner Mutter spielte dabei sicher eine wichtige Rolle. Die zuständigen Ärzte erkannten sein Potenzial und bald wurde er Stationschef. Er liebte seinen Job. Am meisten begeisterte ihn, wie die Leute positiv auf ihn reagierten und wie er ihrem Leben wieder einen Sinn geben konnte. Jeder Patient, der zurück zu seinem Lebensmut fand, war ein Triumph für ihn. Es war eine Art Wiedergutmachung des Schicksals seiner Mutter.

Mit 42 Jahren lernte er Verena kennen. Sie war ganz neu an der Station und verdrehte ihm von Anfang an komplett den Kopf. Michael war nie der selbstsichere Typ gewesen. Alles, was er konnte, war sein Beruf. Darin war er richtig gut und dafür lebte er. Natürlich war er ab und wann mit Frauen ausgegangen, doch nie konnte er sich vorstellen, dass eine je wichtiger werden könnte als sein Job. Auch war er nicht die Schönheit in Person. Er sah durchschnittlich aus. Umso mehr wunderte es ihn, dass Verena Interesse an ihm bekundete. Er half ihr bei den Prüfungen und bald waren sie mehr als nur Kollegen. Er konnte sein Glück kaum fassen. Er verbrachte weniger Zeit an der Station und bald zog Verena bei ihm ein. Alles schien perfekt zu sein. Endlich führte er das Leben, was sich alle anderen immer gewünscht hatten.

Doch das Glück war nicht von Dauer. Eineinhalb Jahre später wurde sie schwanger. Da sie aus einer altmodischen Familie kam, bestand sie auf einer Heirat. Michael, der glaubte, sein Glück sei nun vollkommen, willigte natürlich ein. Nach der Heirat schien sich Verena jedoch völlig zu ändern. Sie hatten nur noch Streit, die Zuneigung zwischen den beiden schien wie weggeblasen.

Michael meinte, dass dies mit der Schwangerschaft zu tun hätte, und vertraute darauf, dass nach der Geburt alles besser werden würde. Der Tag, an dem seine Tochter geboren wurde, war der glücklichste in seinem Leben. Er hielt dieses kleine, wunderschöne Wesen in seinen Armen und fühlte sich unsagbar glücklich. Er war von Stolz erfüllt und wusste, dass er nie zulassen würde, dass diesem kleinen Wesen je etwas Böses widerfuhr. Es war das schönste Geschenk, das das Leben ihm machen konnte.

Als er am nächsten Tag ins Krankenhaus kam, waren beide fort. Die Krankenschwester teilte ihm mit, dass ein stämmiger Mann Verena und das Baby abgeholt hätte. Lediglich ein Kuvert hatte sie ihm hinterlassen. Darin befanden sich die Scheidungsunterlagen und ein handgeschriebener Brief von Verena, in dem sie erklärte, dass die Schwangerschaft nicht geplant gewesen wäre. Sie liebe einen anderen, und da man von Liebe nicht satt werde, bräuchten sie ein kleines Startkapital. Er sei ein anständiger Kerl, doch eben nicht ihr Kerl. Er solle auf sich achtgeben und sie wünsche ihm nur das Beste.

Michael war entsetzt, am Boden zerstört. Was hatte das alles zu bedeuten? Er konnte nicht glauben, dass er lediglich Mittel zum Zweck gewesen war. Ein von ihm engagierter Privatdetektiv fand dann heraus, dass Verena eine Heiratsschwindlerin war und diese Nummer bereits mit zwei weiteren armen Seelen abgezogen hatte. Während der Beziehung hatte sie laufend Geld von seinem Konto auf ein Nummernkonto überwiesen sowie Wertgegenstände aus der Wohnung an sich genommen. Die Gesamtsumme des Verlustes betrug über 50.000 Euro. Sie war bereits außer Landes und ihre Spur hatte sich verloren. Ihr Freund, der sie im Spital abgeholt hatte, wurde seit Jahren landesweit gesucht. Michael hatte mit Verena gelebt und wusste, dass sie kein von Grund auf böser Mensch war. Sie hatte etwas Gutes in sich. Er vermutete, dass sie von ihrem Liebhaber angetrieben wurde. Nie würde so ein zartes und gutherziges Wesen auf die Idee kommen, andere Menschen auszunützen und auszubeuten. Wahrscheinlich war Verena diesem Kerl genauso verfallen wie Michael ihr. Und so tat sie alles, was er verlangte.

Michael wurde benutzt. Er wurde nicht nur seines Geldes bestohlen. Verena hatte ihm viel mehr als das genommen. Er hatte das erste Mal seit dem Tod seiner Mutter Gefühle zugelassen und wurde zutiefst verletzt. Doch das Schlimmste daran war nicht der Verlust seines Geldes, seiner Wertsachen oder dass Verena nun kein Teil seines Lebens mehr war. Das Schlimmste in der Situation war, dass sie sein Kind mitgenommen hatte. Er hatte nicht einmal ein Foto von ihm. Keinerlei Erinnerungsstücke, nur diesen einen Moment, als er sie gehalten hatte. Er zog sich komplett zurück und nicht einmal die Liebe zu seinem Beruf konnte ihn aus seinem Schneckenhaus holen. Er erschien nur noch selten zur Arbeit, verzog sich in seine neue, dunkle Wohnung. Im gemeinsamen Haus hatte er es nicht mehr ausgehalten. Die Nähe zu ihr und all die Erinnerungen waren zu schmerzhaft.

Sein Chef bot ihm an, ein halbes Jahr von der Arbeit zu pausieren, um erst mal mit allem zurechtzukommen.

Aus diesem halben Jahr wurden schließlich eineinhalb.

Sophie war einer seiner ersten Patientinnen, als er wieder zurück in das Berufsleben fand. Obwohl er nie wieder jegliche Art von Nähe zulassen wollte, hatte er Sophie auf Anhieb gemocht. Er glaubte ihr ihre Version der ganzen Geschichte. Er konnte sich in ihr wiederfinden. Beiden hatte das Schicksal übel mitgespielt. Beiden wurde ihr Leben aus der Hand gerissen. Durch die dunklen Seelen der anderen standen sie vor dem Trümmerhaufen ihres Lebens. Er wollte ihr helfen, wollte damit auch ein wenig sich selbst helfen. Seine Mutter hatte immer gesagt, alles sei leichter, wenn man den Weg gemeinsam beschreite. Das war seine Chance. Je mehr er über Sophie erfuhr, desto mehr wollte er zu ihr stehen. Als er das letzte Mal diesen Beschützerinstinkt in sich spürte, hielt er seine kleine Tochter im Arm. Auch Sophie musste beschützt werden. Seine Gefühle für sie waren wie die eines Vaters. Sie wünschte sich immer eine Familie und er vermisste seine Tochter immer noch schmerzhaft. Vielleicht war es eine neue Chance. Für beide. Gemeinsam neu anzufangen, Ersatzfamilie füreinander zu sein. Auch Sophie sah in ihm eine

Art Vater, sie vertraute ihm. Endlich jemand, der sie verstand, der nachvollziehen konnte, was sie durchmachen musste.

Es war ein regnerischer Tag im Februar, als Sophie erfuhr, dass sie aufgrund von vorbildlicher Führung im Frühjahr entlassen werden sollte. Michael und Sophie waren beide überglücklich. Sobald Sophie draußen war, wollten sie zusammenziehen. Sophie schwebte wie auf Wolken, alles würde gut werden. Eine Sache würde ihr Glück noch perfekter machen. Ihre Tochter. Obwohl Michael ihr davon abriet, wollte Sophie ihre kleine Tochter wiedersehen. Nach allem, was er von Sophie gehört hatte, wusste er, dass dies ein Spiel mit dem Feuer war. Sophie hat gerade ihr Leben wieder zurückgewonnen. Er wollte mit allen Mitteln vermeiden, dass sie dieses gleich wieder aufs Spiel setzte. Leider wollte Sophie nicht hören und da passierte es.

Lauras Anruf

Nachdem Laura das Gespräch mit Peter Schwarz beendet hat, ist sie sich sicher. Wenn sie das jetzt nicht tut, dann wird sie es wahrscheinlich ewig bereuen. Zu lange hat sie immer das getan, was andere von ihr erwartet haben. Zuerst ihre Eltern, dann ihr Mann und die letzten Jahre wurde sie von Peter Schwarz dominiert. Jetzt ist ein für alle Mal Schluss damit. Jetzt ist sie am Zug, ihr Leben selbst in die Hand zu nehmen. Sie hat die letzten Jahre tatenlos mit angesehen, wie ihr Leben auseinanderfiel. Nicht einmal als ihr Mann sie verließ, war sie fähig gewesen zu handeln. Zu sehr hatte sie sich in die Affäre mit Natalies Vater verrannt.

Um sich selbst Mut zu machen, sagt sie sich noch einmal laut wie ein Mantra vor, dass sie das schaffe und für sich selbst tun müsse. Dann greift sie erneut zu ihrem Handy und wählt Natalies Nummer. Diese hebt gleich beim zweiten Klingeln ab. Schnell ist ein Treffen vereinbart. Natalie schlägt ein Café in der Stadt vor. Doch Laura, die weiß, dass Peter Schwarz nicht zu unterschätzen ist, hält ihre Wohnung für den sichersten Treffpunkt. Gott sei Dank hat Natalie nichts dagegen und so steht das Treffen für heute Abend fest. Beide sind sich einig, jetzt keine Zeit mehr verlieren zu wollen.

Als sie das Gespräch beenden, durchströmt eine Vielzahl der unterschiedlichsten Empfindungen Lauras Körper. Zum einen überwiegt natürlich die Neugierde. Wie mag sie wohl sein? Sieht sie mir ähnlich? Wird sie mich mögen? Werde ich sie mögen? Doch auch beginnende Nervosität macht sich bemerkbar. Worüber werden wir reden? Wie viel von damals soll ich ihr erzählen? Oh mein Gott, wird sie mich denn überhaupt mögen? Die nächsten Stunden wird sie vor Aufregungen nichts essen können. Zum ersten Mal wird sie ihrer Tochter gegenüberstehen. Vielleicht sind sie sich bereits über den Weg gelaufen, ohne es zu wissen? Natalie meinte, sie wohne nur zehn Autominuten von ihr entfernt. Trotz all der Aufregung und Neugierde kann sie den Gedanken an Peter Schwarz dennoch nicht beiseiteschieben. Wird er seine Drohungen wahr machen? Wird er herausfinden, dass Natalie sie in nur wenigen Stunden besuchen kommen wird? Werde ich endlich mein Happy End und nach so langer Zeit meine Tochter bekommen?

Plötzliche Wendung

„Es war die einzige Möglichkeit, die ich gesehen habe." Michael starrt auf den Boden. Er hat nicht die Kraft, Sarah in die Augen zu sehen.

„Also war es kein Selbstmord?", fragt Sarah leise, obwohl sie die Antwort bereits kennt.

„Natürlich nicht, aber es war die einzige und glaubhafteste Lösung, verstehst du?"

Was soll sie nur tun? Sie blickt sich im Raum um. Es gibt nur eine Türe, doch die scheint gerade meilenweit weg zu sein. Sie muss hier raus. Schleunigst. Wer weiß, was ihr der Mann sonst antut. Sie hätte niemals herkommen sollen. Was soll sie jetzt tun? Sie wünschte, Natalie wäre mitgekommen. Warum musste sie nur so stur sein und ihr Angebot, sie zu begleiten, ablehnen? Sarah wird immer ängstlicher. Ob sie ihre Schwester je wiedersieht? Zögerlich erhebt sie sich langsam, doch Michael entgeht es nicht. Als er erzählte, schien er so weit weg zu sein, doch jetzt ist er wieder hier. Und starrt sie mit geheimnisvollem Blick an. „Wo willst du hin?" „Es ist schon sehr spät und ich habe versprochen, nicht lange wegzubleiben."

„Nein, nein, das geht nicht. Du darfst nicht gehen."

„Tut mir leid, ich muss echt los. Danke für Ihre Gastfreundschaft, aber …"

„Nein, nein. Du musst bei uns bleiben." Sarah spürt Panik in sich aufsteigen. Sie nimmt all ihren Mut zusammen und hechtet Richtung Türe. Doch Michael ist zu schnell. Er schnappt ihr Handgelenk und reißt sie zurück auf den Sessel. Sarah starrt ihn mit schreckgeweiteten Augen an. „Ich will dir nicht wehtun, aber du musst hierbleiben. Hab keine Angst, ich tu dir nichts." Sarah versucht, ihre Angst zu unterdrücken, um einen klaren Gedanken fassen zu können. Sie zielt mit ihrem Knie auf Michaels Mitte. Das Überraschungsmoment ist auf ihrer Seite. Dieser eine Tritt reicht, damit er ihr Handgelenk loslässt. Sie zischt an ihm vorbei. Nur noch wenige Meter trennen sie von der Haustür. Noch zwei Meter. Hinter ihr ist außer einem leisen Wimmern nichts zu hören. Noch ein Meter. Wo hat sie den Autoschlüssel hingesteckt? Noch wenige Zentimeter. Sarah streckt den Arm in der Hoffnung, die Türschnalle bereits erreichen zu können. Doch dazu kommt es gar nicht mehr. Plötzlich wird die Türe aufgeworfen. Sarah traut ihren Augen nicht. Vor ihr steht eine ältere Version von sich selbst.

Maria

Maria war gerade erst 17 Jahre alt, als sie Thomas kennenlernte. Er war ihre erste große Liebe. Natürlich hatte sie bis dahin nicht viel Erfahrung, aber sie wusste, dass sie den Rest ihres Lebens mit ihm verbringen wollte.

Leider sah Thomas das ein wenig anders. Die ersten paar Monate waren schön. Sie gingen oft miteinander aus, telefonierten in jeder freien Minute und alles wirkte perfekt. Doch Thomas meinte, sie seien noch viel zu jung, um sich festzulegen. Maria war so davon überzeugt, dass sie gemeinsam glücklich werden könnten, dass sie alles versuchte, um ihn bei sich zu halten. Trotz ihrer religiösen Ansichten hatte sie versucht, Thomas auf allen Ebenen einer Beziehung glücklich zu machen. Doch sein Interesse an ihr schien von Tag zu Tag mehr zu schwinden.

Als sie keine andere Möglichkeit mehr sah, erzählte sie ihm, sie sei schwanger. Da konnte nun auch Thomas nicht mehr aus. Auch er war religiös erzogen. Hätte er nicht von selbst Maria einen Antrag gemacht, so wusste er, würden ihm seine Eltern diese Ehe aufzwingen. Ein uneheliches Kind wäre eine Schande gewesen. Um seiner Familie dies zu ersparen, biss er in den sauren Apfel und heiratete Maria. Er sah es damals als Strafe Gottes für seinen jugendlichen Leichtsinn. Aber immerhin hätte er es viel schlimmer erwischen können. Maria war einfühlsam, lustig und vergötterte ihn. Natürlich hatte er sich seine Zukunft etwas anders vorgestellt. Er wollte Karriere machen, wollte ausgehen, Freunde treffen, um die Welt reisen und Erfahrungen sammeln. Die Vorstellung, mit nur 19 Jahren Ehemann und Familienvater zu sein, behagte ihm gar nicht. Doch er hatte keine andere Wahl.

Die erste Zeit nach der Hochzeit schien für Maria alles perfekt zu sein. Sie hatte sich so sehr auf das Spiel der Schwangeren eingelassen, dass sie es in schwachen Momenten selbst zu glauben schien. Doch jedes Mal, wenn sie ihren flachen Bauch sah, traf sie die Realität wie ein Schlag. Und was würde erst Thomas sagen, wenn er alles herausfinden würde? Zumindest war ihr der Ring am Finger sicher.

Als sie eines Nachmittags mit ihrem Fahrrad stürzte, kam ihr die zündende Idee. Schnell war die Geschichte einer Fehlgeburt erzählt. Ihr Frauenarzt erklärte sich gegen eine entsprechende Summe gerne bereit, dies ärztlich zu bestätigen. Die erste Zeit nach diesem vermeintlichen Schicksalsschlag war Thomas einfach unglaublich. Seine Fürsorge war unbeschreiblich. Für Maria ein klares Zeichen, dass sie damals richtig gehandelt hatte. Sie liebte ihn über alles.

Nachdem Wochen vergingen, kam der Alltag wieder. Thomas widmete sich wieder mehr seiner Arbeit und seinen Hobbys, Maria ging in ihren Pflichten als Hausfrau auf. Sie wusste von ihren Eltern, dass das Eheleben sehr eintönig sein konnte. Doch sie dachte, dass Thomas und sie eine ganz besondere Beziehung hätten und ihnen das nie passieren würde. Da es nun nichts mit dem Familienzuwachs wurde, nutzte Thomas die Zeit, sich um seine Karriere zu kümmern. Maria saß immer mehr Abende alleine zu Hause. Ihr war klar, dass sich etwas ändern musste. Ein Baby würde ihr Eheleben sicher wieder aufleben lassen. Nachdem sie Thomas erklärt hatte, wie einsam sie sich fühle und dass sie sich nach der erlittenen Fehlgeburt mehr denn je ein Kind wünsche, erklärte sich Thomas einverstanden.

Als Maria nach elf Monaten immer noch nicht guter Hoffnung war, verschlimmerte sich ihre Stimmung zunehmend. Sie machte Thomas für alles verantwortlich. Dieser entfernte sich immer mehr von seiner Ehefrau. Es war nicht das Leben, was er sich für sich selbst wünschte. Es war nicht die Art von Ehe, die er führen wollte. Maria wurde immer launischer, bekam regelrechte Wutanfälle, wenn er abends spät nach Hause kam. Und das Schlimmste war, dass sie einfach nicht schwanger wurde. Sie behauptete immer wieder, dass der Teufel bei ihnen wohnen müsse und eine Schwangerschaft verhindere. Anders könne es nicht sein. Thomas fühlte sich eingeengt, seiner Freiheit beraubt. Als er eines Tages verzweifelt vor seiner Frau ins Büro flüchtete, fand er Trost bei Katja.

Seit diesem Desaster weiß er, dass Maria ganz anders ist, als er gedacht hatte. So hatte er sie noch nie gesehen. Er bedauerte, dass es Katja treffen musste, doch nie hätte er das ahnen können.

Als er dann noch erfuhr, dass Maria ihre Schwangerschaft vortäuschte, um ihn vor den Traualtar zu schleppen, wusste er, dass er keine Chance gegen dieses hinterhältige Miststück hätte. Er war gefangen. Und wenn er sein oder das Leben der anderen nicht gefährden wollte, musste er sich damit abfinden.

Sophie lebt

Sarah taumelt ungläubig rückwärts. Langsam setzt sie einen Schritt nach dem anderen, bemüht darum, nicht ohnmächtig zu werden. Als sie spürt, wie jemand ihre Schultern packt, fängt sie an zu schreien. Gleich stürmt die Frau bei der Türe, die bis dahin wie angewurzelt stehen geblieben ist, auf sie zu und versucht, sie zu beruhigen. „Bitte hab keine Angst. Es passiert dir nichts." Die Realität verschwimmt langsam vor ihren Augen. Die Stimmen dringen aus weiter Ferne zu ihr durch.

„Legen wir sie auf die Couch. Das arme Ding."

„Ich wollte ihr gerade von dir erzählen, als sie urplötzlich panisch wurde."

„Seit wann ist sie hier? Warte, ich glaub, sie kommt wieder zu sich." Als Sarah die Augen aufschlägt, sieht sie direkt in die schönsten und liebevollsten Augen, die sie je gesehen hat. Sie haben das gleiche tiefe Blau wie ihre, doch sie strahlen so viel Wärme und Leben aus, dass es ihr beinahe den Atem verschlägt.

„Na Schätzchen, alles okay mit dir?"

„Warum lebst du?"

„Na, das ist ja mal eine nette Begrüßung. Komm, trink erst mal etwas."

„Ich dachte, er hätte dich umgebracht."

Michael kann sich ein Lachen nicht verkneifen. Belustigt sagt er: „Das erklärt deinen panischen Abgang", und macht die beiden Frauen miteinander bekannt. Als Sarah die Hand ihrer Mutter ergreift, stellt sie fest, dass sie stark zittert. Sie ist wohl doch nicht so gefasst, wie sie anfangs wirkte. Auch Sarah geht der Moment sehr nahe. Vor allem, weil sie ja überhaupt nicht damit gerechnet hat, ihre Mutter anzutreffen – lebend. Geschweige denn, mit ihr reden zu können. Natürlich wirft dieses Wiedersehen eine Menge Fragen auf. Sophie und Michael sind gewillt, ihr die ganze Geschichte zu erzählen. Nachdem Sarah erklärt hat, dass sie stark genug sei, die Wahrheit zu ertragen, auch wenn diese Maria in einem unguten Licht erscheinen lasse, beginnt Sophie zu erklären.

Michael konnte Sophie damals nicht davon abhalten, ihre Tochter wiedersehen zu wollen. Trotz allem guten Zureden machte sie sich bei ihrem nächsten Freigang auf den Weg zur Wohnung der Gartners. Sie wollte erst mal nur einen kurzen Blick auf ihre Tochter werfen. Vielleicht ließe ja Thomas mit sich reden, damit ihr zumindest ein Besuchsrecht eingeräumt würde.

Als sie schließlich ankam, wurde ihr bewusst, dass sie ohne exakten Plan losmarschiert war. Sie stand vor der Haustüre und überlegte, was sie sagen könnte. Sollte sie einfach anläuten? Vielleicht wäre ein Anruf doch vorerst besser gewesen. Doch diese Entscheidung wurde ihr rasch abgenommen. Mit einer schweren Einkaufstasche beladen kam Maria gerade die Zufahrt hinaufmarschiert. Als sie Sophie erkannte, füllten sich ihre Augen mit Hass und wurden vor Angst kohlrabenschwarz. Sophie versuchte, sie gleich zu beschwichtigen. Sie wolle ihr nichts wegnehmen, lediglich ihre Tochter noch einmal in den Armen halten. Maria wurde sofort ruhiger und meinte, sie verstehe das.

Spätestens da hätten bei Sophie die Alarmglocken läuten müssen, doch in diesem Moment konnte sie ihr Glück kaum fassen. Maria erklärte, dass Thomas mit der Kleinen gerade unterwegs sei, sie aber gerne für einen anderen Tag ein Treffen organisieren könnten. Sophie willigte sofort ein und hinterließ ihre Handynummer. Von Glücksgefühlen durchströmt machte sie sich wieder auf den Weg nach Hause. Als sie Michael erzählte, wie die Begegnung verlaufen wäre, hatte er ein ungutes Gefühl. Er traute Maria nicht, zu unwahrscheinlich, dass sie ihr Wesen so grundlegend geändert hatte.

Nach ein paar Tagen bekam Sophie den ersehnten Anruf. Maria schlug einen gemeinsamen Spaziergang im Park vor und versprach, das Kind gleich mitzunehmen. Sie bat Sophie noch, Thomas da gänzlich herauszuhalten, da er sich nur darüber aufregen würde. Auch warnte Maria mehrmals Sophie davor, jemandem von dem Treffen zu erzählen. Sophie war so übereifrig, dass sie alle Warnungen von Michael in den Wind schoss. Er wollte sie auf keinen Fall alleine losziehen lassen. Und diese Entschlossenheit rettete ihr am Ende das Leben.

Als sich Sophie zum Treffpunkt aufmachte, war Michael bereits in der Nähe des geplanten Treffpunktes. Mit einer Zeitung bewaffnet positionierte er sich in Sichtweite auf einer Parkbank. Er fühlte sich wie aus einem schlechten Spionagefilm entsprungen. Kurz danach traf Maria mit dem Kinderwagen ein. Michael traute anfangs seinen Augen nicht. Konnte es denn wirklich sein, dass Maria ihr Versprechen wahr machte? Doch dann fiel ihm das Entscheidende auf: Im Kinderwagen war kein Kind. Schlimmer noch. Unter der rosafarbenen Kuscheldecke darin stach ihm der schwarze Gegenstand sofort in die Augen. War das möglich? Woher sollte Maria eine Waffe haben? Sie würde doch nicht ...

Schon sieht er Sophie auf die Grünfläche zusteuern. Er musste sie schleunigst aus der Schussbahn bringen. Als Maria sie entdeckt, breitet sich ein zufriedenes Lächeln auf ihrem Gesicht aus. Sie winkt ihr zu und greift gleich darauf in den Kinderwagen. Michael stürzt sich, ohne weiter zu überlegen, auf sie. Maria lässt erschrocken die Waffe fallen und gemeinsam mit Michael fällt sie zu Boden. Sophie ist erst nicht klar, was hier vor sich geht, doch als der Kinderwagen umkippt, sieht sie, dass Maria ihre Tochter gar nicht mitgebracht hat. Es ist tatsächlich ein Hinterhalt, wie Michael vermutet hat. Kurz versucht sie, Michael zu helfen, doch dieser schreit ihr zu, sie solle lieber abhauen. Als Michael wieder auf den Füßen ist, sprintet er hinter Sophie her. Maria liegt noch eine Weile benommen am Boden, bis sie sich aufrappelt, den Kinderwagen wieder aufstellt und langsam die Flucht ergreift. Dieses blöde Miststück hatte doch tatsächlich ihren Bodyguard mitgenommen. Das würde ihnen noch leidtun.

Sophie und Michael wissen nicht, was Maria im Krankenhaus erzählte, jedenfalls verlor Michael dadurch seine Anstellung. Ihnen wurde klar, dass Maria sich immer von Sophie bedroht fühlen und nicht ruhen würde, bis sie ihr Leben zerstört hatte. Da kam Michael der Einfall mit dem vorgetäuschten Selbstmord. Es war die einzige Möglichkeit, damit Sophie von vorne anfangen konnte. Sie mussten Maria im Glauben lassen, sie wäre tot, damit sie endlich in Ruhe leben konnte. Auch wenn das bedeutete, dass Sophie ihre Tochter nie wieder sehen konnte. Bald war die Idee des Selbstmordes durch einen Sprung von der Brücke geboren. Michael wusste aus eigener Erfahrung, dass es schwierig war, Leichen im Wasser zu bergen. War die Leiche seiner Mutter doch auch nie gefunden worden.

So konnte Sophie ohne Weiteres verschwinden. Sie schrieb einen Abschiedsbrief an ihre Tochter und ihren Therapeuten, hinterließ ihre Schuhe bei der Brücke und dann fuhren sie gemeinsam davon.

In der ersten Zeit zogen sie von Hotel zu Hotel. Nach zwei Monaten fanden sie diese idyllische Hütte abseits der Zivilisation. Genau das Richtige für einen ruhigen Neuanfang. Seitdem leben sie zurückgezogen, aber glücklich. Auch wenn kein Tag verging, an dem Sophie ihr Kind nicht vermisste.

Nach dieser Beichte ist Sarah natürlich mehr als verwirrt. Ist Maria wirklich zu so etwas fähig? Kann sie diesen Menschen glauben? Immerhin hat sie sie gerade erst kennengelernt. Sie selbst hatte oft das Gefühl, Maria nicht richtig einschätzen zu können, doch sie hatte sie immer als liebevolle und besorgte Mutter empfunden. Kann man sich so in einen Menschen täuschen? Wahrscheinlich gibt es nicht umsonst das Sprichwort: Stille Wasser sind tief. Sie selbst hat Maria nie als gewalttätig erlebt. Natürlich war sie oft besorgt und sie kann sich auch gut vorstellen, dass Maria eifersüchtig ist. Aber bereit zu töten?

Aus Sophies Geschichte ergibt sich natürlich noch eine weitere wichtige Frage.

„Was ist damals wirklich passiert? In unserer Küche, meine ich."

„Bis heute kann ich mich nur noch sehr verschwommen daran erinnern. Es ging alles so schnell und die Medikamente, die ich danach laufend verabreicht bekommen habe, haben natürlich meine Erinnerungen weiter getrübt. Aber du musst mir glauben, ich hätte meinem Baby, ich hätte dir nie etwas antun können."

„Aber wie kam es dann dazu? Im Bericht stand, es sei überall Blut gewesen."

„Ich kann mich noch an das Gespräch mit Thomas erinnern. Als er ging, packte ich meine Sachen. Ich sah keine Hoffnung mehr und wollte weg. Ich weiß noch, ich war voller Tatendrang, wollte ein neues Leben anfangen. Doch als ich gerade mit Tasche und Rucksack bepackt die Wohnung verlassen wollte, kam Maria herein. Sie fragte, wo ich hinwolle, und als ich es ihr erklärte, überkam sie ungeheure Wut. Sie meinte, ich hätte kein Recht, ihr das Baby wegzunehmen. Sie begann zu schreien, mich wüst zu beschimpfen. Ich wollte nur noch hier raus. Und dann schnappte sie sich plötzlich das Messer. Sie rastete vollkommen aus. Ich versuchte, mich zu wehren, dich so gut es ging zu beschützen."

Tränen stehen ihr in den Augen, als sie jetzt versucht, sich das Geschehene wieder ins Gedächtnis zu rufen.

„Ich hätte mich nie als gewalttätig oder stark beschrieben. Doch vielleicht ging da mein mütterlicher Beschützerinstinkt mit mir durch. Ich weiß noch, wie mich diese ungeheure Kraft durchströmte, ich war nicht gewillt aufzugeben. Irgendwie schaffte ich es, sie zu überwältigen. Und dann war alles so schnell vorbei. Den Rest kennst du ja."

Erste Begegnung mit Laura

Als Natalie in Lauras Wohnung eintrifft, fühlt sie sich von Anfang an wohl. Ihre Mutter hat exakt ihren Stil. Helle, sandfarbene Wände, weiße Möbel mit Akzenten aus Nussbaumholz, hie und da ein Farbakzent in Türkis. Es wirkt ordentlich, aber nicht steril. Es wirkt gemütlich und persönlich. Angeblich kann man ja anhand der Einrichtung auf den Charakter des Bewohners schließen. Wenn das tatsächlich der Fall ist, hat Natalie wohl wirklich einiges mit ihrer Mutter gemein. Laura führt sie in das großräumige Wohnzimmer. Die beiden nehmen auf dem sandfarbenen Sofa Platz und nach einem kurzen Small Talk möchte sich Laura gleich ihre Beichte von der Seele reden. Zaghaft setzt sie an: „Natalie, ich … es tut mir von Herzen leid, was damals passiert ist. Wenn ich jetzt daran denke, dann tut es mir aufrichtig in der Seele weh, dich …"

Plötzlich vernehmen die Frauen ein lautes Knacken. Laura ist sich sicher, dass es aus dem Eingangsbereich kommt. Da ist es schon wieder. Plötzlich wird das Geräusch ohrenbetäubend. Noch bevor die Tür aus den Angeln fliegt, flüstert Laura zu Natalie: „Schnell, mein Schatz, versteck dich. Am Ende des Ganges ist eine Tür … Lauf, lauf!" Natalie läuft los. Tief im Inneren spürt sie, dass es jetzt auf jede Sekunde ankommt. Sie läuft um ihr Leben, das war ihr bewusst, seit sie die Türe in sich zusammenbrechen hörte. Noch wenige Zentimeter trennen sie von der Türe am Ende des Flurs. Sie streckt ihren rechten Arm vor. Endlich bekommt sie die Türschnalle zu fassen und rüttelt nervös daran. Sie dreht sich noch einmal zu Laura um. Das durfte nicht das Ende sein. Sie konnte ihre Mutter noch nicht einmal in die Arme schließen und hatte bis jetzt noch nichts über sie erfahren.

Laura starrt auf die Tür. Ihre Haltung verrät ihre Angst. Doch Natalie weiß, dass sie ihr nicht helfen kann. Sie drückt die Türe auf und flieht hinein. Durch den Türspalt sieht sie gerade noch drei Männer hereinkommen. Laura scheint einen davon zu kennen, dennoch hat sie Angst. Wer ist das?

„Du blöde Schlampe! Wo ist sie?"

„Ich weiß nicht, wovon du redest!"

„Ach halt dein blödes Maul. Ich weiß genau, dass du ihr alles erzählt hast. Ich hätte dich damals erledigen sollen. Ich wusste, dass mir die Sache mit dir früher oder später noch Ärger bereiten wird. Warum konntest du auch dein verschissenes Maul nicht halten."

„Wovon redest …!"

„Laura, Laura, Laura! Ich habe genug von deinen Spielchen."

Jetzt weiß Natalie, woher ihr der Typ bekannt vorkommt. Bereits als sie diesen Mann zum ersten Mal gesehen hatte, ging ihr seine überhebliche Art auf den Wecker. Das ist der Typ, den Alex und Tom zu Thomas' Entführung befragt haben. Es ist eindeutig Peter Schwarz. In Natalie Kopf beginnt sich alles zu drehen. Warum bedroht der Typ, der ihren Vater entführt hat, jetzt ihre Mutter? Was hat das alles zu bedeuten?

„Also, ich werde dich jetzt noch einmal in Ruhe fragen und erwarte, von dir die Wahrheit zu hören. Wenn du billiges Flittchen mir noch einmal ins Gesicht lügst! Du kannst dir ja ausmalen, was dann geschieht. Also wo ist die Kleine?"

„Sie hat nichts damit zu tun! Ich habe ihr nichts erzählt, ehrlich!"

„Und dass soll ich dir glauben?"

„Bitte, ich schwöre. Sie weiß nichts."

„Du weißt, dass mein guter Ruf auf dem Spiel steht."

„Ja, und ich weiß auch, dass du für deinen Ruf sogar morden würdest. Warum sollte ich meine Tochter also in Gefahr bringen?"

„Ich würde doch nie morden. Nein, nein, Schätzchen. Ich lasse morden. Das ist ein feiner Unterschied. Also wo ist die Kleine?"

„Bei meinem Leben – ich weiß es nicht. Und wenn, wärst du der Letzte, dem ich es verraten würde, du schmieriger …"

Laura kann den Satz nicht zu Ende bringen. Der Mann schlägt ihr mit der flachen Hand ins Gesicht. Laura schreit vor Schmerz auf. Natalie muss sich selbst auf die Lippen beißen, um nicht ebenfalls loszuschreien.

„Sieh, was du angerichtet hast. Ich werde wirklich ungern handgreiflich, aber dein dummes Gerede treibt mich noch in den Wahnsinn. Fesselt sie und klebt ihr vor allem den Mund zu. Wir überlegen später, was mit ihr geschieht."

„Und wohin mit ihr, Boss?"

„Das ist mir doch egal. Das Haus ist groß genug. Such dir ein lauschiges Plätzchen für sie aus, bis wir uns um sie kümmern."

„Alles klar, Boss. Los, du Schlampe, ab nach oben mit dir."

„Und du durchsuch das Haus. Irgendwas sagt mir, dass das Mädchen noch hier sein muss."

Natalie weiß nicht, wie ihr geschieht. Zuerst muss sie mit ansehen, wie ihre Mutter geschlagen und jetzt auch noch gefesselt wird. Und nun scheint sie selbst in großer Gefahr zu sein. Wo soll sie hin? Erst jetzt sieht sie sich richtig in dem Raum um. Es scheint eine Art Abstellraum zu sein, doch in der Dunkelheit ist es schwer zu erkennen. Durch das wenige Licht, welches der Türspalt hineinlässt, erkennt sie ein Regal mit jeder Menge Kartons. In der linken hinteren Ecke entdeckt sie einen Koffer. Der Mann eilt mit großen Schritten den Gang entlang. Er steuert direkt auf diesen Raum zu. Jede Türe auf der linken und rechten Seite wird geöffnet. Nachdem er sich vergewissert hat, dass der jeweilige Raum leer ist, schreitet er zur nächsten Türe.

Natalie hat nicht mehr viel Zeit. Sie erinnert sich, dass sie früher der Meister im Versteckspiel war. Sarah hatte immer Probleme, sie aufzuspüren, da Natalie die Gelenkigkeit, welche sie sich in den fünf Jahren ihrer Ballettausbildung aneignete, nie verloren hat. Das ist ihre einzige Chance. Sie steuert auf den Koffer zu und öffnet ihn. Leer, Gott sei Dank. Schnell zwängt sie sich hinein. Es dauert eine Weile, bis sie die richtige Position findet und den Koffer schließen kann. Gerade als sie den Reißverschluss ganz zugezogen hat, wird die Türe geräuschvoll aufgerissen. Das Licht geht an und sie hört die Schritte näher kommen. Das Herz klopft ihr bis zum Hals. Sie schließt die Augen und kann nur hoffen. Der Mann reißt ein paar Kartons aus den Regalen und steuert den Koffer an. Natalie kann seinen Tritt deutlich spüren, doch zwingt sie sich, keinen Laut von sich zu geben. Sie traut sich nicht einmal zu atmen.

Als sie nach ein paar Minuten die Augen wieder öffnet, ist der Lichtschimmer verschwunden. Sie horcht in die Stille des Schrankes. Es scheint sich nichts zu tun. Ängstlich lässt sie noch ein paar weitere Minuten verstreichen, ohne sich auch nur irgendwie zu rühren. Danach wagt sie es langsam, den Reißverschluss wenige Zentimeter zu öffnen. Durch die kleine Öffnung kann sie erkennen, dass die Türe nun angelehnt ist. Draußen sind Männerstimmen zu vernehmen. Natalie hört zwar nicht jedes einzelne Wort, vernimmt jedoch, dass die Männer das Grundstück nach ihr absuchen wollen.

Als sie meint, die Luft sei rein, schlüpft sie lautlos hinaus in den Flur. Schnell sieht sie sich im Erdgeschoss um. Leer. Vom Küchenfenster aus sieht sie auf die Zufahrt. Ein Wagen mit zwei Personen fährt gerade vom Grundstück. Hinten im Garten entdeckt sie die große Gestalt, die vorhin auf den Schrankraum zugesteuert war. Das ist ihre Chance. Das Haus müsste jetzt leer sein. Schnell huscht sie die Treppe hinauf und flüstert leise Lauras Namen. Von rechts vernimmt sie ein leises Schnaufen und steuert auf den Raum zu. Sie kann ihr Glück kaum fassen, als sie Laura tatsächlich in diesem Zimmer entdeckt. Sie liegt seitwärts mit gefesselten Händen auf dem Fußboden vor der Badewanne. Schnell macht Natalie sie los und reißt ihr das Klebeband vom Mund. Laura unterdrückt den Schmerzensschrei und fällt ihrer Tochter in die Arme. „Wir müssen schnell weg. Mit diesen Leuten ist nicht zu spaßen."

„Was wollen die von uns?"

„Ich erklär dir später alles. Bitte lass uns schnell abhauen."

Zu spät. Unten knarrt die Eingangstüre. Der Mann hat wohl die offene Schranktür entdeckt, denn er kommt mit eiligen Schritten, immer zwei Stufen auf einmal nehmend, nach oben gerannt. Um ihn zumindest für kurze Zeit aufzuhalten, schließt Laura die Badezimmertüre und versperrt sie hastig. Verdammt, sie sitzen in der Falle. Zumindest haben sie etwas Zeit gewonnen. Panisch blickt sich Natalie um und flüstert: „Das Fenster."

„Spinnst du? Das sind mindestens drei Meter."

„Es ist unsere einzige Chance." Schon steuert sie das Fenster an und öffnet es. Direkt darunter befindet sich ein kleiner Vorsprung. Bis dahin sollte es kein Problem sein, das ist zu schaffen. Doch die restlichen knappen zwei Meter machen auch ihr Sorgen. Aber sie müssen es versuchen. Der schwarz gekleidete Typ vor der Türe sieht ihr nicht gerade wie die Geduld in Person aus. Natalie schnappt Lauras Hand und hilft ihr hinaus. Das war leichter als gedacht. In wenigen Sekunden stehen sie auf dem kleinen Vordach der Terrasse. Ob sie es schaffen würden, von hier aus auf das Garagendach zu springen?

Plötzlich hören sie einen ohrenbetäubenden Krach. Der Typ versucht doch ernsthaft, die Badezimmertüre aufzubrechen. Laura ist von dem Geräusch so erschrocken, dass sie den Halt verliert und nach unten rutscht. Natalie versucht noch, ihren Arm zu erwischen, doch zu spät. Laura fällt und landet unglücklich im Garten. Sie schreit vor Schmerz auf. Immer noch hämmert der Typ gegen die Türe. Natalie merkt, wie sie langsam nachgibt. Ihr bleibt keine Zeit mehr. Bäuchlings legt sie sich auf das Dach und lässt sich langsam nach unten gleiten. Als die Kraft in ihren Armen sie verlässt, fällt sie mit den Füßen zuerst und landet direkt neben Laura. Durch den verlangsamten Fall wurde ihre Landung abgefedert – anders als bei Laura, welche sich die schmerzenden Knöchel hält.

Plötzlich erscheint oben im Fenster das Gesicht des bulligen Mannes. „Sie sind im Garten!", schreit er in eine Art Funkgerät.

„Alles klar, ich schnapp sie mir!", tönt es zurück.

Wo kommt der her? Natalie war sich so sicher, dass die Typen nur zu dritt aufgetaucht sind.

„Los Laura, wir müssen hier weg."

„Ich kann nicht. Ich hab mir die Knöchel verstaucht."

„Du musst. Bitte, Mama."

Mama! Wie fremd das in Lauras Ohren klingt. Doch es tut unheimlich gut. Dieses Wort geht direkt in Herz und Blut über, durchströmt ihren Körper mit Wärme. Dieses Glücksgefühl, welches dieses eine Wort in ihr auslöst, verhilft ihr zu neuer Kraft. Sie kämpft gegen den Schmerz an und steht mit Natalies Hilfe auf. Hand in Hand rennen sie Richtung Waldrand. Es ist die einzige Möglichkeit. Sie müssen sich irgendwo im Dickicht verstecken. Weit wird sie mit der verletzten Laura nicht kommen.

Als sie den Waldrand erreicht haben, blickt sich Natalie noch einmal um. Am anderen Ende des Gartens entdeckt sie ihren Verfolger. Warum muss das alles nur ihr passieren?

Laura wird immer langsamer. Schnell versucht Natalie, die Gegend zu erkunden. Sie lässt ihren Blick durch die Umgebung schweifen und entdeckt rechter Hand einen Abhang. Das ist ihre Chance. Sie steuert mit Laura an der Hand darauf zu, und ohne sie darauf vorzubereiten, schubst Natalie sie den Hang hinab. Laura rutscht rücklings hinunter und Natalie macht es ihr sogleich nach. In Filmen sah das immer unglaublich aufregend aus, wenn sich die sexy Actionhelden den Hang hinabstürzten. Natalie hingegen kam sich noch nie so unsportlich und unbeweglich vor. Sie ist überall voller Schlamm und kugelt wie eine alte, verletzte Schildkröte herum.

Unten angekommen, hat sich Laura bereits zu einem kleinen Felsvorsprung gerobbt und bedeutete Natalie, zu ihr zu kommen. In der Deckung der Felsen und Bäume verharren sie so still als möglich. Dank der Rutscherei in der Erde hat ihre Kleidung eine gewisse Tarnfarbe erhalten.

Hinter und über ihnen scheint alles still zu sein. Dennoch verharren sie weiterhin reglos und trauen sich nicht einmal zu atmen. Wenige Minuten später wagt Natalie einen schnellen Blick den Hang hinauf. Einige Meter entfernt sieht sie die beiden Männer sich ratlos umsehen. Es hat geklappt. Sie sind tatsächlich entkommen. Nach weiteren fünf Minuten hören sie weit entfernt ein Motorengeräusch. Gleich danach verschwindet das Geräusch in weite Ferne. Sie scheinen weg zu sein. Natalie möchte erst sichergehen, bevor die verletzte Laura aus ihrem Versteck kriecht. Oben ist nichts zu sehen. Vorsichtig krabbelt sie den Hang hinauf und versucht, auf jedes Geräusch zu achten. Nichts. Sie späht vorsichtig in den Garten. Nichts. Sie haben es tatsächlich geschafft. Die Typen würden wiederkommen, aber vorerst scheinen sie sicher zu sein.

Sie erschrickt fast zu Tode, als sie plötzlich jemand von hinten umgreift und ihr den Mund zuhält.

Thomas gefangen

Thomas erwacht wieder in diesem dunklen Raum. Er kann lediglich die Umrisse eines Regals an der Wand vis-à-vis ausmachen. Seine Hände schmerzen unter den Kabelbindern, welche als Fessel dienen. Das Plastik hat sich nach seinen Befreiungsversuchen tief in die Haut gegraben. Thomas hat sein Zeitgefühl schon lange verloren. Wie lange sitzt er schon hier? Welcher Wochentag ist heute? Wie lange war er eingenickt? Welche Tageszeit ist es? Weil in diesen Raum kein Tageslicht fällt, kann er nicht einmal sagen, ob es Tag oder Nacht ist. Sein Gefängnis wird lediglich durch eine nackte Glühbirne im hinteren Teil beleuchtet. Ihm kommt es bereits vor wie eine Ewigkeit, dass er hier in diesem dunklen Loch sitzt. Er vermutet, dass es sich bei dem düsteren Raum um ein Kellerabteil handelt. Es ist unheimlich feucht hier drinnen und es riecht modrig. Ab und wann taucht oben an der Treppe ein dünner Lichtstreifen auf. Jedes Mal keimt die Hoffnung erneut in ihm auf. Doch genauso schnell, wie der Schimmer erstrahlt, erlischt das Licht auch wieder.

Mittlerweile zweifelt er daran, ob es überhaupt noch Hoffnung gibt. Seit er den dunkel gekleideten Männern die Türe geöffnet hat, kann er sich nur sehr verschwommen an die Ereignisse erinnern. Er erinnert sich an einen dunklen Geländewagen. Sie fuhren eine Weile und jeder Versuch, den Männern den Zweck ihres Erscheinens zu entlocken, war vergeblich. Keiner der drei sagte auch nur ein Sterbenswörtchen. Nach etwa einer Viertelstunde bekam der Beifahrer einen Anruf. Doch aus den einsilbigen Antworten konnte er keine Informationen herauslesen, was als Nächstes geschehen sollte. Zu spät sah er, dass der Mann neben ihm ein Tuch vor sein Gesicht hielt. Als er wieder aufwachte, befand er sich bereits in diesem Raum, genau in der gleichen Position wie jetzt. Sitzend auf einem kalten Metallstuhl, die Hände mit Kabelbindern auf dem Rücken, die Füße mit Klebeband um die Stuhlbeine gefesselt. Wie lange das wohl her ist? Und noch wichtiger, wie lange muss er hier noch verharren?

Bis jetzt tauchte niemand auf, um mit ihm zu reden. Wer steckte hinter alledem? Die drei Männer im Auto haben klar nach den Anweisungen ihres Auftraggebers gehandelt. Doch wer ist dieser Kerl? Er zermartert sich seit Stunden den Kopf darüber, wer der Drahtzieher seiner Entführung sein könnte. Wollten sie ein Lösegeld fordern? Dann hätten sie sich aber den Falschen ausgesucht. Kohle ist bei ihm nun wirklich nicht zu holen. Oder möchte ihn jemand aus dem Spiel zu nehmen? Wer hätte Grund dazu? Eigentlich fällt ihm nur einer ein. Ein Zufall wäre unwahrscheinlich, nachdem er erst vor kurzer Zeit mit ihm telefoniert hat. Kann das denn sein? Ist das der Grund der Entführung? Doch ein anderes Motiv fällt ihm beim besten Willen nicht ein. Wie er es auch dreht und wendet, er kommt immer auf den gleichen Namen: Peter Schwarz. Wer sonst hätte die Kontakte, so einen Plan durchführen zu lassen? Dass Peter Schwarz skrupellos ist, hat er bereits früh erfahren. Doch eine Entführung? Würde er so eine Straftat riskieren, seinen Ruf aufs Spiel setzen? Und wenn ja, warum? Es war ein riesiger Fehler, ihn anzurufen und ihm von der Adoption zu erzählen. Doch würde er einen Menschen entführen, nur um zu verheimlichen, dass er die Adoption von Lauras Tochter in die Wege geleitet hat? Ist ihm dieses Geheimnis so viel wert, dass er eine Straftat begeht?

Urplötzlich wird Thomas aus seinen Überlegungen gerissen. Das Licht hinter der Türe oben geht wieder an. Dann Schritte. Schnelle und eilige Schritte. Ein Knarren, ein Schlüssel, der im Schloss herumgedreht wird, und dann schwingt die Tür auf. Thomas muss kurz die Augen schließen, da er von dem einfallenden Licht geblendet ist. Zu lange waren seine Augen der Dunkelheit ausgesetzt.

Doch als er nach einigen Malen blinzeln die Augen aufschlägt, verschlägt es ihm gleichzeitig den Atem. Das darf nicht wahr sein! Er glaubt an einen bösen Traum, als er sieht, wer hier vor ihm steht.

Laura & Natalie

Natalie will schreien, versucht, nach hinten auszutreten. Sie war sich ihrer Sache doch schon so sicher.

„Scht, scht. Bleibt ruhig. Ich bin's."

„Oh mein Gott! Spinnst du? Du hast mich zu Tode erschreckt."

„Tut mir leid. Aber warum schleichst du hier auch so geheimnisvoll herum?"

„Wie bist du hierhergekommen? Hast du sonst noch jemanden gesehen?"

„Als ich gerade das Tor ansteuerte, ist ein Auto mit zwei finsteren Kerlen an mir vorbei, wenn du das meinst."

„Aber sie sind definitiv weggefahren?"

„Ja, Natalie, was ist denn hier los?"

„Das erklär ich dir gleich. Jetzt musst du mir erst mal helfen, Laura hier wieder raufzubekommen."

Alex sieht sie zwar fragend an, folgt ihr aber sogleich den Hang hinunter. Bei ihm sieht der Abgang um einiges reizvoller aus als bei ihr selbst. Natalie versucht ihr Bestmögliches, halbwegs cool auszusehen, was richtig schwierig ist auf diesem rutschigen Untergrund. Als ihr die Füße wegzurutschen drohen, fängt Alex sie auf. Jetzt ist leider keine Zeit für Turteleien, ermahnt sich Natalie und setzt ihren Weg fort. Unten angekommen, ist Laura sichtlich erleichtert, Natalie wohlauf zu sehen. Sie kann ihre Knöchel kaum belasten, sodass Alex sie kurzerhand schultert und hinaufträgt. Natalie, sichtlich beeindruckt, folgt den beiden durch den Wald und zurück ins Haus.

„Darf ich die Damen vielleicht jetzt um eine Erklärung bitten?"

„Da waren plötzlich diese Männer. Der eine von ihnen, klar der Anführer, war Peter Schwarz."

„Dieses Arschloch steckt also doch hinter all dem."

„Moment mal, aber woher kennt ihr beiden denn Peter Schwarz?"

„Vor wenigen Tagen wurde Natalies Vater entführt und alle Spuren führten zu Schwarz. Bis jetzt haben wir aber nichts gegen ihn in der Hand."

„Alex ist Polizist", verkündet Natalie stolz.
„Verstehe. Also wenn irgendwo was mit unrechten Dingen geschieht, dann steckt meistens er dahinter."
„Weißt du, warum die heute hier waren, Laura? Ich darf doch Laura sagen?"
„Natürlich. Hör zu, Natalie, dieser Mann, Peter, er ist sozusagen dein Vater."
„Waaas?", rufen Natalie und Alex wie aus einem Mund aufgebracht.
„Das ist ja mal eine ganz neue Wendung."
„Es ist alles ein wenig kompliziert."
„Aber warum um alles in der Welt marschiert mein angeblicher Vater hier herein und versucht, uns etwas anzutun?"
„Tja, vielleicht ist es ja seine Art, Zuneigung zu zeigen."
Natalie und Laura werfen Alex wegen dieser Bemerkung einen entnervten Blick zu. Jetzt sieht man ganz deutlich, dass es sich hier um Mutter und Tochter handelt.
Plötzlich beginnt Laura zu weinen. Schnell nimmt Natalie sie in den Arm.
„Ach mein Schatz! Ich habe dich doch gerade erst wiederbekommen. Wenn ich dir jetzt alles erzähle, wirst du mich hassen und ich verliere dich aufs Neue."
„Das wird nicht passieren. Du bist doch meine Mama. Aber ich muss wissen, wie das alles zusammenpasst. Mein Vater – also Thomas – ist seit einer Weile vermisst. Und vielleicht können wir so herausfinden, wo er steckt. Wir sind uns ziemlich sicher, dass Peter Schwarz weiß, wo er sich befindet."

Laura holt tief Luft, versucht ihre Nerven zu beruhigen. Sie nimmt Natalies Hände in die ihren und beginnt zu erzählen.

Ihr Vater hat ihr damals den Job bei A.T Technologies besorgt. Er war mit Herrn Schwarz befreundet und konnte ihr so den Job als Sekretärin vermitteln. Laura war dort Mädchen für alles. Im Grunde war sie für die Drecksarbeit zuständig. Sie kochte Kaffee für die Kollegschaft, holte Herrn Schwarz Kleidung aus der Reinigung, besorge Firmengeschenke – all diese Kleinigkeiten, die täglich anstanden, fielen in ihren Aufgabenbereich. Sie war vom ersten Augenblick an von Peter Schwarz beeindruckt. Auch wenn er einige Jahre älter war als sie, sah er umwerfend aus. Seine leidenschaftlichen Augen standen in starkem Kontrast zu seinem sonst sehr kantigen Gesicht. Er strahlte dieses unglaubliche Selbstbewusstsein aus und eine gewisse Macht. Er wusste, dass die Welt ihm zu Füßen lag, und spielte das gerne aus. Laura liebte sein starkes Auftreten, die Art, wie er einen Raum betrat, wie er den ganzen Raum sofort einnahm. Er war die Art von Mann, der genau wusste, was er wollte. Und auch alles daransetzte, dies zu erreichen. Er war zielstrebig und erfolgreich. Sie war von Grund auf beeindruckt von diesem Mann. Schwarz schien zu spüren, welche Auswirkung er auf das junge Mädchen hatte, und nutzte es für sich aus. Bald begannen die beiden eine Affäre. Es war das Aufregendste, was Laura je erlebt hatte. Er war düster und geheimnisvoll und zeitgleich konnte er leidenschaftlich und liebevoll sein. Es war unglaublich.

Wie es für ein so unerfahrenes und junges Mädchen typisch ist, verliebte sich Laura in Peter. Bald wollte sie mehr. Diese Stelldicheins im Büro oder bei ihr zu Hause reichten ihr nicht mehr. Sie wollte auch mal neben ihm aufwachen, wollte sich Händchen haltend in der Öffentlichkeit zeigen. Doch Peter tat dies von Anfang an als lächerlich ab. Erstens wäre er mit einer Frau aus gut situierter Familie verheiratet und zweitens würde das sicher seinem Ruf schaden. Welcher ernst zu nehmende Geschäftsmann und angehende Politiker ließ sich auf seine mädchenhafte Sekretärin ein. Doch Laura war ihm wichtig genug, um die Affäre fortzuführen, was sie anfangs auch zuließ.

Lauras Sinneswandel kam an dem Tag nach ihrem Geburtstag. Dieser verlief perfekt. Peter lud sie in eine Hotelsuite ein, orderte ein Candle-Light-Dinner. Es war toll. Doch als sogar nach diesem romantischen Abend Peter in den frühen Morgenstunden das Hotelzimmer verließ, um nach Hause zu seiner Frau zu fahren, weckte das erstmals ein ungutes Gefühl in ihr. Am Abend darauf feierte Laura mit Freunden in einem Restaurant ihren Geburtstag, als plötzlich Peter in Begleitung von zwei Männern hereinkam. Laura freute sich über diesen Zufall, war sie doch froh, endlich den Mann, den sie liebte, ihren Freundinnen vorstellen zu können. Doch Peter schien sie nicht gesehen zu haben. Nach zwei weiteren Gläsern Sekt hatte sie genug Mut gefasst, um ihn zu begrüßen. Sie steuerte auf ihn zu, begrüßte ihn mit einem überschwänglichen Hallo. Doch seine Miene blieb eisern und distanziert. Er reagierte nur mit einem knappen Kopfnicken und wandte sich dann wieder seinen Gesprächspartnern zu. Einer seiner Begleitungen fragte unverzüglich, wer dieses bildschöne Wesen sei. Und dann kam der Punkt, an dem Laura aus ihrem rosaroten Traum aufwachte. Peters Antwort lautete, sie sei niemand. Er hätte in dem Moment alles sagen können. Laura war klar, dass er sie nicht als die Liebe seines Lebens vorstellen würde. Aber ein Niemand? Er hätte sie als Bekannte oder, ja, einfach als seine Sekretärin vorstellen können. Aber ein Niemand? Schnell stürzte sie auf die Toilette, um ihren Tränen ungehemmt freien Lauf lassen zu können.

Als sie gerade dabei war, ihr Make-up nachzuziehen, schwang die Toilettentür auf und Peter stürmte herein.

„Was fällt dir ein, du blöde Kuh, mich so zu blamieren?"

„Aber ich wollte doch nur Hallo sagen und …"

„Du hast absolut kein Recht, mich in der Öffentlichkeit anzusprechen. Absolut gar keines. Wenn du es noch einmal wagst … ich warne dich." Peter hob die Hand und Laura hatte Angst, dass sie gleich eine Ohrfeige kassieren würde. Doch was dann geschah, war ebenso überraschend, als würde plötzlich ein rosa Einhorn vom Himmel segeln. Er packte ihren Hals, alles andere als sanft, zerrte ihren Kopf zu sich heran und – küsste sie. Vor einem Moment war er noch wutentbrannt und jetzt küsste er sie. Nach einem kurzen, leidenschaftlichen und heftigen Kuss stürmte er wieder hinaus.

Laura war wie vor den Kopf gestoßen. Was sollte das jetzt? Zuerst ist sie ihm peinlich und er macht sie zur Sau und dann fällt er über sie her? Diese Zurückweisung tat so unendlich weh. Und jetzt dachte er, sie könnten einfach weitermachen wie bisher. Sie will mehr als das. Sie will jemanden, der zu ihr steht, der stolz darauf ist, sie seinen Freunden vorzustellen. Sie wollte die große Liebe, jemanden, der ihre Gefühle erwiderte. Noch nie hatte sie sich so benutzt gefühlt. So schamlos ausgenutzt. Er nahm sich, was er wollte, und ließ sie dann alleine. Wieder einmal. Gleich morgen früh würde sie das mit ihm beenden.

Der nächste Arbeitstag war so hektisch, dass sie erst abends dazu kam, mit ihm zu reden. Jedes Mal, wenn sie den Mut gefasst hatte und sein Büro ansteuerte, brummte ihr irgendwer eine neue Arbeit auf. Als sie endlich mit allem fertig war, war das Büro bereits verlassen. Nur noch in Peters Büro brannte Licht. Das war ihre Chance. Sie klopfte zaghaft, und als sie eintrat, breitete sich dieses wohlbekannte, bezaubernde Lächeln auf Peters Gesicht aus. Okay, jetzt konzentrier dich, Laura, und lass dich nicht von seinem strahlend weißen Zahnpasta-Lächeln ablenken. Sie blieb wie angewurzelt stehen und fiel gleich mit der Türe ins Haus: „Ich kann das nicht mehr."

Peter erhob sich langsam und schritt wie ein Tiger auf der Jagd auf sie zu.

„Meine schöne kleine Laura. Was kannst du nicht mehr?" Er stand jetzt unmittelbar vor ihr und begann, ihren Hals zu küssen. Laura schob ihn vorsichtig beiseite.

„Genau das. Das mit uns. Ich will eine anständige Beziehung, die du mir offenbar nicht geben kannst."

„Du weißt doch, dass ich verheiratet bin, Schätzchen. Es lief doch sehr gut mit uns. Also lass uns einfach da weitermachen, wo wir gestern aufgehört haben." Er fasste sie an der Hand und zog sie zu sich hin.

„Nein, stopp. Hör auf. Das mit uns ist endgültig vorbei. Ich habe die Schnauze voll von unserer heimlichen Affäre."

Peter legte seine rechte Hand um Lauras Hals. „Du wagst es tatsächlich, mich abzuservieren? Niemand lässt mich einfach so stehen."

„Bitte lass mich." Laura versuchte, sich aus dem Griff zu lösen, und torkelte langsam Richtung Türe. Doch Peter verstärkte seinen Griff um ihren Hals, wirbelte sie herum, sodass sie plötzlich auf seinem Schreibtisch saß. Laura versuchte, sich loszumachen, doch je mehr sie sich wand und bewegte, desto fester drückte Peter zu. Das Atmen fiel ihr immer schwerer. Sie wusste, dass sie keine Chance gegen ihn hatte. Jetzt war er zu allen bereit, das sah sie in seinen Augen, welche sich dunkel gefärbt zu haben scheinen. Sie konnte es nur noch stumm über sich ergehen lassen.

Als er fertig war, rollte er sich von ihr herunter und zog sich langsam wieder an. „Du darfst jetzt gehen", sagte er mit tiefer und atemloser Stimme.

Laura schnappte sich ihre Sachen, zumindest das, was von ihnen übrig geblieben war, und verließ eiligst das Büro. Wie konnte sie sich so in ihm täuschen?

Laura kündigte ihren Job und nahm sich vor, das Büro nie wieder zu betreten. Kurz überlegte sie, zur Polizei zu gehen, doch diesen Gedanken verwarf sie sehr schnell wieder. Es würde Aussage gegen Aussage stehen, nur dass Peter viel mehr Macht hatte. Sie war zu eingeschüchtert und gedemütigt, um sich einem anderen mitzuteilen. Und noch etwas anderes hielt sie davon ab, ihn zu verraten. Sie liebte ihn. Trotz allem und immer noch konnte sie ihre Gefühle nicht abstellen.

Acht Wochen nach dem Vorfall merkte sie dann, dass sie schwanger war. Sie war verzweifelt, am Boden zerstört. Laura hatte bis jetzt keinen neuen Job finden können. Egal, wo sie sich bewarb, niemand nahm sie an, da Peter Schwarz ihren Ruf zerstörte. Er hatte dafür gesorgt, dass niemand sie anstellte. Demnach hatte sie kein Geld und wohnte wieder bei ihren Eltern. Doch diese hatten kein Verständnis für die ungeplante Schwangerschaft ihrer Tochter. Sie machten ihr klar, keinesfalls finanziell für das Baby aufzukommen. Lange kämpfte Laura mit sich, was sie tun sollte. Eine Abtreibung kam für sie nicht infrage. Sie wollte das Baby unbedingt und sie wollte dem Kind nur das Beste bieten. So blieb Laura nichts anderes übrig, als sich an den Vater zu wenden.

Ihr Herz klopfte wie wild, als sie das erste Mal seit dem Vorfall sein Büro wieder betrat. Tränen schossen ihr in die Augen, als sie an den Ort des Verbrechens zurückkehrte. Sie musste jetzt stark sein. Für ihr Baby. Peter reagierte überraschenderweise sehr gefasst. Er vergewisserte sich, dass niemand wusste, wer der Vater ihres Babys war.

In den nächsten Wochen verhielt er sich einfach unglaublich. Er arrangierte alle Untersuchungen für Laura und das Baby, kaufte Laura ihr jetziges Haus und stellte ihr ausreichend finanzielle Mittel zur Verfügung. Laura wusste nicht, ob er das aus schlechtem Gewissen machte oder weil sie und das Baby ihm wirklich etwas bedeuteten. So genau wollte sie das auch gar nicht wissen.

Die Wochen vergingen, und als der Geburtstermin näher rückte, legte Peter ihr immer öfter nahe, das Kind herzugeben. Einmal versuchte er es auf die liebe Tour, erklärte ihr, dass sie gemeinsam neu anfangen könnten, wenn das Baby nicht wäre. Dann versuchte er, sie wieder unter Druck zu setzen, dass sie dem Kind doch nichts bieten könne und es das Beste für das Baby wäre, bei einer liebevollen Familie aufzuwachsen. Gemeinsam mit den Hormonen schaffte es Peter, sie so zu verwirren, dass sie nicht mehr wusste, was wirklich das Beste wäre und was sie wirklich wollte. Eine gemeinsame Zukunft mit Peter klang ausgesprochen verlockend. Natürlich würde seine Frau ihm das Leben zur Hölle machen, wenn sie erfuhr, dass er bereits vor der Scheidung eine Affäre hatte. Mit dem Luxusleben wäre es dann vorbei gewesen. Da sie von ihren Eltern keine Unterstützung mehr erwarten konnte, sah sie die Freigabe zur Adoption als einzige Möglichkeit.

Später erfuhr sie, dass Peter immer nur darauf aus war, das Kind loszuwerden. Er wollte auf jeden Fall vermeiden, dass Laura etwas in der Hand hatte, um ihn in Zukunft zu erpressen. Er wollte alle Beweismittel loswerden. Da ihm sein Angestellter Siegfried Gartner noch einen Gefallen schuldete, bat er ihn, sich um die Adoption zu kümmern.

„Und so kam es wohl, dass du bei deinen Eltern gelandet bist. Dein Verlust war so schmerzhaft für mich, dass ich mich nie nach den Details erkundigt habe. Peter zwang mich damals, gegen eine entsprechende Summe eine Verzichtserklärung zu unterschreiben.

Diese verbot mir, jemals Informationen über deinen jetzigen Verbleib einzuholen. Ich bereue jetzt aus tiefstem Herzen, dass ich damals so eine egoistische, geldsüchtige und leichtgläubige Kuh war. Es tut mir so unendlich leid. Ich weiß, dass keine Worte dieser Welt das wiedergutmachen können."

Marias Verschwinden

„Natalie? Endlich. Ich versuche, dich seit Stunden zu erreichen."
„Tut mir leid. Es ging drunter und drüber bei mir. Was gibt's, Tom?"
„Maria ist aus dem Krankenhaus verschwunden."
„Was? Was meinst du mit verschwunden?"
„Verschwunden eben. Als die Krankenschwester nach ihr sehen wollte, war sie auf einmal weg. Wir haben das ganze Krankenhaus durchsucht, keine Ahnung, wo sie ist."
„Sie kann doch nicht einfach abgehauen sein. Sie wurde erst kürzlich operiert."
„Ja, deswegen machen sich die Ärzte auch solche Sorgen. Gestern schien sie kaum fit zu sein, das Zimmer zu verlassen. Und jetzt ist sie seit Stunden abgängig."
„Seit Stunden? Und das Krankenhaus sieht es nicht als notwendig an, mich zu informieren? Weiß Sarah schon Bescheid?"
„Soll das ein Witz sein? Du gehst seit Stunden nicht an dein Handy. Und Sarah konnte ich bis jetzt auch nicht erreichen. Deswegen hat das Krankenhaus mich informiert."
„Oh Mist! Hör zu. Ich versuche, Sarah zu erreichen. Treffen wir uns in einer halben Stunde bei uns zu Hause?"
„Alles klar. Ich rufe inzwischen im Krankenhaus an und frage, ob es was Neues gibt. Bis dann."

Was zum Teufel ist hier los? Ein Elternteil nach dem anderen verschwindet, fremde Männer, die es auf ihre leibliche Mutter abgesehen haben, und ihre Schwester ist nicht erreichbar.

Alex schlägt vor, dass Laura besser mit ihnen kommen sollte. Wer weiß, ob diese Typen nicht wieder zurückkommen. Laura drängt sich nur ungern auf und willigt erst nach langer Überredungskunst seitens Alex ein. Er schafft es doch wirklich, jede Frau jeden Alters um den Finger zu wickeln. Er ist ja so toll, denkt Natalie aufs Neue. Und gleich plagen sie wieder Gewissensbisse, dass sie in so einer Situation ihrer Verliebtheit nachgeht. Während Alex am Steuer sitzt, versucht Natalie unentwegt, ihre Schwester zu erreichen.

Als die drei endlich in der Wohnung ankommen, Tom ist bereits da, läutet Natalies Handy. Sarah. Endlich.

„Hi, sorry, ich hatte mein Handy im Auto vergessen. Du glaubst nie, was passiert ist, Nat. Meine Mutter lebt. Ich habe sie gefunden und …"

„Hör zu, Sarah, Mama, ich meine Maria, ist aus dem Krankenhaus verschwunden. Wir wissen nicht, was los ist, aber wir sollten …"

„Verschwunden? Natalie, ich muss dir dringend etwas über Mutter … ähm … Maria erzählen. Sofie hat mir die Geschichte aus ihrem Blinkwinkel erzählt und ich glaube ihr."

„Können wir das später besprechen? Ich habe echt ein ungutes Gefühl bei dem Ganzen. Wir sollten schleunigst nach ihr suchen."

„Alles klar. Ich mach mich sofort auf den Weg. Bitte bleib achtsam und sei vorsichtig bis dahin. Maria kann sehr gefährlich werden."

„Ach, ich bitte dich. Du denkst doch nicht, dass sie uns, ihren Töchtern, etwas antun könnte?"

„Nach dem, was ich gehört habe, weiß ich nicht mehr, was ich glauben kann. Warte, bis ich da bin, ich beeile mich."

Das Telefonat hat Natalie noch zusätzlich verunsichert. Maria und gefährlich? Was hat Sarahs Mutter ihr erzählt, damit sie das wirklich glaubt? Ist Sarahs Mutter tatsächlich verrückt und zieht ihre Schwester jetzt mit hinein in ihr wirres Hirngespinst? Erst mal abwarten, was ihre Schwester zu erzählen hat. Vielleicht ist alles nur ein Missverständnis. Ansonsten hat sie noch ein Problem mehr. Aber davon möchte sie jetzt nicht ausgehen. Die Situation ist schon verwirrend genug. Und das Mysterium scheint kein Ende zu nehmen.

Zwischenzeitlich in dem abgeschiedenen Bauernhaus. „Das war meine Schwester. Also Halbschwester oder Stiefschwester. Eigentlich weiß ich gar nicht, was sie jetzt für mich ist. Jedenfalls ist Maria aus dem Krankenhaus verschwunden. Ich muss nach Hause", erzählt Natalie ihrer neu gewonnenen Mutter, als sie das Gespräch mit Sarah beendet hat. „Nach allem, was du mir erzählt hast, bedeutet das nichts Gutes. Ich begleite dich."

„Nein, das kann ich von dir nicht verlangen. Nachdem du endlich ein ruhiges Leben führst ..."

„Das spielt jetzt alles keine Rolle mehr, wo ich dich kenne. Ich möchte dich nicht noch einmal aus den Augen verlieren. Ich komme mit – wenn das für dich okay ist?"

„Ja natürlich. Danke."

Sarah strahlt bis über beide Ohren. Sie kennt diese Frau erst seit einigen Stunden, doch sie spürt diese ganz besondere Verbindung zwischen ihnen beiden. Sie fragt sich, was passiert wäre, wenn sie Sofie eines Tages beim Einkaufen über den Weg gelaufen wäre. Hätte sie auch sofort diese Bindung gespürt? Hätte sie gefühlt, dass sie beide zusammengehören? Nach den letzten Stunden ist sich Sarah sicher, sie hätte ihre Mutter überall auf der Welt durch diese Verbindung erkannt.

Auch wenn Markus nicht sehr glücklich darüber ist, lässt er die beiden Frauen doch alleine losziehen. Die Autofahrt ist ein Wechselbad der Gefühle für Sarah. Einerseits ist es toll, endlich mit ihrer leiblichen Mutter alleine zu sein. Endlich weiß sie, woher sie kommt, und sie freut sich über jeden gemeinsamen Charakterzug. Auf der anderen Seite ist sie besorgt über Marias Verschwinden. Ist Maria wirklich so gefährlich, wie Sofie erzählt hat, dann kann das nichts Gutes bedeuten. Sie ist besorgt um Natalie und hofft, dass sie wirklich zu Hause auf sie wartet. Bei ihrer kleinen Schwester ist sie sich da nie so sicher. Natalie lässt sich gerne von ihren Impulsen leiten und so aufgeregt, wie sie am Telefon geklungen hat, möchte sie Maria so schnell wie möglich finden. Sarah macht sich auch große Sorgen über ihr Verhältnis zu Natalie. Würde sich jetzt, wo beide ihre leibliche Mutter kennen, etwas an ihrem Verhältnis zueinander ändern? Wird es sich negativ auswirken, dass sie wissen, nicht verwandt zu sein? Es ist klar, dass beide künftig viel Zeit mit ihren Müttern verbringen möchten. Doch das bedeutet auch weniger Zeit für sie beide. Werden sie mit dieser Veränderung umgehen, sie meistern können? Sarah ist fest entschlossen, ihre Schwester nicht zu verlieren und die Beziehung um nichts in der Welt abreißen zu lassen. Doch Vorsätze können manchmal noch so gut sein, die Realität holt einen immer wieder ein.

Doch über all dies muss sie sich später einen Kopf machen. Jetzt zählt Wichtigeres, die Suche nach Thomas und Maria.

Die Suche

Tom fragt Natalie nun bereits zum gefühlten zehnten Mal, ob sie keine Idee habe, wo Maria stecken könnte. Gibt es Verwandte oder Freunde, bei denen sie sich aufhalten könnte? Doch Natalie kann diese Frage immer nur verneinen. Maria hat, seit Natalie denken kann, nur für die Familie gelebt. Sie hatte nie richtige Freundinnen. Ab und zu war sie bei der Dame zwei Stockwerke über ihnen auf einen Kaffee. Doch wirklich gute Freundinnen hatte sie nie. Von ihrer kleinen Familie war niemand mehr übrig. Ihre Eltern kamen sehr früh ums Leben und mit ihrer Tante ist sie nie besonders gut ausgekommen. „Eltern! Das ist es."

„Nat, wovon redest du?"

„Dorthin ging sie immer, wenn sie einen Rat brauchte. Als Kinder haben wir sie oft zum Grab ihrer Eltern begleitet. Sarah

und ich durften die umliegenden Gräber gießen, während Maria sich um das ihrer Eltern kümmerte. Wir mussten immer lachen, wenn Maria anfing, Selbstgespräche zu führen. Am Heimweg erklärte sie uns jedes Mal, dass auch sie sich ab und zu bei ihren Eltern Rat holen müsse und wir nie zögern dürften, sie selbst um Rat zu bitten. Ich kann mir nur vorstellen, dass sie dort ist."
Tom lobt seine kleine Cousine für den tollen Einfall, hält sie aber zurück, als sie ihre Tasche schnappt und auf die Türe zusteuert. Er hält es für besser, auf Sarah zu warten, damit zumindest die vier nicht getrennte Wege gehen. Doch Natalie, impulsiv, wie sie ist, möchte sofort los. Erledigt ist erledigt. Und was könne ihr schon passieren mit zwei starken Männern an ihrer Seite. Das sieht sogar Tom ein und schon düsen sie los.

Natalie war schon lange nicht mehr hier und hat einige Schwierigkeiten, sich auf dem großen, weitläufigen Friedhof zurechtzufinden. Nach ein paar Anläufen hat sie endlich den richtigen Gang gefunden und wenige Minuten später stehen sie vor dem Grab – jedoch alleine. Von Maria weit und breit keine Spur. Das Grab sieht etwas verwahrlost aus und gibt keine Aufschlüsse darüber, ob hier jemand vor Kurzem war. Deprimiert lässt sich Natalie auf den Randstein plumpsen. „Das war's dann wohl." Das Klingeln von Natalies Handy reißt alle aus ihrer Enttäuschung.

„Wo seid ihr? Ich hab gesagt, wartet zu Hause auf mich."

„Tut mir leid. Ich dachte, ich hätte einen Gedankenblitz und wir fänden Maria am Grab ihrer Eltern. Aber leider ist auch hier keine Spur von ihr."

„Aber die Idee war gut, Nat. Was machen wir jetzt?"

„Danke. Tom meinte, dass sie vielleicht an einem ihrer Lieblingsorte sei. Doch nachdem sie hier nicht ist, bin ich mit meinem Latein am Ende."

„Ja, mir wird auch immer mehr bewusst, dass wir von Maria nicht wirklich viel wissen."

„Eine Nadel im Heuhaufen zu finden ist sicher einfacher als unsere Eltern."

„Das ist es, Nat! Du bist ein Genie."

„Ich verstehe kein Wort."

„Die Nadel! Marias Vater hatte doch diese Textilfabrik in der Stadt. Wir waren öfter auf dem Areal spielen, weißt du nicht mehr? Maria kennt die Fabrik in- und auswendig. Ich habe keine Ahnung, ob sie noch steht, aber irgendwie habe ich ein gutes Gefühl dabei."

„Einen Versuch ist es auf jeden Fall wert."

„Alles klar. Wir treffen uns da. Und, Natalie?"

„Ja, ja, ich weiß. Keine Alleingänge mehr. Wir sehen uns da."

Keine zwei Minuten, nachdem das Trio den Friedhof verlassen hat, wird Tom zu einem Einsatz gerufen. Nachdem Alex ihn bei der Wache rausgelassen hat, steuern sie die alte Fabrik an. Natalie hat auf der ganzen Fahrt ihre Daumen gedrückt und gebetet, das alte Gemäuer möge noch nicht abgerissen worden sein. Und tatsächlich taucht nach wenigen Augenblicken das alte Gebäude in ihrem Blickfeld auf. Es sieht noch genauso aus, wie sie es in Erinnerung hatte. Ein altes, zweistöckiges Backsteingebäude, an dem der eine oder andere Ziegel bereits locker sitzt oder gar fehlt. Überall liegen Bauschutt, Gerümpel und Teile des Inventars – alte Sessel, ruinierte Tische, Kartonagen. Das Grundstück rund um das Gebäude ist verwildert. Meterhohes Gras, Unkraut, entwurzelte Bäume. Eine asphaltierte Einfahrt führt auf einen kleinen Parkplatz. Niemand ist weit und breit auf dem verlassenen Grundstück zu sehen. Schon in ihrer Kindheit war es eine Ruine, doch nach all den Jahren kommt es ihr noch verwahrloster vor. Es erinnert an ein Geisterhaus. Hier scheint seit Jahren niemand mehr gewesen zu sein. Eine Gänsehaut macht sich über Natalies Rücken breit und stellt ihr die feinen Härchen an den Armen zu Berge. Sie möchte am liebsten umdrehen. Sie hat echt kein gutes Gefühl dabei. Das Grundstück wäre die ideale Kulisse für einen Horrorfilm. Vielleicht sollte sie mal bei Quentin Tarantino anrufen – der würde sich wahrscheinlich alle zehn Finger nach so einer Location abschlecken.

Natalie tigert nervös vor dem Wagen auf und ab. Alex lehnt an der Motorhaube und versucht, sie durch gut zureden zu beruhigen. Als Sarah nach einer weiteren Viertelstunde Wartezeit immer noch nicht da ist, beschließen Natalie und Alex, erst einmal das Gebäude zu umrunden, um zu sehen, ob jemand hier ist.

Auf halber Runde vernehmen sie plötzlich einen lauten Knall. Alex zieht, ohne weiter darüber nachzudenken, seine Dienstwaffe und läuft Richtung Eingang. Natalie ist hin und hergerissen. Hat sie doch ihrer Schwester versprochen, draußen auf sie zu warten. Zuerst noch entschlossen, dies auch zu tun, folgt sie Alex dann doch ins Innere des Gebäudes. Besser dort drinnen mit einem Beschützer inklusive Dienstwaffe als hier draußen ganz alleine. Alex kämpft sich gerade leise zu einer Tür vor, als er merkt, dass Natalie ihm folgt. Schnell zieht er sie dicht hinter sich und weist sie an, ruhig zu sein und sich in Deckung zu halten. Hinter der Türe befindet sich eine riesige, leere Halle. Natalie erinnert sich, dass Maria ihnen damals erzählte, das hier sei der Arbeitsraum gewesen, in dem sich eine Maschine neben der anderen befunden hätte. Jetzt ist sie bis auf etwas Schutt komplett leer. Im hinteren Eck steht ein altes, verrostetes und nicht mehr sehr stabil aussehendes Gerüst. Überall ist Staub und es riecht stark vermodert. Die Decken dürften dem vielen Regen der letzten Wochen nicht mehr standgehalten haben, denn der Boden ist an vielen Stellen überschwemmt. Kaum vorstellbar, dass es sich hier einmal um eine moderne und fortschrittliche Textilfabrik gehandelt hat. Die beiden schleichen im Gänsemarsch die rechte Wand entlang, bemüht, ja keine Geräusche zu verursachen. Die Stille ist so drückend, dass Natalie das Gefühl hat, ihr Herz pochen zu hören. Seit sie das Gebäude betreten hat, schlägt es dreimal so schnell wie gewöhnlich gegen ihre Brust. Das ist zu viel Aufregung für sie. Still betet sie zu Gott, dass der Knall durch eine rein logische Ursache erklärt werden kann. Sie möchte sich gar nicht vorstellen, was sie finden, wenn es sich tatsächlich um einen Pistolenschuss gehandelt hat. Doch Alex scheint davon überzeugt zu sein. Sonst würden sie beide hier wohl kaum rumschleichen, mit Alex' Pistole nach vorne gerichtet, jede dunkle Ecke ins Visier nehmend.

Am Ende der Halle stößt Alex die Türe auf der linken Seite behutsam auf. Ein kurzer Blick reicht, um sicherzugehen, dass dieser Raum leer ist. Sie probieren es mit der Türe auf der gegenüberliegenden Seite. Steile Treppen führen hier nach unten. Alex blickt sich noch einmal in der Halle um. Die Treppe, welche nach oben führt, ist komplett verwahrlost. Wind und Regen haben den Großteil unbegehbar gemacht. Der junge Polizist schließt also aus, dass jemand so lebensmüde ist und sich dort hinauf traut. Also führt der einzig mögliche Weg nach unten. Natalie tastet die Wand entlang und findet den Lichtschalter. Alex befürchtet zwar, dass das Licht sie verraten könnte, doch da er nicht im Dienst ist, hat er keine Taschenlampe dabei und Bedenken, dass sie ohne Beleuchtung nicht die steile Steintreppe hinunter kommen. Stufe für Stufe kämpfen sie sich den Weg nach unten vor. Alex hat seine Waffe immer noch schussbereit erhoben. Natalie hat sich in seiner Hosentasche eingehakt, um ganz dicht hinter ihm bleiben zu können. Auch hier sind die Stufen vom Regen abgenutzt. Sie müssen aufpassen, dass sie nicht ausrutschen. Der Abgang erfordert beiden höchste Konzentration ab.

Plötzlich hören die beiden einen dumpfen Schlag. Schnell pirscht Alex die letzten Stufen hinunter und gibt sich als Polizist zu erkennen. Als er auf die offene Tür zustürmt, erkennt Natalie von rechts einen Schatten. Doch sie kann Alex nicht mehr warnen. Ein dumpfer Schlag und schon sackt er auf die Knie. Natalie nimmt jetzt zwei Stufen auf einmal und sieht, wie eine dunkle Gestalt mit einer Art Schläger hantiert. Ihr eigener Schrei schallt durch das ganze Treppenhaus und kommt als fremder Klang bei ihr an. Ohne weiter auf die dunkle Gestalt zu achten, kniet sie neben Alex nieder und untersucht ihn auf Verletzungen. Gott sei Dank, sie kann kein Blut entdecken. „Alex, hörst du mich?"

„Schatz, was machst du hier?", erklang eine vertraute Stimme hinter ihr.

„Wo zum Teufel sind die beiden hin? Meine kleine Schwester macht mich echt wahnsinnig."

„Du hast gesagt, das sei ihr Auto, richtig?"

„Das ihres Freundes – oder nicht Freundes, keine Ahnung. Aber ja, sie muss hier sein."

„Dann kann sie nicht weit sein. Versuche es noch mal auf ihrem Handy."

„Sie geht nicht ran. Verdammt. Da drinnen hat sie sicher keinen Empfang."

„Und wo willst du jetzt hin?"

„Natürlich auch da rein." Sarah bemerkt Sofies nervösen Blick. „Hör zu, ich gehe nur kurz nachsehen, ob sie da sind. Du kannst gerne hier warten. Ich bin sofort zurück."

„Ich halte das für keine gute Idee. Wir sollten hier beim Wagen bleiben."

„Du verstehst das nicht. Meine Schwester ist da drin und vielleicht auch meine Mutter. Ich muss jetzt endlich nachsehen, was los ist."

„Hör zu, Schatz, ich versteh dich ja. Aber bitte verstehe auch mich. Ich habe so viel erlebt und gerade, wenn Maria involviert ist, sollte das Letzte sein, was wir tun, in ein altes Gebäude hineingehen, wo sie sich besser auskennt als jeder andere. Bitte lass uns noch ein paar Minuten hier warten. Oder zumindest Hilfe rufen."

„Mama? Oh mein Gott, geht es dir gut?"

„Tut mir leid, wenn ich deinen Freund verletzt habe. Aber euch habe ich hier garantiert nicht erwartet."

„Aber was tust du denn hier? Du solltest doch im Krankenhaus sein."

„Ich habe eine Nachricht erhalten, dass Thomas hier irgendwo sein soll, und wenn ich nicht tue, was sie sagen, wird er sterben müssen."

„Und wo ist Thomas? Was wollten die Leute von dir?"

„Keine Ahnung, Schatz. Sie haben mir in der Nachricht nur mitgeteilt, dass ich hierherkommen soll, und zwar alleine. Doch es kam niemand. Als ich euch dann hörte, bekam ich Panik und den Rest kennst du ja."

„Wer sollte dir so eine Nachricht schicken?"

„Ich habe keine Ahnung. Aber lass uns rasch verschwinden. Dieser Ort hier macht mir Angst."

Natalie stützt den inzwischen wieder zu sich gekommenen Alex und zu dritt machen sie sich auf den Weg nach oben.

„Und wen soll ich deiner Meinung nach anrufen? Meine Schwester, Alex und Tom sind da drin. Meine Mutter und mein Vater seit Tagen verschollen. Ich habe nicht wirklich viele Optionen."

„Okay, schon gut. Dann gehen wir gemeinsam nachsehen."

Sofie und Sarah kämpfen sich gerade durch das Erdgeschoss, als drei bekannte Gesichter hinter einem Torbogen auftauchen.

„Da seid ihr ja! Mama, geht's dir gut?"

Schnell bringt Natalie ihre Schwester auf den neuesten Stand. Sarah hört sich in Ruhe die Schilderung der Geschehnisse an. Doch tief in ihrem Inneren beginnt etwas zu nagen. Noch kann sie es nicht zuordnen, was genau es ist. Aber es fühlt sich an wie Zweifel. Irgendetwas passt hier definitiv nicht zusammen. Es gibt zu viele Ungereimtheiten. Wird sie schon langsam paranoid? Wäre kein Wunder bei all den Dingen, die sie allein heute, ganz zu schweigen von den letzten Tagen erfahren hat. Oder ist ihr Zweifel wirklich begründet? Sarah ist gewillt, genau das herauszufinden.

Seit Sofie Maria erblickt hat, hält sie sich im Hintergrund. Falls Maria sie erkannt hat, lässt sie sich zumindest nichts anmerken. Oder wäre es tatsächlich möglich, dass Maria sie einfach nicht wiedererkennt? Oder hat sie ihr schauspielerisches Talent über die letzten zwei Jahrzehnte noch weiter verbessert? Sofie kann es wirklich nicht sagen. Und sie möchte es ihrer Tochter zuliebe im Moment auch nicht herausfinden.

„Natalie, kann ich dich mal unter vier Augen sprechen?"

„Sarah, Schätzchen, wollen wir nicht erst einmal nach Hause? Ich bin immer noch nicht ganz fit von meiner Operation und habe einen langen Tag hinter mir."

„Warum fährst du nicht schon mal vor? Alex bringt dich sicher gerne nach Hause. Oder am besten wieder zurück ins Krankenhaus. Und Natalie und ich kommen dann nach."

„Ich weiß nicht, was das jetzt soll. Ich denke, wir sind hier fertig."

„Für mich gibt es noch zu viele Ungereimtheiten. Ich bin es leid, im Dunklen zu tappen."

Maria atmet hörbar tief ein und wieder aus. Sie versucht, sich innerlich zu ordnen. Nach all dem Stress heute möchte sie sich eine Diskussion mit ihrer älteren Tochter ersparen.

„Okay, was sollen wir tun?", fragt sie in einem versöhnlichen Tonfall.

„Ich frage mich nur, warum dir jemand eine Nachricht zukommen lassen soll, wenn derjenige dann nichts von dir möchte?"

„Das habe ich mich auch schon gefragt. Ich denke, da war jemandem einfach langweilig."

„Und woher weiß derjenige von deiner Verbindung zu diesem Ort?"

„Ein Zufall, würde ich sagen. So viele leer stehende und vielleicht deshalb geeignete Gebäude wird es hier nicht geben."

„Wie bist du hierhergekommen?"

„Ich habe mir direkt vom Krankenhaus aus ein Taxi genommen. Schatz, ich weiß nicht ganz, worauf du hinaus möchtest."

„Ich meine ja nur, wenn es doch kein Scherz war, dann ist Papa vielleicht wirklich hier irgendwo."

„Ich habe die unteren Räume schon durchsucht. Das Gebäude ist leer. Bitte lass uns fahren, ich brauche dringend Ruhe."

„Setz dich doch schon mal ins Auto. Wir durchkämmen noch einmal alle Räume. Vielleicht finden wir ja was."

„Okay, okay. Lass uns gehen, aber ich komme mit."

Natalie weiß nicht genau, was ihre Schwester da drinnen zu finden hofft. Doch es muss ihr sehr wichtig sein, wenn sie sich so sehr dafür einsetzt. Sie hätte liebend gerne mit Sarah unter vier Augen gesprochen. Doch aus irgendeinem Grund scheint Maria das verhindern zu wollen.

Alex, der immer noch ein wenig von dem Schlag auf den Hinterkopf benommen ist, bildet die Vorhut. Sofie, die sich so gut es geht im Hintergrund hält, bildet das Schlusslicht.

Sie öffnen Türe für Türe, doch das Gebäude scheint tatsächlich verlassen zu sein. Mit jedem leeren Raum, den sie vorfinden, schwindet Sarahs Zuversicht. Kann es tatsächlich sein, dass ihr inneres Gefühl sie heute im Stich lässt? Sie war sich so sicher, hier auf eine Lösung zu stoßen. Oder haben Sofies Geschichten sie so negativ beeinflusst, dass sie mittlerweile jedes Wort aus Marias Mund anzweifelt? Glaubt sie ihrer leiblichen Mutter, die sie erst seit ein paar Stunden kennt, mehr als der Frau, die sie all die Jahre aufgezogen hat? Was ist nur los mit ihr? Zu gern hätte sie die Meinung ihrer Schwester dazu gehört. Doch das muss warten.

Nachdem sie alle Räume auf der linken Seite durchkämmt haben, bleiben noch zwei weitere auf der rechten. Im ersten findet die Gruppe außer einer Menge zerschlissener Stoffreste nichts vor. Dann heißt es wohl, alles oder nichts. Wäre typisch mein Glück, dass ich bei einer Chance 50 zu 50 zuerst einmal in den falschen Raum trete, denkt Sarah, deren Frustration darüber, auf dem Holzweg zu sein, immer mehr in Wut umschlägt.

Natalie, die von Anfang an wenig Hoffnung hatte, etwas zu finden, möchte einfach nur raus hier. Diese alten Gemäuer jagen ihr immer mehr Angst ein. Also schnell Tür auf und dann ab in ihre heiß geliebte, gemütliche Wohnung.

Alex, der immer noch vorneweg geht, steuert die Tür an und drückt die Türschnalle langsam nach unten. Doch nichts rührt sich. Die Anspannung ist nun in der ganzen Gruppe zu spüren. Warum sollte jemand in einem nicht mehr genutzten Gebäude eine Türe verschließen? Und warum eben nur diese eine? In alle anderen Räumlichkeiten konnten sie problemlos eintreten.

Sarahs Hände sind schweißnass. In ihre Aufregung, hier vielleicht endlich etwas gefunden zu haben, mischt sich nun auch Angst. Was würden sie dahinter entdecken? Sie hatte so gehofft, auf Antworten zu stoßen, doch erst jetzt fällt ihr ein, dass ihr diese womöglich nicht gefallen würden. Was, wenn das, was sie hier finden würden, alles nur noch schlimmer macht?

Doch sie braucht Gewissheit. Noch kann sich alles zum Guten wenden. Wie heißt es so schön? Die Hoffnung stirbt zuletzt.

Doch sie stirbt.

Nachdem Alex das Schloss mit seiner immer noch griffbereiten Dienstwaffe aufgeschossen hat und die Türe vorsichtig öffnet, bietet sich der Gruppe ein grausamer Anblick.

Trotz des spärlichen Lichts, welches Alex' Handytaschenlampe wirft, können sie die Gestalt am Boden ausmachen. Rund um diese, bei der es sich entsprechend der Kleidung und Statur um einen Mann handeln muss, hat sich eine Lache gebildet. Blut, wie Sarah sofort erkennt. Sogar Alex zieht hörbar scharf die Luft ein, obwohl er als Polizist noch am ehesten gegen einen solchen Anblick gewappnet sein müsste. Natalies erster Gedanke gilt ihrem Vater, schnell stürmt sie zu der Gestalt. Doch Alex hält sie am Handgelenk zurück und möchte zuerst selbst sehen, ob der Mann noch am Leben ist. Beim Näherkommen wir deutlich, woran er gestorben ist. Am Hinterkopf ist eine Austrittswunde zu erkennen. Der Kopfschuss dürfte sofort tödlich gewesen sein. Alex kennt Thomas zwar nur von Fotos, aber dennoch kann er sofort Entwarnung geben. Bei dem Mann vor ihnen handelt es sich definitiv nicht um Thomas. Aber er kommt ihm trotzdem bekannt vor. Diesen Mann hat er schon einmal gesehen, nur kann er leider nicht einordnen, wo.

Nachdem Alex Entwarnung gegeben hat, leuchtet er noch die anderen Ecken des Raumes ab.

Dieser im Dunklen liegende, längliche Kerker bildet am linken Ende eine kleine Nische. Um alles zu überprüfen, wie er es in seiner polizeilichen Ausbildung gelernt hat, steuert Alex nun darauf zu. Langsam lässt er den Lichtschein über den Boden schweifen.

Jede Menge alter Stricke liegt hier herum. Auch alte Stofffetzen, welche durch die Feuchte hier unten zu schimmeln angefangen haben, kann er erkennen. Anscheinend fühlten sich hier unten besonders Ratten sehr wohl, denn der Stoff sieht ziemlich zernagt aus.

Alex will schon fast wieder umdrehen, um schleunigst aus diesem Rattenloch zu verschwinden, da wird er auf etwas in der hintersten Ecke aufmerksam.

Eiligen Schrittes steuert er auf die schemenhafte Gestalt zu.

„Hey Leute, kommt schnell her!"

„Was ist? Was hast du gefunden?"

„Da ist jemand an einen Sessel gefesselt. Er scheint nicht bei Bewusstsein zu sein."

Natalie ist die Erste an seiner Seite. Kaum nimmt sie die Gestalt wahr, stürmt sie auch schon auf sie zu.

„Daddy, Daddy, wach auf!"

Langsam realisieren auch die anderen, um wen es sich bei der gefesselten Person handelt.

Schnell macht Alex sich an den Handschellen zu schaffen. Thomas ist noch immer nicht bei Bewusstsein, doch am Leben. Natalie kann seinen Puls spüren, zwar nur schwach, aber er ist da.

„Ich laufe schon mal nach oben und rufe den Krankenwagen."

„Wir sollten alle schleunigst hier raus. Schließlich wird sich der Tote nicht selbst erschossen haben."

„Du meinst, es besteht die Gefahr, dass …"

„… der Schütze immer noch hier unten ist, ja. Oder zumindest wird er wiederkommen. Und dann würde ich euch lieber schon weit, weit weg wissen. Ich werde meine Kollegen rufen, die sollen sich darum kümmern."

Die Gruppe inklusive Thomas, der von Natalie und Alex gestützt wird, macht sich auf den Weg nach oben.

Sophie informiert die Gruppe, dass der Krankenwagen in wenigen Minuten da sein wird.

Gerade als sie den Satz zu Ende spricht, ist bereits die Sirene zu vernehmen.

Schnell wird Thomas auf eine Trage gehievt und in den Wagen gebracht.

Seit dem Fund der Leiche hat Maria kein Wort gesagt. Natalie bietet ihrer scheinbar sprachlos gewordenen Mutter an, doch im Krankenwagen mitzufahren, die anderen kämen mit den eigenen Autos nach. Immer noch keinen Ton hervorbringend nimmt Maria neben ihrem Mann im Rettungswagen Platz.

Alex möchte auf seine Kollegen von der Polizei warten. Also steigt Natalie bei Sarah und Sophie in den Wagen.

Kurze Zeit später sind die drei Frauen beim Krankenhaus eingetroffen. Sophie meint, dass es besser sei, wenn sie im Wagen wartet. Sie möchte Thomas und Maria nicht noch mehr aufregen.

Thomas wird sofort in den OP gebracht. Auch Maria wird wieder in ihr Krankenzimmer begleitet. Die Entdeckungen heute haben ihr merklich zu schaffen gemacht, und da sie von ihrer

Operation noch angeschlagen ist, verordnet ihr der zuständige Arzt umgehend Bettruhe. Auch den Geschwistern legt er nahe, nach Hause zu fahren und sich auszuruhen, nachdem sie seit einer geschlagenen Stunde in den Gängen des Krankenhauses auf und ab getigert sind und auf Meldungen von ihrem Vater warten. Nachdem der Arzt versichert hat, dass Thomas nach der erheblichen Medikamentenzufuhr heute bestimmt nicht mehr wach werden würde und er sich melde, sobald es Neuigkeiten gebe, machen sich auch Natalie und Sarah auf den Weg nach Hause. Kurz bevor ihr Wagen in ihre Wohnstraße einbiegt, läutet Natalies Handy.

„Nat, wo ist Laura?"

„Sie wollte in einem Hotel einchecken. Wieso?"

„Wie lange ist das her? Wann hast du sie zuletzt gehört?"

„Kurz bevor wir bei der Fabrik angekommen sind, hat sie mich angerufen und mir mitgeteilt, dass sie zum Ibis-Hotel will, weil sie uns nicht zur Last fallen will." Am anderen Ende der Leitung herrscht Stille. Alex scheint mit den Gedanken meilenweit entfernt.

„Welches Ibis?"

„Alex, was ist hier los?"

„In welches Ibis wollte sie?"

„Wienerstraße, glaube ich. Jetzt sag mir verdammt noch mal, was hier lost ist!"

„Nat, ich glaube, sie könnte in Gefahr sein."

„Was? Wieso? Mein Gott, was soll das alles?"

„Okay, beruhige dich. Ich erzähle dir alles. Die Kollegen von der Spurensicherung waren gerade da. Ich weiß jetzt, warum mir die Lei... der Mann im Keller so bekannt vorkam. Es handelt sich um Herrn Pauer – den Bodyguard von Peter Schwarz."

„Der schon wieder! Langsam geht mir dieser Mistkerl gehörig auf die Nerven."

„Ja, mir auch. Wir können zwar noch nicht sagen, ob Herr Schwarz für den Tod seines Bodyguards verantwortlich ist. Fakt ist aber, dass Pauers letzte SMS an seinen Boss ging. Nur wenige Minuten, bevor wir bei der Fabrik angekommen sind."

„Ach herrje. Dann war der Schuss, den wir von draußen gehört haben, also jener, der Pauers Leben beendet hat."

„Ja, sieht ganz danach aus. Zeitpunkt des Todes würde mit dem übereinstimmen."

„Und was hat das alles mit dem Aufenthaltsort meiner Mutter zu tun?"

„In Pauers SMS, die an Schwarz gerichtet war, stand die Adresse des Ibis-Hotels in der Wienerstraße. Natalie, hör mir genau zu. Ich bin bereits auf dem Weg dorthin. Ein Kollege begleitet mich … Bitte tu mir den Gefallen und warte zu Hause bis …"

„Kommt nicht infrage. Wir sehen uns dort."

„Nein, Nat, bitte, ich …", aber Natalie hatte bereits aufgelegt.

„Sarah, du musst sofort wenden!" Erschrocken von Natalies Aufschrei steigt Sarah aufs Gas. Verwirrt dreht sie sich zu ihrer Schwester um. „Wir müssen zu meiner Mutter – also Laura – Schwarz ist hinter ihr her."

„Was hat Schwarz denn mit deiner Mutter zu schaffen?"

Es wird echt Zeit, dass sich die beiden Schwestern über die jüngsten Ereignisse und Ergebnisse ihrer Nachforschungen austauschen. Natalie hatte noch keine Zeit, Sarah von ihrer Mutter zu erzählen. Und auch über Sophie weiß die jüngere Schwester so gut wie nichts. Doch dafür ist jetzt keine Zeit. Erst gilt es, beide Mütter in Sicherheit zu wissen. Und dann können sie sich gerne bei einem Kaffeekranz austauschen.

„Lange Geschichte – keine Zeit. Ich muss ganz schnell zum Ibis-Hotel in der Wienerstraße."

Ohne weiteres Zögern wendet Sarah den Wagen und steuert auf das besagte Hotel zu. Sie weiß, wo das ist. Es liegt nur drei Straßen von ihrer Wohnung entfernt. Wenn Sarah von ihrer Brieffreundin aus Kindertagen Besuch bekommt, quartiert diese sich dort immer ein. Sarah lässt Natalie vor dem Hotel raus, um dann in Ruhe einen Parkplatz zu suchen.

Ungeduldig, wie Natalie ist, nimmt sie lieber die Treppen, als auf den Lift zu warten. Der Portier war so nett und hat ihr, ohne groß diskutieren zu müssen, die Zimmernummer von Laura verraten. Immer zwei Stufen auf einmal nehmend hetzt Natalie die Treppe hinauf. Im dritten Stock schlägt sie den Weg nach links ein. Sie kommt an Zimmer 301 vorbei, dann 303. Ihre Lungen brennen von dem Sprint die Stufen hoch. Zimmer 305. Sie sollte echt mehr Sport machen. Das Atmen fällt ihr immer schwerer. Zimmer 307. Nur noch wenige Meter. Zimmer 309. Ist Laura wohlauf? Zimmer 311. Hat sie es vor Schwarz hierher geschafft? Zimmer 313. Hoffentlich kommt sie nicht zu spät. Zimmer 315. Wo bleibt eigentlich Alex? Zimmer 317. Endlich. Geschafft. Panisch klopft sie gegen die Türe. Ganz ruhig, Natalie, atme. Tief durchatmen. Laura öffnet verwirrt die Tür. „Schätzchen, was machst du denn hier?" Natalie klärt sie über die Vorkommnisse in der Fabrik auf. Schnell fasst sie die wichtigsten Punkte zusammen, um dann zum Wesentlichen zu kommen. Zu der männlichen Leiche, die gerade eine Nachricht an Schwarz mit der Adresse genau dieses Hotels geschickt hat. „Also los jetzt! Wir müssen von hier weg." Eine längere Überredung ist nicht notwendig. Bei Laura schrillen sofort die Alarmglocken. Leiche – Schwarz – Hoteladresse. Das hat vollkommen ausgereicht, sie in höchste Alarmbereitschaft zu versetzen. Sie weiß, dass sie schleunigst das Weite suchen müssen. Hier sind sie keine Minute länger in Sicherheit. Sie schnappt sich ihre Handtasche von der kleinen Anrichte unter dem Fernseher und folgt Natalie, die sich gerade zum Gehen umwendet – und direkt in Peter Schwarz hineinläuft. Erschrocken weicht sie zurück. Laura schiebt ihre Tochter vorsichtig hinter sich. Schwarz, gefolgt von einem seiner grimmig dreinblickenden Untertanen, tritt in die Raummitte. Natalie hinter Laura steht nun direkt mit dem Rücken zur Wand. Im wahrsten Sinne des Wortes. Mit einem Schlag wird ihr bewusst, dass der Typ, der sie beide so mühelos in Angst und Schrecken setzt, ihr Vater ist. Ist es tatsächlich möglich, dass sie von so jemandem abstammt? Erleichtert stellt sie fest, dass sie nichts von sich selbst in ihm wiedersieht. Sie dankt Gott, dass sie nach ihrer Mutter geraten ist und mit diesem Kerl, abgesehen von der DNA, nichts gemeinsam hat. Seine schwarzen Augen wirken bedrohlich, sein Lächeln teuflisch. Ihr wird schmerzlich bewusst, wie sehr sie Thomas vermisst. Jetzt, wo sie ihren leiblichen Vater direkt vor sich hat – mehr denn je.

„Wohin des Weges, meine Damen?"

„Was willst du, Peter?"

„Hast du es also tatsächlich geschafft, deine Kleine kennenzulernen. Und … nein, ist das nicht rührend? Du hast sogar schon Muttergefühle für sie entwickelt? Wie reizend. Aber du kannst sie nicht beschützen, Laura. Es ist vorbei."

„Bitte, ich kenne Sie doch gar nicht. Was wollen Sie eigentlich?" Natalie kämpft mit den Tränen. Sie will jetzt auf keinen Fall schwach wirken. Sie muss stark sein. Für sich selbst. Für ihre Schwester. Für Laura. Und für Thomas und Maria. Sie will diese Geschichte endlich hinter sich bringen. Will, dass der Spuk endlich ein Ende nimmt.

„Was ich will? Du kleine Göre fragst mich ernsthaft, was ich will? Ich habe bereits alles, was ich will. Ich bin hier, damit das auch so bleibt."

„Er hat Angst, dass die Geschichte rauskommt und sein Ruf ruiniert wird. Aber dafür ist es zu spät. Jeder weiß, dass du ein jämmerliches Arschloch bist und du …"

Natalie schreit auf, als Schwarz ihrer Mutter mit der flachen Hand ins Gesicht schlägt. Laura zeigt sich davon unbeeindruckt. Mit sturem Blick lässt sie Schwarz nicht aus den Augen. Plötzlich hechtet sie auf ihn los, doch sein Bodyguard geht dazwischen. Er dreht Laura mit dem Rücken zu sich, umklammert mit der einen Hand ihre Schultern, die andere versucht, ihre Hände zu greifen. Schwarz tritt mit einem teuflischen Lächeln auf den Lippen vor und greift in Lauras Haarmähne. Er zieht ihren Kopf grob zu sich heran und erhebt ein zweites Mal seine rechte Hand. Natalie nimmt ihren ganzen Mut zusammen und stürzt sich auf ihn. Schwarz ist von der Attacke so überrascht, dass er ins Wanken gerät und von Laura ablässt. Der Bodyguard hält die ältere der beiden Frauen immer noch im Klammergriff. Schwarz' Augen scheinen Funken zu sprühen. Natalie bereut sogleich ihr unüberlegtes Handeln, hat dieses doch den bedrohlichen Typen noch wütender gemacht. Langsam, ein Fuß nach dem anderen setzend weicht sie vor ihm zurück. Sie lässt ihn keine Sekunde aus den Augen, rechnet sie doch jeden Moment mit einer Attacke seinerseits. Nach zwei weiteren Schritten spürt Natalie das Fensterbrett im Rücken. Jetzt gibt es kein Ausweichen mehr. Schwarz kommt immer näher. Je geringer die Distanz zwischen ihm und ihr, desto breiter sein Grinsen. Er hebt die rechte Hand und Natalie wappnet sich für den kommenden Schlag. Dann ein Knall.

„Polizei, Hände weg von dem Mädchen!"

Schwarz lässt langsam die Hand sinken, bis sie auf Schulterhöhe ist, beugt den Arm und hebt den anderen um. Er schenkt Natalie noch einen finsteren Blick und dreht sich dann langsam um.

„Ach sieh an. Wen haben wir denn da? Den Retter in Not."

„Du da, mit dem schwarzen Pullover. Lass die Frau los!" Alex deutet mit seiner Dienstwaffe, welche er seit seinem Eintreten ausgestreckt vor sich hält, auf den Typen, der Laura umklammert. Langsam öffnet dieser die Umarmung und hebt ebenfalls die Hände. Laura ist mit zwei Sätzen bei Natalie und nimmt sie in die Arme. Schwarz' Wut steigt ins Unermessliche. Wie kann es dieser Wichser wagen, bei einer Familienangelegenheit zu stören?

Alex dirigiert Schwarz neben seinen Kumpel ins gegenüberliegende Eck des Zimmers. Eine größere Distanz zwischen den beiden und den Damen lässt der Raum leider nicht zu. Wo bleibt denn nur die Verstärkung?

„Und was jetzt, du Anfängerbulle?"

„Halt die Klappe."

„Ist das die offizielle Dienstsprache, Herr Kriminalbeamter?"

„Schnauze, hab ich gesagt."

„Ich hoffe, das gibt einen netten Belohnungsfick für die Rettung der beiden Damen. Von welcher der beiden Schlampen, ist nur die Frage." Das reicht. Alex kann über diese Provokation nicht mehr hinwegsehen. Er steckt seine Pistole in den Hosenbund und hechtet mit erhobenen Fäusten auf Schwarz los. „Alex, nein! Du machst alles nur noch schlimmer!" Natalie will Alex von Schwarz zerren, doch Laura hält sie fest. Jetzt kann Natalie ihre Tränen nicht mehr zurückhalten. Alex ist gerade dabei, Schwarz den zweiten Fausthieb zu verpassen, als die Tür erneut aufgestoßen wird. Ein Mann in Polizeiuniform stürmt ins Zimmer, reagiert blitzschnell und trennt Alex von Schwarz.

„Das gibt eine saftige Anzeige, du Bullenschwein. Ich hoffe, das ist dir klar." Schwarz wischt mit seinem Ärmel über die blutende Unterlippe. Seine Schläfe hat auch etwas abgekriegt. Er spuckt das Blut auf den Boden und starrt Alex erbost an.

„Sie zeigen mich an? Bevor oder nachdem Sie wegen Mordes an Pauer gesessen haben?"

„Pauer wurde ermordet? Scheiße. Wann? Wo?" Schwarz ist sichtlich erstaunt. Er scheint von alldem nichts zu wissen. Oder er ist ein verdammt guter Schauspieler. Der Typ im schwarzen Pullover sieht betroffen zu Boden. Alex weiß nicht, ob er sich das einbildet oder die Wangen des Typen tatsächlich ein wenig nass werden. Alex' Kollege schaltet sich nun ein.

„Herr Schwarz, wollen Sie damit sagen, Sie hätten nichts mit dem Tod von Herrn Pauer zu tun?"

„Scheiße, nein. Natürlich nicht."

„Wissen Sie, was er heute vorhatte?"

„Heute hatte er frei. Ich habe ihn weder gehört noch gesehen."

„Wann hatten Sie das letzte Mal Kontakt zu ihm?"

„Was soll das jetzt werden? Ein Verhör? Ich habe mit dieser beschissenen Sache nichts zu schaffen, und wenn die Herren mich jetzt entschuldigen würden, ich habe noch zu tun."

„Bitte beantworten Sie meine Frage. Andernfalls können wir das auch gerne auf der Wache klären."

„Gestern. Er hat bis 18 Uhr für mich gearbeitet. Mich zu einem Kundentermin begleitet, wenn Sie es genau wissen möchten. Dann brachten er und mein Fahrer mich nach Hause und das war's."

„Und er hat ausschließlich für Sie gearbeitet?"

„Ja, er … oh Scheiße, nein. Diese Schlampe. Diese verfluchte Schlampe!"

„Herr Schwarz, bitte klären Sie uns auf."

„Ich wusste es. Verdammte Scheiße. Ich wusste, dass mir diese Schlampe nur Ärger macht."

„Wer denn?"

„Und jetzt hat sie einen meiner Mitarbeiter gekillt? Scheiße noch mal."

„Herr Schwarz, wer hat Herrn Pauer ermordet?"

„Sicher wissen kann ich es nicht. Aber es ist ihr auf alle Fälle zuzutrauen. Die hat echt Nerven, die Alte. Wer ersetzt mir jetzt meinen Bodyguard?"

„Wer hat Nerven? Von wem reden Sie eigentlich?"

„Na, von Elli. Hättest ihr das nicht zugetraut, was Kleine? Dass deine Alte so etwas drauf hat." Verwirrt blicken sich Alex und Laura an. Von wem zum Teufel spricht Schwarz da? Elli? Natalie kennt keine Elli. Wieso geht er davon aus, dass sie die Person kennt? Oder war sie gar nicht gemeint? Aber er hat ihr doch direkt in die Augen geblickt, als er das sagte. Leider weigert sich Schwarz weiterzureden und beharrt auf seinem Anwalt. Alex' Kollege nimmt ihn mit auf die Wache. Der Typ im schwarzen Pullover verlässt mit den beiden den Raum.

Nachdem Alex seine aufgeschürften Fingerknöchel gereinigt hat, machen er und Natalie sich auf den Weg. Laura besteht darauf, hier im Hotel zu bleiben. Jetzt dürfte ja keine unmittelbare Gefahr mehr herrschen. Alex versichert ihr, Bescheid zu geben, wenn er etwas Neues von Schwarz erfährt.

Ein Blick von Natalie genügt und Alex weiß, dass sie heute Nacht nicht alleine bleiben möchte. Und nichts liegt ihm ferner, als sie heute, nach all den erschreckenden Geschehnissen, alleine zu lassen. Wortlos streift er sich Pullover und Jeans ab und legt sich neben sie ins Bett. Vorsichtig zieht er sie an sich und streicht ihr durch das Haar. Natalie genießt diese Berührung, fühlt sich beschützt in seinen Armen und versucht, Alex' Körperwärme in sich aufzusaugen. Dennoch bricht sie unmittelbar nach seiner Berührung in Tränen aus. Der Tag heute war einfach zu viel für sie. Und Weinen war schon immer ihr Ventil, um alles rauszulassen.

Ganz im Gegensatz zu ihrer Schwester. Sogar für Natalie ist es manchmal sehr schwer festzustellen, was in Sarah vor sich geht. Wenn es ihr nicht gut geht, dann verfällt sie oft in eine Art Schockstarre. Natalie hat sich schon unzählige Male gefragt, was dann in ihrer Schwester vorgeht, wenn sie abwesend vor sich hinstarrt, keine Miene verzieht und so weit weg scheint.

Jetzt ist es an Sophie, sich das zu fragen. Zwar hat auch sie ihre Probleme damit, Gefühle zu zeigen, doch jetzt weiß sie genau, was sie fühlt, nämlich Besorgnis. Sie macht sich tatsächlich Sorgen um das zarte Mädchen mit den blonden, langen Haaren, den ihren gleich. Kann es wirklich sein, dass eine Mutter ihren Kindern immer verbunden ist, auch wenn sie sie eigentlich gar nicht kennt? Als Sarah vor einigen Stunden in ihrem Leben aufgetaucht ist, hätte sie nie gedacht, dass sie so schnell und vor allem so viel für ihre Tochter empfinden könnte. Natürlich hat sie ihre Tochter ihr ganzes Leben lang geliebt und kein Tag ist vergangen, ohne dass Sophie an sie gedacht hat. Doch Sarah jetzt so vor sich zu sehen … Sie hätte nie auch nur ahnen können, was sie für dieses Lebewesen, welches sie vor über 20 Jahren als kleines Bündel in ihren Armen gehalten hatte, empfinden würde. Umso mehr schmerzt es, sie jetzt in dieser Lage zu sehen.

So gerne möchte sie ihr helfen – aber wie? Plötzlich verspürt sie eine tiefe Wut auf alles und jeden, der sie in diese Situation gebracht hat. Aber auch Neid keimt in ihr auf, denn Maria wüsste bestimmt, wie sie ihrer Tochter beistehen könnte, ohne sie zu bedrängen. Doch Maria ist der falsche Ansprechpartner. Zu viele Ungereimtheiten gibt es in diesem Fall. Und ein Gefühl tief in ihrem Inneren sagt ihr, dass es mit Maria zu tun hat. Doch kann sie Sarah das sagen? Beweise hat sie schließlich keine. Und ihre Intuition könnte womöglich durch ihre eigenen Erfahrungen mit Maria getrübt sein. Nur weil sie damals schuldig war, heißt das doch nicht, dass sie auch hinter jedem anderen Problem steckt. Oder?

Aber nur tatenlos herumstehen, das kann sie auch nicht.

„Hör zu, Sarah, es tut mir leid für dich, was du heute sehen musstest. Aber wir sollten darüber reden. Noch einmal alles beleuchten. Ich glaube, wir haben dort unten etwas Wichtiges übersehen, und ich befürchte …"

„Stopp! Tut mir leid. Ich will davon heute nichts mehr hören. Ich möchte einfach nur noch in einen hoffentlich traumlosen Schlaf fallen."

„Natürlich, es tut mir leid."

„Du kannst gerne auf dem Sofa schlafen, wenn das okay für dich ist."

„Klar, danke. Und morgen versuchen wir, das alles endlich aus der Welt zu schaffen."

„Ich hoffe es …"

„Schlaf gut. Und ich möchte dir nur sagen … auch wenn die Situation, der wir das zu verdanken haben, so tragisch ist … dass ich … ich … ich bin froh, dass ich dich wiedersehen konnte."

„Danke. Ich bin auch froh, jetzt die Wahrheit zu kennen und dich gefunden zu haben. Gute Nacht."

Sophie erwidert dies und geht Richtung Wohnzimmer. Sie hätte ihre Tochter jetzt furchtbar gerne in die Arme geschlossen. Es war ihr ein großes Anliegen, ihr das zu sagen, und dass Sarah das genauso sieht, ist unglaublich. Ihr fällt ein Stein vom Herzen. Sophie hofft, dass sie das alles bald klären und dann in eine gemeinsame Zukunft blicken können. Nie wieder möchte sie so lange von ihrer Tochter getrennt sein. Hoffentlich ist Michael damit einverstanden, wieder zurück in die Stadt zu ziehen. Aber ihre Tochter so weit weg zu wissen, der Gedanke gefällt ihr überhaupt nicht.

Das Ende

Sarah wacht mitten in der Nacht schweißgebadet auf. Ein Blick auf die Uhr verrät ihr, dass es gerade mal halb drei morgens ist. Sie erinnert sich nicht daran, was sie geträumt hat. Aber sie glaubt auch nicht, durch den Traum selbst aufgewacht zu sein. Es war eher ein plötzliches Unwohlsein. Auch das trifft es nicht recht. Es war eine Art Eingebung. Das Gefühl, dass etwas gar nicht stimmt, ließ sie so plötzlich hochschrecken. Sarah überlegt kurz, ob sie sich einfach wieder hinlegen und versuchen sollte, weiterzuschlafen. Doch das Gefühl, dass etwas Schreckliches passiert ist, lässt sie nicht wieder zur Ruhe kommen. Sie verlässt ihr Zimmer und klopft zaghaft an Natalies Türe. Kein Mucks ist dahinter zu hören. Sie dreht wieder um, doch bevor sie ihr Zimmer erreicht, überlegt sie es sich doch wieder anders. Ihr Unwohlsein muss einen Grund haben. Und nach den Geschehnissen der letzten Tage möchte sie diesen Impuls sicherheitshalber nicht unterdrücken. Sie klopft also noch einmal. Diesmal ein wenig lauter. Wenige Sekunden später kommt Natalie aus dem Zimmer.

„Spinnst du? Weißt du, wie spät es ist?" Sophie, durch das Stimmengewirr geweckt, ist mittlerweile auch auf den Beinen und neben den Mädchen.

„Was ist los?"

„Ja, das möchte ich auch gerne wissen. Sarah, was soll das alles? Mitten in der Nacht?"

Sarah, plötzlich nicht mehr so sicher, dass das eine gute Idee war, antwortet zaghaft: „Es tut mir leid, euch geweckt zu haben. Ich habe nur so ein komisches Gefühl. So stark, dass ich davon wach wurde. Ich glaube, irgendetwas stimmt nicht."

„Meinst du mit Papa oder Mama?"

„Ja – nein – keine Ahnung. Ich nehme mal an. Da ist dieses Gefühl und der Impuls, irgendetwas tun zu müssen, weil sonst etwas Schlimmes passiert."

Sophie streichelt ihr sacht über den Rücken und versucht, Sarah zu beruhigen. „Schätzchen, du hast bestimmt nur schlecht geträumt."

„War es ein schlechter Traum?"

„Keine Ahnung, Natalie. Ich glaube nicht. Es fühlt sich eher an wie eine Vorahnung. Es ist wie Intuition. Aber vielleicht leide ich auch langsam unter Verfolgungswahn. Eine Mutter, die keine ist, eine tot geglaubte Mutter, die noch lebt. Ich glaube, ich bin einfach nur verrückt." Natalie sieht ihrer Schwester an, wie dieser das Ganze zu schaffen macht. Ihre große Schwester war immer für sie da und hat sie unterstützt, auch bei ihren Hirngespinsten. Daher sieht Natalie es jetzt als ihre Aufgabe, ihrer Schwester einmal etwas zurückzugeben. Und aus Erfahrung wusste sie, dass Sarahs Intuitionen schon oft der Wahrheit entsprachen. Und munter waren sie jetzt sowieso schon. Also was soll's.

„Kommt, zieht euch an, wir fahren ins Krankenhaus."

„Was, mitten in der Nacht? Hör zu, wahrscheinlich war es wirklich nur ein Traum. Wir gehen einfach wieder alle ins Bett. Es wird reichen, wenn wir morgen früh dort auftauchen. Tut mir leid, wenn ich euch alle wahnsinnig gemacht habe."

„So ein Quatsch! Ich kenne dich. Du wirst jetzt bestimmt kein Auge zumachen. Und ich bestimmt auch nicht. Ich kenne dich und deine Intuitionen und die liegen nur selten falsch. Ich würde mich wohler fühlen, wenn wir einfach hinfahren und nach dem Rechten sehen. Dann geht es uns allen besser und wir können schlafen."

Sarah schenkt ihrer kleinen Schwester ein dankbares Lächeln. Und sie weiß, auch wenn sie keine leiblichen Schwestern sind, dieses Band kann niemand mehr trennen. Sie hat ein schlechtes Gewissen, dass sie einmal daran gezweifelt hat. Sie sind und bleiben Schwestern, beste Freundinnen, Seelenverwandte. Und jetzt, wo sie wissen, nicht blutsverwandt zu sein, zählte da dieses Verhältnis nicht noch viel mehr?

Nachdem Natalie den schlafenden Mann in ihrem Bett geweckt hat, rufen sich die vier ein Taxi zum Krankenhaus. Alex schlief wirklich wie ein Stein. Er hat von all dem nichts mit bekommen. Im Krankenhaus angekommen, sehen die vier zuerst nach Maria. Doch das Bett ist leer. Schon wieder. Sie warten einen Augenblick, da sie davon ausgehen, dass sie nur kurz zur Toilette gegangen ist. Doch als sie nach fünf Minuten immer noch nicht zurück ist, suchen sie das Schwesternzimmer auf. Sie sind zu müde, um sich weiter zu gedulden. Und sie haben die letzten Tage zu viel erlebt, um nicht davon auszugehen, dass etwas Schreckliches passiert sein könnte. Die diensthabende Schwester sitzt auf ihrem Schaukelstuhl, dem Fernseher zugedreht, wo gerade die Wiederholung der Spieleshow des Vorabends läuft. „Wo ist meine Mutter?!", schreit Natalie direkt neben ihr. Die Schwester springt auf, beäugt ihre Umgebung, um sich zu orientieren, und mustert dann die Besucher.

„Meine Mutter ist nicht in ihrem Zimmer!"

„Oh, ähm, ich weiß nicht. Gehen wir einmal nachsehen."

Sie folgen der Schwester wieder zurück in das Zimmer mit dem leeren Krankenbett. „Nun ja. Vielleicht ist sie bei ihrem Ehemann. Wir haben oft Paare hier, die keine Nacht ohne einander aushalten und sich dann in das Zimmer des anderen schleichen. Ich finde das ja so süß. So etwas fehlt der heutigen Welt. Alle lassen sich scheiden und keiner …"

„Okay, danke." Die vier besteigen den Lift und fahren das eine Stockwerk tiefer. Sie folgen dem Gang entlang, vorbei am Schwesternschalter dieser Station. Hier dürfte das Personal die Aufsichtspflicht ernster nehmen, denn die Schwester sitzt brav an ihrem Platz. Munter.

„Tut mir leid, es ist jetzt keine Besuchszeit."

„Ja, das wissen wir, wir wollen nur kurz sehen, ob alles in Ordnung ist. Wir waren eben bei unserer Mutter. Und die ist verschwunden. Und die andere Schwester meinte, sie sei vielleicht hier."

Die Krankenschwester scheint die Sorge den beiden Mädchen anzusehen, denn sie macht eine Ausnahme und lässt die vier passieren. Zwei Minuten hätten sie mit ihrem Vater, dann sollten sie bitte wieder die Station verlassen, bevor der diensthabende Arzt noch draufkommt, dass die Schwester hier einfach Besucher hineinlässt. Die Mädchen versprechen, gleich wieder zurück zu sein, lächeln die Dame freundlich an und gehen den Gang hinunter zu Thomas' Krankenzimmer. Den Anblick, der sich ihnen bietet, als sie um die Ecke kommen, werden sie wohl nie vergessen. Sie hören Bruchstücke der Sätze ihrer Mutter. Dann geht alles sehr schnell. Verwunderung. Verzweifelte Blicke. Dann der ohrenbetäubende Schuss. Stille. Und dann nicht enden wollendes Stimmengewirr. Leute, die auf die beiden Mädchen einreden. Wenige bekannte Gesichter dazwischen. Ihre Körper fühlen sich wie betäubt an. Sie wissen nicht mehr, wo oben und unten ist, können nicht realisieren, was sie eben beobachten mussten.

Drei Monate später

„Ich verstehe nicht, warum du das tun möchtest."

„Ich weiß es auch nicht so genau. Aber es belastet mich schon seit Tagen. Und ich hoffe, dass mir durch dieses Treffen die noch offenen Fragen beantwortet werden und dass ich endlich mal wieder eine Nacht durchschlafen kann."

Natalie kann ihre große Schwester nur sehr schwer verstehen. Ihr würde nicht im Traum einfallen, der Frau gegenüberzutreten, die ihr das alles angetan hat. Doch Sarah erhofft sich durch den Besuch bei Maria Erlösung. Sie hat die letzten Wochen sehr darunter gelitten. Sarah war schon immer diejenige von den beiden Schwestern gewesen, die weniger nachtragend war. Sie konnte sehr schnell verzeihen und sah über Kleinigkeiten hinweg, die Natalie schon einen Streit vom Zaun brechen ließen. Vor allem wenn Sarah einen Menschen ins Herz geschlossen hatte, ließ sie denjenigen nicht mehr so leicht gehen. Es dauerte zwar eine Ewigkeit, bis sie jemanden an sich heranließ, doch dann war der Mensch in ihrem Herzen. Und es musste schon vieles passieren, um da wieder hinausbefördert zu werden. Doch selbst Sarah musste sich eingestehen, dass Marias Verhalten kein Kavaliersdelikt war. Es hat ihre ganze Welt auf den Kopf gestellt. Doch deswegen all die Jahre streichen, in denen sie für ihre Kinder nur das Beste wollte? Das fällt Sarah nach wie vor schwer. Ganz im Gegensatz zu ihrer Schwester. Natalie konnte sehr schnell Freundschaften schließen und ihr fiel es auch um einiges leichter, ihr Herz zu verschenken, was man bei Alex gesehen hat. Sie kannte ihn nur wenige Tage und schon war sie Feuer und Flamme für ihn. Aber gut war es. Sie sind seitdem zusammen und schweben immer noch auf Wolke sieben. Doch wenn Natalie einmal enttäuscht wird, fällt es ihr sehr schwer, wieder Vertrauen in denjenigen zu fassen. Natalie ist sehr nachtragend und merkt sich jedes noch so kleine Vergehen. Und sie zögert auch nicht, das demjenigen dann jahrelang vorzuhalten. Für sie ist klar, dass sie Maria nie wieder sehen möchte. Sie kann ihr nicht verzeihen, ihr ganzes Leben lang angelogen worden zu sein. Maria hat Natalie ihre leibliche Mutter vorenthalten. Sie hat Leute verletzt, körperlich und seelisch, und sie würde ihr nie verzeihen können, was sie Thomas angetan hat. Doch Natalie liebt ihre Schwester und respektiert ihre Entscheidung. Und ja, sie bezeichnen sich immer noch als Schwestern. Die Vorkommnisse der letzten Monate konnten daran Gott sei Dank nicht rütteln. Ihr Verhältnis wurde dadurch nur noch stärker. Sie wissen, was sie aneinander haben. Die Schwestern sind sich immer beigestanden, sie geben sich den größten Halt im Leben und daran wird sich auch in Zukunft nichts ändern. Die eine weiß, dass sie ohne die andere nicht kann und möchte. Sie gehören einfach zusammen. Jeder, auch wenn er sie zum ersten Mal sieht, kann diese tiefe Verbindung spüren. Zwei Seelen in einem Körper, so hat Aristoteles zu seiner Zeit Freundschaft definiert. Und genau das trifft auf Sarah und Natalie zu. Den beiden tat es ungemein leid, an dieser starken Verbundenheit – wenn auch nur ganz kurz – gezweifelt zu haben. Sie sind und bleiben Schwestern. Schwestern im Geiste, Seelenverwandte, ihre Herzen untrennbar miteinander verbunden.

Doch diesen Besuch muss Sarah jetzt dennoch alleine meistern. Sie stellt ihren Wagen am Besucherparkplatz ab, geht durch die Sicherheitskontrollen und wird in den Besucherraum geführt. Eine Dame, sie wirkt ausgesprochen jung, führt Maria zu ihr an den Tisch. Die junge Frau lächelt Sarah aufmunternd zu. Diese hat den größten Respekt vor der Angestellten. In diesem jungen Alter sich schon so eine Bürde aufzuhalsen, ist wirklich bewundernswert. Vielleicht ein wenig dumm, aber Hut ab vor jedem, der es schafft, in so einer Anstalt zu arbeiten. Maria sieht abgemagert aus und wirkt um Jahre gealtert. Der cremefarbene Hausanzug hängt schlaff an ihr herab. Maria war nie eine Frau, die sich gehen ließ. Sie war stets top gekleidet und sah immer gepflegt aus. Doch die Gestalt, die Sarah jetzt gegenübersitzt, ist das genaue Gegenteil. Aber das ist wahrscheinlich normal in diesen Gemäuern. „Hallo mein Schatz. Wie geht's dir? Wo ist deine Schwester?"

„Sie ist nicht mitgekommen."

„Och, wie schade. Hat sie denn schon etwas vorgehabt?"

„Nein Mam… Maria … sie will dich einfach nicht sehen!"
Sarah spürt Wut in sich aufkommen. Wie kann Maria nur so tun, als wäre nichts geschehen? Sie bereut es, hierhergekommen zu sein. Natalie hatte recht. Das ist nicht mehr die Frau, die sie großgezogen hat. Sie möchte diesen Besuch nur noch so schnell als möglich hinter sich bringen.
„Alles okay, Schätzchen?"
„Nenn mich nicht so. Du hast dir jedes Recht darauf verspielt. Ich bin nur gekommen, um Antworten auf meine noch offenen Fragen zu erhalten." Sarah atmet tief durch. Sie versucht, wieder zur Ruhe zu kommen, und fokussiert, warum sie gekommen ist. Los, Sarah, einfach geradeheraus.
„Warum habt ihr uns verschwiegen, dass wir adoptiert sind? Warum hast du Sophie all das damals angetan? Und warum hast du meinen Vater so gequält?"
Maria ist das pure Entsetzen ins Gesicht geschrieben. Noch nie hat eine ihrer Töchter so mit ihr gesprochen. Sie weiß nicht, was schmerzhafter ist – die Worte selbst oder der Ton, den Sarah dabei anschlägt. Ihre ältere Tochter wirkt so abweisend, so hart. Es bricht ihr das Herz. Diese Kälte, die ihr entgegenschlägt, lässt sie am ganzen Körper zittern. Tränen steigen in ihr auf, doch sie versucht, dagegen anzukämpfen. Ihr kleines Baby darf sie doch nicht weinen sehen. Sarah braucht sie.
„Ich konnte doch nicht zulassen, dass ihr mir weggenommen werdet. Diese Frauen waren der Teufel. Es waren alles nur Tests, ob ich eurer würdig bin. Und ich habe sie bestanden. Ich habe für euch gekämpft, alles gegeben. Ich habe gegen den Teufel gewonnen und die Belohnung war, dass ihr drei bei mir bleibt. Sie wollten euch wieder, doch ihr gehört zu mir. Und Thomas gehört auch zu mir. Er liebt und braucht mich. Ich musste für euch da sein. Ihr seid doch alles, was ich habe, meine drei Lieblinge."
Wer ist diese Frau? Maria wirkt wie in Trance. Sarah erkennt ihre Mutter nicht wieder. Sie möchte nur noch hier weg. Als sich Sarah erhebt, ergreift Maria ihr Handgelenk. Sarah wehrt sich gegen die Umklammerung und versucht, sich herauszuwinden. Wenige Sekunden später ist bereits das Personal zur Stelle und

hält Maria zurück. „Der Teufel hat Besitz von dir ergriffen! Du bist wie deine Mutter. Eine Schlampe. Hörst du?"

„Nein, du bist hier die Besessene. Es tut mir leid, dass ich das nicht schon früher erkannt habe." Maria fängt an, nach ihr zu treten, beginnt zu schreien und zu fluchen. Sarah ist schon fast bei der Tür draußen, als sie sich noch einmal umdreht und sagt: „Warum müssen Leute sterben, die es nicht verdient haben? Und Leute wie du überleben sogar eine Kugel in den Kopf."

Draußen auf dem Parkplatz bricht Sarah zusammen. An ihr Auto gelehnt lässt sie sich zu Boden sinken und kann die Tränen nicht mehr aufhalten. Sie lässt sich ein paar Minuten einfach gehen. Lässt alles raus, was sich die letzten Monate in ihr angestaut hat. Als keine Tränen mehr zu kommen scheinen, versucht sie, ihre Atmung wieder zu kontrollieren. Einatmen – ausatmen – ein – aus. Sie steht auf, setzt sich in den Wagen, sieht in den Spiegel. Ein Gutes hatte das Gespräch. Sie sieht jetzt ein, dass sie nach vorne sehen muss und die Vergangenheit hinter sich lassen. Jetzt zählt nur noch die Zukunft.

Drei Monate vorher

Natalie und Sarah werden getrennt zu den Vorkommnissen befragt. Sie sitzen nun schon seit Stunden im Schwesternzimmer und erzählen ihre Geschichte nun schon zum gefühlten 100. Mal verschiedenen Polizeibeamten.

Als Natalie und Sarah an der Türe zu Thomas' Krankenzimmer ankommen, sehen sie Maria vor dem Bett stehen. Sie trägt ihren Bademantel, die Kaninchenhausschuhe, die sie von ihren Töchtern zum Muttertag geschenkt bekommen hat, und eine Waffe. Die Waffe ist auf den im Schock erstarrten Thomas gerichtet. Die Mädchen hören gerade noch, wie Maria zu Thomas sagt: „… alles gegeben, habe alles für dich getan. Und so dankst du mir. Du schleppst eine Schlampe nach der anderen an und vertreibst unsere Töchter." Maria schreckt zusammen, als sie jemanden schwer seufzen hört, und blickt zur Türe. Dort stehen ihre zwei Mädchen, ihr ganzer Lebensinhalt. Verwirrt blickt sie zwischen Thomas und den Mädchen hin und her, die Waffe immer noch direkt auf ihren Mann gerichtet. Die Schwestern sind unfähig, auch nur ein Wort herauszubringen, blicken zwischen ihren Eltern und der Waffe hin und her. Das darf alles einfach nicht wahr sein! Das kann gerade nicht wirklich geschehen. Sie fühlen sich wie in einem falschen, bösen Traum, nur dass sie nicht aufzuwachen scheinen. Marias Gesichtsausdruck ändert sich plötzlich. Etwas Bösartiges, Entschlossenes tritt an die Stelle des Erstaunens. *„Er hat euch direkt in die Arme des Teufels getrieben. Ihr habt mich verraten."* Maria richtet die Waffe auf sich und drückt ab. Sie sackt zusammen und die Waffe gleitet ihr aus der Hand. Natalie hält sich die Hände vor das Gesicht. Sarah zieht ihre Schwester in ihre Arme. Ihr Blick ist auf die am Boden liegende, leblose Gestalt ihrer Mutter gerichtet. Einem inneren Impuls folgend tritt Sarah die Pistole ein Stückchen weg von ihrer Mutter. Thomas hat sich inzwischen aufgerichtet und humpelt auf seine Töchter zu. Nimmt sie in die Arme. Natalie kann ihr Schluchzen nicht mehr unterdrücken. Von draußen sind Schritte zu hören. Es klingt, als würde eine ganze Horde auf sie zukommen. Einige reden durcheinander, rufen nach der Polizei. Doch Thomas und seine Mädchen nehmen das alles nur am Rande wahr. Sie stehen zu dritt da und liegen sich in den Armen. Es kommt ihnen vor, als wären sie in einer Art Parallelwelt. Die Geräusche ihrer Umwelt kommen nur sehr dumpf bei ihnen an. Erst als die Polizei eintrifft und die drei in das Schwesternzimmer führt, erwachen sie langsam wieder zum Leben, verlassen ihre sichere Blase, die sie zu umhüllen scheint.

Die Polizisten haben Nachsicht mit den Mädchen und schicken sie nach Hause. Auch Thomas wurde befragt und hat zu Protokoll gegeben, dass er Maria schon einige Male über den Teufel sprechen hörte. Maria wuchs religiös auf, und da sie früh auf sich alleine gestellt war, klammerte sie sich an jeden, der ihr Hoffnung und Liebe schenkte. Wenn ihr etwas außer Kontrolle zu geraten schien, dann hat sie dies dem Teufel zugeschoben. Thomas tat das damals als ihre religiöse Einstellung ab. Doch als er dann fremdging, hat er Marias dunkle Seite nur zur Genüge kennengelernt. Nach all den Vorkommnissen, auch mit Sophie, hat er sich geschworen, dass seine Töchter nie mit dieser Seite konfrontiert werden dürften. Er hat jede Konfrontation zu Hause vermieden, ist den Mädchen so gut es ging fern geblieben, da Maria auch auf ihn eifersüchtig war, wenn sie das Gefühl hatte, die Mädchen würden ihn lieber mögen als sie. Doch was die letzten Tage passiert ist, ist für ihn schier unglaublich. Dass Marias Wahn so außer Kontrolle geraten könnte, hätte er nie gedacht.

Die Polizisten schließen den Fall ab, da sich auf Marias Pistole nur ihre Fingerabdrücke befinden und die drei Zeugenaussagen übereinstimmen. Thomas muss die Nacht noch im Krankenhaus verbringen, da seine Brüche immer noch nicht verheilt sind und die Aufregung der Genesung geschadet haben könnte. Die Mädchen lassen sich von Alex nach Hause fahren, kuscheln sich gemeinsam in Sarahs Bett und fallen bald in den Schlaf.

Am nächsten Tag erfahren sie, dass Maria die Notoperation überlebt hat. Trotz des versuchten Selbstmordes und der Kugel im Kopf hat sie anscheinend noch einen Funken Überlebenswillen in sich. So sagen zumindest die Ärzte, denn sonst hätte sie den Schuss nie überlebt. Es dauert einige Wochen, bis Maria aus dem Krankenhaus entlassen wird. Dann geht es für sie direkt in eine geschlossene Anstalt. Nachdem sie auch die Ärzte und Krankenhelfer angebrüllt hatte, gab es keinen Zweifel mehr an Thomas' Geschichte.

Im Hier und Jetzt

Sarah ist der Besuch bei Maria noch gut in Erinnerung. So schnell wird sie sich dort nicht mehr blicken lassen. Wenn sie es überhaupt noch einmal tut. Denn für den Moment hat sie damit abgeschlossen. Nur so ist es möglich, die Zukunft zu genießen. Die letzte offene Frage konnte ihr Alex vor einigen Tagen beantworten. Die Schwestern rätselten ebenso wie Thomas, woher Maria Herrn Schwarz kenne. Natürlich kannte sie die Firma durch Siegfried, Thomas' Vater, der dort gearbeitet hat. Doch was nicht einmal Thomas wusste, war, dass er Natalie nicht nur Siegfried zu verdanken hat. Ausschlaggebend dafür, dass Natalie bei ihnen landete, war damals nämlich Maria.

Peter Schwarz und Mariella, von allen liebevoll Ella genannt, wuchsen im gleichen Dorf auf. Als Ella ungefähr 15 war, hatte sie ein Verhältnis mit dem deutlich älteren Peter. Er hat sie, wie alle seine Liebschaften, damals einfach stehen lassen und Ella sann auf Rache. Nachdem sie Thomas einige Wochen später kennengelernt hatte – da nannte sie sich schon Maria, weil sie mit der jungen, naiven Ella nichts mehr gemein haben mochte –, hatte sie dies jedoch fürs Erste einmal vergessen. Zufällig traf sie durch Siegfried dann Jahre später wieder auf Peter. Es war zu der Zeit, als Thomas und Maria verzweifelt versucht haben, ein Kind zu bekommen. Maria erpresste Peter damit, ihn wegen Sex mit einer Minderjährigen anzuzeigen, wenn er sie nicht schwängern würde. Da Herr Schwarz immer schon in erster Linie an seinen Ruf dachte und er Maria nach wie vor nicht abgeneigt war, ging er darauf ein. Gleichzeitig hatte er jedoch die Affäre mit Laura, die, anders als Maria, tatsächlich schwanger wurde. Maria war so verzweifelt, dass sie damals den Deal mit der Adoption vorschlug. So kam sie schließlich doch noch zu ihrer eigenen kleinen Familie. Und Schwarz kam das alles natürlich sehr gelegen. Da Laura sich gegen eine Abtreibung vehement wehrte, konnte er sie immerhin zu dieser Adoption überreden.

Nach diesem Handel hatte Maria zweierlei gegen Peter Schwarz in der Hand. Und als die Zeit reif war, nämlich als die beiden Schwestern über ihre Adoptionen Bescheid wussten, hat sie einen Gefallen von Peter eingefordert, den dieser natürlich nicht abschlagen konnte. Und so kam eines zum anderen. Anfangs war Schwarz ebenso erpicht darauf, die Schwestern an der Aufklärung zu hindern. Deswegen schickte er seine Gefolgsleute auf Bitte von Maria, um Thomas zu entführen. Die Idee, Natalies Papiere im Jugendamt zu stehlen, stammte ebenfalls von Maria, auch wenn Schwarz den Auftrag dazu gab. Dass dabei Leute zu Schaden kamen, das wollte er natürlich nie – und das beteuert er bis heute. Nur der Besuch bei Laura ging ganz allein von ihm aus. Er hatte nie vor, ihr wehzutun. Er wollte sie lediglich bestechen – mal wieder. Doch als er merkte, dass Laura mittlerweile fest entschlossen war, ihre Tochter kennenzulernen, zog er sich zurück. Der Besuch im Hotel war nur ein weiterer Versuch, die beiden für das Stillschweigen zu bestechen. Das konnte sogar bewiesen werden. Denn als Schwarz den Polizisten auf das Revier begleitete, hatte er einen Aktenkoffer mit Bündeln von Hunderteuroscheinen dabei. Leider hatte man außer Bestechung gegen Schwarz nichts Stichhaltiges in der Hand. Laura verzichtete auf eine Anzeige wegen Körperverletzung, nachdem sie das Versprechen von ihm bekommen hatte, ihn nie wieder sehen zu müssen. Pauers Ermordung hatte ihn wirklich überrascht. Auch hatte er für diesen Zeitpunkt ein wasserdichtes Alibi. Die Polizei ist sicher, dass dieser Mord wirklich auf Marias oder – wie Schwarz sie genannt hat – Ellas Konto geht. Thomas konnte ja auch bestätigen, dass Maria ihn in diesem dreckigen Keller gefangen hielt. Maria sitzt in der geschlossenen Anstalt – ihre Aussage gegen Schwarz ist somit wenig glaubhaft. Außerdem ist das erste Delikt längst verjährt und für seine Mithilfe bei Thomas' Entführung fehlen jegliche Beweise.

Die Mädchen haben sich wieder im Alltag eingerichtet und es ist Ruhe in ihr Leben gekehrt. Natalie hat in Alex den Mann fürs Leben gefunden. Er gab ihr in dieser schwierigen Zeit Halt, gab ihr den starken Rückhalt, den sie brauchte. Sie sind immer noch frisch verliebt und glücklich. In zwei Wochen starten sie ihre Amerika-Rundreise. Mit Rucksack und Mietwagen wollen sie den Western erkunden und ihre Liebe leben. Sarah möchte mit Andreas auch einen Neustart wagen. Durch die Vorkommnisse der letzten Monate hat sie ihn vernachlässigt. Doch als gute Seele, die er ist, hat er ihr die Zeit gegeben, die sie brauchte. Jetzt wollen sie es wieder angehen. Und beide Schwestern haben ihre Mütter, ihre leiblichen. Sophie hat versprochen, in einigen Wochen ganz in Sarahs Nähe zu ziehen. Sie konnte Michael noch nicht ganz überzeugen, aber sie ist der Meinung, es würde ihm auch guttun, wieder unter Menschen zu sein. Und da jetzt auch sein Ruf wieder reingewaschen wurde, steht einer neuerlichen Anstellung als Pfleger eigentlich nichts mehr im Wege. Und die Mädchen haben ihren Vater. Durch die Vorfälle ist das Verhältnis zu ihm enger geworden. Thomas und die beiden Mädchen treffen sich regelmäßig und haben guten Kontakt. Die Mädchen wissen zu schätzen, was er all die Jahre für sie durchgemacht hat, ohne dass sie die leiseste Ahnung davon hatten. Auch Thomas genießt es, jetzt ganz für seine Mädchen da sein zu können, ohne dass seine eifersüchtige Gattin ihm den Tod wünscht. Die Schwestern sind sich mehr verbunden denn je. Sie sind ein Herz und eine Seele. Der Vorfall hat ihnen gezeigt, dass man nicht blutsverwandt sein muss, um sich zusammengehörig zu fühlen. Ihre Beziehung ist etwas ganz Besonderes, einzigartig, und diese Verbindung werden sie um alles in der Welt schützen. Sie sind und bleiben Schwestern.

Bewerten Sie dieses Buch auf unserer Homepage!

www.novumverlag.com

Die Autorin

Stefanie Sorella, Jahrgang 1987, lebt in Wien. Sie absolvierte eine Ausbildung zur Reisebürokauffrau und arbeitet seit 2014 als stellvertretende Leiterin eines Büros. Bisher war das Schreiben nur ihr Hobby, „Blutprobe" ist nun ihr erster Roman.

Der Verlag

> *Wer aufhört
> besser zu werden,
> hat aufgehört
> gut zu sein!*

Basierend auf diesem Motto ist es dem novum Verlag ein Anliegen neue Manuskripte aufzuspüren, zu veröffentlichen und deren Autoren langfristig zu fördern. Mittlerweile gilt der 1997 gegründete und mehrfach prämierte Verlag als Spezialist für Neuautoren in Deutschland, Österreich und der Schweiz.

Für jedes neue Manuskript wird innerhalb weniger Wochen eine kostenfreie, unverbindliche Lektorats-Prüfung erstellt.

Weitere Informationen zum Verlag und
seinen Büchern finden Sie im Internet unter:

www.novumverlag.com